SV

Marie Hermanson
Muschelstrand

Roman

Aus dem Schwedischen
von Regine Elsässer

Suhrkamp Verlag

Die Originalausgabe erschien 1998 unter dem Titel
Musselstranden bei Albert Bonniers Förlag, Schweden

Satz: Libro, Kriftel/Ts.
Druck: GGP Media, Pößneck
Printed in Germany
Erste Auflage dieser Ausgabe 2001

1 2 3 4 5 6 – 06 05 04 03 02 01

Muschelstrand

Kristina

Sie bewegt sich in einer grauen Welt. Die Sonne ist noch nicht aufgegangen. Sie liebt diese Welt ohne Licht und Dunkel, eine Welt ohne Schatten, ohne Farben. Nichts ist wirklich sichtbar, und nichts ist wirklich verborgen, alles ist Ahnung, Verwechslung.

Die Geräusche der Nacht sind verstummt – das des Windes, das heisere Bellen des Rehbocks, das Rascheln der Nachtfalter – und die anderen, die Geräusche des Tages sind noch nicht erwacht. Bald kommen sie. Zu allererst die Morgenbrise in den Baumkronen, dann das Schreien der Meeresvögel, das Zwitschern der kleinen Vögel und schließlich auch der kakophonische Chor der Menschen aus Stimmen, Motoren und Musik.

Aber noch ist es still. Die Welt ruht sich aus zwischen ihren beiden Schichten, und in dieser ruhenden Welt bewegt sie sich über ein Meer, windlos und still wie ein Höhlensee. Das Kajak gleitet an der vertrauten Küste entlang, folgt den steilen Felswänden, den sanften Stränden in den Buchten, leckt sie wie eine schmale, bewegliche Zunge.

Jetzt öffnet sich das Wasser, wie eine breite Straße fließt es zwischen den Inseln hindurch und bis hinaus zum Horizont. Jenseits dieser schützenden Inseln, weit draußen im offenen Meer, sind ein paar kleine Schären zu sehen. Sie verläßt die Küste und fährt hinaus, auf die Schären zu.

Sie schafft es nur, wenn das Meer ganz ruhig ist. Manchmal ist es an Land windstill, und sie bemerkt die

großen Wellen erst, wenn sie im offenen Wasser ist. Dann muß sie wieder umkehren.
Aber heute besteht keine Gefahr. Das Meer kommt ihr vor, als könnte man es nicht befahren, so kompakt und glatt ist es. Sie ist fast erstaunt, daß das Kanu die Oberfläche zu durchschneiden vermag.
Ihr Atem und die Paddel bewegen sich im gleichen Rhythmus, die Armmuskeln schwellen an vor Kraft und Willensstärke. Sie ist eine Meerjungfrau. Nur der Oberkörper ist menschlich. Der untere Teil des Körpers bewegt sich unter ihr, gleitet passiv, verborgen in der dunklen Öffnung. Er ist ein Teil des Wassers.
Lange bevor sie ankommt, sehen sie die Vögel. Sie erheben sich als kreischende Wolke über der Schäre. Ihre weißen Federn leuchten wie von selbst in der grauen Luft. Sie kommen ihr entgegen, umringen sie, sie gleitet in die Schreie und die wirbelnden Körper.

Ulrika

Es gab kein Gartentor. Das Grundstück war immer noch offen und zugänglich. Und doch scheute ich mich davor, es zu betreten. Ich blieb zögernd stehen. Es stimmt nicht, daß es zugänglich war. Es besaß eine Art Integrität. Obwohl ich wie eine Tochter im Haus gelebt hatte, spürte ich die gleiche Unsicherheit wie damals. Die gleiche Sehnsucht, dazuzugehören, den gleichen Zweifel, ob es wirklich so war.

Alles war wie früher. Das felsige Grundstück mit seinen Eichen übte die gleiche magische Wirkung auf mich aus wie damals, als ich als Kind zum ersten Mal hier eingetreten bin. Felsig, wild, ungestutzt. Das Trapez, die Strickleiter, die Schaukel und das Lianenseil waren natürlich nicht mehr da, genauso wenig wie das Baumhaus und das Seeräuberschiff, aber der Hauch von Abenteuer lag noch über der Szenerie.

Ich wußte nicht, wem das Haus jetzt gehörte. Vielleicht war es immer noch im Besitz der Familie Gattmann.

Ich ging langsam die aus Ästen gezimmerten Stufen zum braunen Haus hinauf. Es war Ende September, und ich nahm nicht an, daß so spät im Jahr jemand hier sein würde. Es war kein Auto da, und das machte mich um so sicherer. Ich ging um das Haus herum und auf die Veranda. Das Meer war intensiv blau, so blau, wie es nur im Frühjahr und im Herbst ist. Als ob da unten dicke Tinte flösse.

Ich stellte mich auf die Zehenspitzen und spähte durch das Fenster. Für einen Moment kam ich mir vor wie in einem absurden Traum. Ich schaute in mein eigenes Zuhause! Die übereck gestellten Sofas mit dem breitgestreiften, blauweißen Stoff. Der runde ausziehbare Eßtisch mit den merkwürdigen Scharnieren und die Stühle mit den krummen Beinen und runden Rücken. Die Jugendstillampe an einer Kette darüber. Die Seemannskiste. Der weiße Schaukelstuhl mit dem orientalischen Kissen und dem kleinen Nackenkissen mit Troddeln. Das Regal, das hoch an der Wand um das ganze Zimmer läuft, vollgestellt mit allem möglichen Kleinkram.

Alles ähnelte so unglaublich meinem eigenen Wohnzimmer. Als der Schock nachließ, sah ich natürlich die Unterschiede, aber es war trotzdem merkwürdig. Wenn jemand mich gebeten hätte, dieses Zimmer hier bei Gattmans zu beschreiben, ich hätte es nicht gekonnt. An die Küche erinnerte ich mich sehr gut, und natürlich an Anne-Maries Dachkammer, aber an dieses Zimmer konnte ich mich nur verschwommen erinnern, es war versunken in einer gelblichen Dämmerung hinter herabgelassenen Rollos.

Mein Wohnzimmer ist im Lauf der Jahre entstanden, und nie war ich mir bewußt, daß ich ein Vorbild dafür gehabt hatte. Aber ich muß diesen Raum in allen Einzelheiten in meinem Gedächtnis bewahrt haben, und ich habe unbewußt mein eigenes Zuhause genau so eingerichtet. Und dabei hatte ich geglaubt, mir selbst alles ausgedacht zu haben. Ich war stolz auf meine Mischung aus Altem und Neuem, darauf, daß ich keinen bestimmten Stil hatte, man mich nicht in eine Schublade stecken konnte. Besonders entzückt war ich über die Idee mit dem langen Wandregal.

Hinter mir hörte ich die schnellen Schritte der Jungen auf der Veranda.
»Kommt, ich zeig euch was«, sagte ich und hob sie einen nach dem anderen hoch, damit sie ins Haus schauen konnten.
»Macht keine Abdrücke auf die Scheibe. Seht ihr was?«
Sie nickten gelangweilt und liefen davon. Sie hatten die Ähnlichkeit mit ihrem eigenen Zuhause nicht bemerkt. Vielleicht sehen Jungen so etwas nicht.
Ich starrte immer noch durch die Scheibe. Da drinnen schien sich in vierundzwanzig Jahren nichts verändert zu haben. Es war, als sähe man direkt in die Vergangenheit.
Ich ging zur Verandatür und schaute in die Küche. Die Schranktüren waren nach wie vor blau, aber es war nicht das Blau, an das ich mich erinnerte. Sie waren in einem anderen Ton neu gestrichen worden. Die Töpfe mit den Geranien fehlten. Ansonsten war alles wie damals.
Die Jungen wurden plötzlich sehr laut, und ich machte mir Sorgen, daß sie vielleicht jemanden stören könnten. Ich ging von der Veranda hinunter und um das Haus herum. Jonatan hatte seine Angel geholt, die er an einer der Eichen abgestellt hatte.
»Wir wollten doch angeln gehen«, jammerte er ungeduldig.
»Okay«, sagte ich. »Wir gehen angeln. Ich kenne eine gute Stelle.«
Ich dachte an den Muschelstrand, dachte an die riesigen Dorsche, die Jens da herausgezogen hatte, und an die seltenen, glitzernden Male, wenn eine Lachsforelle

am Haken zappelte. Ein solches Erlebnis wünschte ich Jonatan.

Wir gingen zur Straße, folgten ihr ein paar hundert Meter, und ich überlegte, wo wir abbiegen mußten. Früher ging man quer über eine Wiese, aber es gab fast keine Wiesen mehr. Niemand wollte das Heu. Es weideten keine Kühe oder Pferde mehr. Die Landschaft war nicht wiederzuerkennen. Alle unbebauten Flächen waren von Buschwerk oder Heckenrosen überwachsen. Es war eng, dunkel. Wie ein zumöbliertes Zimmer bei einem alten Menschen. Die freien Spielflächen der Kindheit gab es nicht mehr.

Ich fand schließlich die Stelle, und wir drängten uns in die Vegetation. Immer wieder mußten wir stehenbleiben und Jonatans Blinker losmachen, der sich im Zweigwerk verfangen hatte. Ich hakte ihn schließlich von der Leine los, und Jonatan legte ihn in eine Schachtel zu seinen anderen Blinkern.

Ich fand die Steinmauer, durch die man hindurch mußte. Ich folgte ihr, um die Stelle zu finden, wo sie zusammengefallen war und man durchsteigen konnte. Es gab mehrere Stellen, an denen sie zusammengefallen war. Eigentlich war der größte Teil der Mauer zusammengefallen. Wir kletterten irgendwo über sie, und dann hörte der Wald auf, und wir waren draußen zwischen den heidekrautbewachsenen Felsen.

Wir waren ein bißchen zu weit nach Westen gekommen. Aber jetzt, wo wir freie Sicht hatten, wußte ich genau, wo ich war. Die Felsen waren noch genau wie damals. Hier hatte sich nichts verändert. Es wehte ein frischer Wind.

Ich erlebte wieder dieses wunderbare physische Gefühl, sich mit Gummistiefeln an den Füßen zwischen Felsen fortzubewegen. Das Berechnen des Abstands vor einem Sprung. Das Gefühl, genau so zu landen, wie man erwartet hatte, wie die Sohle gleichsam am Felsen klebt, fest genug ist, um den Stoß abzufangen, und dabei weich genug, daß der Fuß die Struktur des Untergrunds erkennt. Die Augen, die umherspähen. Wie das Gehirn ständig den besten Weg zu wählen versucht, ständig Wahl und Entscheidung. Der Körper, der so perfekt gehorcht, klettert, springt, sich beugt, sich streckt.

Für meine Söhne ist das natürlich nichts Besonderes. Sie spielen zu Hause täglich in den Felsen. Sie waren jetzt weit vor mir, ihre roten Mützen zeichneten sich gegen den Himmel ab, wenn sie ab und zu auf einer Anhöhe stehenblieben und sich zu mir umdrehten, damit ich ihnen mit einer Armbewegung die Richtung zeigen konnte.

Es war noch gar nicht so lange her, da mußte ich auf sie warten. Ich war allein einen steilen Abhang hinuntergestiegen und hatte mich dann umgedreht und sie nacheinander aufgefangen und über die schwierige Stelle gehoben.

Die Landschaft hier wurde vom Inlandeis geformt. Die Felsen sind durchzogen von schmalen Rissen und Schluchten, manchmal flach, manchmal abgrundtief, und man sieht das erst, wenn man direkt an ihrem Rand steht. Und was man – als Vegetation der Schlucht – gerade für zarte, halbmeterhohe Eichen gehalten hatte, erweist sich als die Spitzen von hohen Bäumen, deren Wurzeln zwanzig oder dreißig Meter tiefer liegen, und erst in allerletzter Sekunde stoppt man den Riesensprung, zu dem man gerade ansetzen wollte.

Solche Schluchten können ganz unterschiedliche Typen von Natur beherbergen, jede ist eine kleine Welt für sich. In den meisten wachsen kurze Eichen. Manchmal gibt es kleine Moosplätze mit Büscheln von Riedgras, Krüppelkiefern und Wollgras. In anderen Schluchten wächst eine Miniatur-Bruno-Liljeforswelt mit dunklem Tannenwald, oder eine vorgeschichtliche Landschaft mit Farnen oder einer kompakten Masse ineinander verwachsener Wacholderbüsche. Jede einzelne dieser Welten scheint direkt vom Himmel heruntergefallen zu sein, und hat dann, eingesunken in den Fels, ihre Eigentümlichkeit in totaler Isolation von der Umwelt entwickelt und verfeinert.
Durch eine solche Schlucht erreicht man den Muschelstrand, es ist der einzige Weg, wenn man vom Land her kommt. Ich spähte über die Felslandschaft, um das ganz bestimmte Dach aus gemischtem Grün zu finden. Aber wir waren immer noch zu weit westlich.
Da fiel mir plötzlich eine andere dieser Schluchtenwelten ein. Eine Welt mit grünem Gras und Kiefern. Anne-Marie und ich haben dort einmal einen Schatz vergraben. Wir hatten alles mögliche in eine Teedose aus Blech gesteckt und sie vergraben.
Plötzlich hatte ich große Lust, diesen Schatz zu finden. Ich lief schneller, holte die Jungen ein und teilte ihnen meine neuen Pläne mit.
»Wir suchen einen Schatz«, sagte ich. Sie waren ein bißchen mißtrauisch, wollten mir jedoch bei der Suche helfen.
»Es müssen Kiefern sein«, sagte ich. »Kiefern und grünes Gras. Und ein Kirschbaum.«
»Wie sehen Kiefern gleich wieder aus?« fragte Max.

Eigentlich wußte ich überhaupt nicht, wo diese Schlucht lag. Kiefern, grünes Gras und ein wilder Kirschbaum, das war alles, woran ich mich noch erinnerte. Ich sah schnell ein, daß es keinen Sinn hatte. Ich blies die Schatzsuche ab, und wir gingen weiter nach Osten Richtung Muschelstrand. Diese Schlucht konnte man nicht verfehlen. Man muß nur der Küstenlinie folgen, dann kommt man hin. Aber man darf nicht zu nah am Meer gehen, weil die Klippen fast senkrecht ins Wasser abfallen, ich paßte deshalb gut auf die beiden Jungen auf.

Wir fanden die richtige Stelle und rutschten in der Hocke auf den Schuhsohlen den Felsen hinunter und landeten in einem raschelnden Teppich aus vorjährigem Laub. Ein ausgetrocknetes Bachbett. Eiche, Eberesche und Holunder. Gealterte Erlen mit aufgesprungener Rinde und grauem Moos. Geißblattranken, die sich mit solcher Kraft um die Baumstämme gewunden hatten, daß sie tiefe Spuren in der Rinde hinterlassen hatten.

Max schrie laut, weil Jonatan ihm aus Versehen einen Zweig ins Gesicht gepeitscht hatte. Ich wollte ihn trösten, aber er stieß mich weg.

»Hier gibt es überhaupt kein Meer«, schimpfte er und sah mich aus seinen großen sechsjährigen Augen an. Skeptisch, mißtrauisch, fast ängstlich. War seine Mutter verrückt geworden? Sie schaute bei fremden Leuten zum Fenster hinein. Sie ließ ihn nach einem Schatz suchen, den es gar nicht gab. Sie sagte, sie würden ans Meer gehen und angeln, und dabei führte sie einen immer tiefer in einen Urwald aus bösartigen klammernden und peitschenden Zweigen.

»Wir sind gleich da«, sagte ich und setzte ihm die Mütze auf, die er eben verloren hatte. Ich setzte sie verkehrt herum auf, wie er es gern hat, aber es war doch falsch, denn er nahm sie sofort wieder ab und setzte sie mit einem Seufzer richtig auf.

»Okay«, sagte er gefaßt. »Gehen wir?«

Wir kamen zu einer dichten Mauer aus Wacholder und Schlehen. Wenn man da steht, meint man, kilometerweit vom Meer entfernt zu sein, gefangen in einem tiefen Wald. Und doch ist es nur diese Mauer, undurchdringlich, ohne Lichtspalten, die einen vom Strand und vom Meer trennt. Man riecht das Salz, hört das Plätschern der Wellen, hört auch den Wind, obwohl es da, wo man steht, völlig windstill ist.

Früher kam man ganz links an der Felswand durch. Ich stellte fest, daß es immer noch ging. Wir drückten uns an den Fels, schoben die nadeligen Zweige zu Seite und schlüpften hinaus in das blendende Licht.

Die Jungen rannten über den kleinen Sandstrand, Berge von Muschelschalen knirschten unter ihren Füßen. Das Wasser war kristallklar. Wie kleine weiße Inseln leuchtete der Sand zwischen den Muschelkolonien. Als Kind war ich oft mit den Geschwistern Gattmann hier, wir sammelten große, wohlgenährte Miesmuscheln, die wir direkt am Strand in einer Blechbüchse mit Meerwasser über offenem Feuer kochten.

Jonatan wollte sofort angeln, und ich zeigte ihm den großen quaderförmigen Steinblock am anderen Ende des Strandes, wo das Wasser tief ist.

Der Meeresboden ist hier merkwürdig. Vom Strand aus erstreckt sich fächerförmig ein flaches Stück, dann fällt der Boden plötzlich tief ab, so daß einem beim

Baden das Wasser eben noch bis zum Knie reicht und beim nächsten Schritt bereits bis zur Brust. Ein Kind könnte nach dem Höhenunterschied überhaupt nicht mehr stehen. Für jemanden, der nicht schwimmen kann, ist es ein lebensgefährlicher Badeplatz. Bei meinen Forschungen bin ich mehrfach auf Sagen aus dieser Gegend gestoßen, die von einem bösen, weiblichen Meereswesen berichten, das in einer Bucht wohnt und die Leute unters Wasser zieht. Das könnte diese Bucht sein. Man kann sich vorstellen, daß jemand hinauswatet, um Muscheln zu sammeln, und plötzlich in die Tiefe gerät und ertrinkt. Für den, der das Unglück vom Strand aus beobachtet, muß es ganz unerklärlich sein. Ich kenne mich in Geologie nicht aus, aber ich glaube, daß der plötzliche Höhenunterschied mit den riesigen Steinblöcken zu tun hat, die wie aufgestapelt an der Bergseite liegen und dann weiter über den Strand und bis ins Wasser. Ein Werk des Inlandeises. Ich vermute, daß unter dem Muschelsand des Strandes und des flachen Stücks große Felsbrocken liegen, die die Bucht ausfüllen, und daß die plötzliche Tiefe die Kante eines solchen Blocks ist.

Die Jungen kletterten auf den riesigen Steinen herum. Ich rief ihnen zu, vorsichtig zu sein. Man hat das Gefühl, als könnten diese Steinblöcke jeden Moment wegrollen. Es ist ohnehin merkwürdig, daß sie in dieser steilen Lage so liegen bleiben, wie sie liegen. Als hätte eine Zauberformel das Herabstürzen mitten in der Bewegung eingefroren. Natürlich ist nach Tausenden von Jahren alles ziemlich stabil. Aber die Blöcke sind uneben, man kann danebentreten, ein Kinderkörper kann leicht in den dunklen Zwischenräumen verschwinden.

Meine Warnungen perlten an ihnen ab wie Wasser. Sie rannten herum, als seien sie zu Hause in der Küche, und ich atmete auf, als sie endlich zu dem Felsblock gingen, den ich ihnen als Angelplatz angewiesen hatte.
Jonatan machte den Blinker fest und warf die Angel aus und holte sie wieder ein. Er hatte seine Angel im letzten Sommer bekommen. Es hat noch nie etwas angebissen, obwohl ich zu Gott bete, daß er endlich einen Fisch fängt. Max kickte gegen Muschelschalen am Strand und zertrat sie mit den Absätzen. Sein Verhalten löste gemischte Gefühle in mir aus. Ich verstand seine Begeisterung über das knirschende Geräusch, gleichzeitig berührte mich seine Zerstörungslust unangenehm. Es waren so schöne, matte, blauweiße Muscheln! Ich überlegte, ob ich ihm wieder eine meiner ewigen Ermahnungen zurufen oder lieber wegschauen sollte. Ich entschied mich für letzteres und sah, daß Jonatans Angel sich am Grund verhakt hatte. Ich ging zu ihm, und nach vielem Zerren und Ziehen mußte ich die Leine abschneiden und einen neuen Blinker befestigen.
Als ich zum Strand zurückkam, war Max weg. Er konnte nicht weit sein. Oben bei den Felsblöcken war er nicht. Um diese Jahreszeit würde er nie ins Wasser gehen, oder vielleicht doch? Nicht, ohne daß ich es gemerkt hätte. Ich rief ihn, bekam aber keine Antwort.
»Hast du Max gesehen?« fragte ich Jonatan.
»Ich habe ihn gerade noch gesehen«, sagte er. »Dort.« Er zeigte auf die Felsblöcke. Ich rief noch einmal.
Als ich das fünfte oder sechste Mal seinen Namen gerufen hatte, erschien plötzlich eine rote Mütze an einem unzugänglichen Platz oben im Felsgeröll. Eine Verän-

derung in meiner Stimme, ein gellender Unterton von Panik brachte ihn dazu, sich zu erkennen zu geben. Der Anblick seines strahlenden Gesichts machte mich so froh, und ich reagierte gar nicht darauf, daß er sich eigentlich an einer unmöglichen Stelle befand, ganz oben zwischen den höchsten Felsbrocken.
»Da bist du ja!« rief ich, ganz wirr vor Mutterliebe.
»Wie bist du denn da hingekommen?« fragte Jonatan, der klarer dachte.
Max lachte nur.
Und dann verschwand er wieder, wie verschluckt von den Riesensteinen. Da es dauerte, bis er wieder auftauchte, wurde ich sofort wieder unruhig.
Jonatan hatte die Angel weggelegt und sich zu der Stelle aufgemacht, wo Max gerade zu sehen gewesen war. Er mußte bald aufgeben. Der Höhenunterschied zwischen den Steinblöcken war zu groß, um bis nach oben klettern zu können. Aber wenn Jonatan mit seinen neun Jahren es nicht schaffte, wie hatte es dann sein sechsjähriger kleiner Bruder geschafft?
»Max!« schrie ich. »Hör auf mit dem Unsinn, komm heraus! Es ist gefährlich zwischen diesen Felsblöcken! Max!«
Im nächsten Moment hörte ich direkt neben mir ein Lachen. Da saß er zwischen den Muschelschalen zu meinen Füßen und lachte, daß er sich beinahe überschlug, und warf Hände voll Sand in die Luft. Ich starrte ihn bloß an. Sein Auftauchen hatte etwas Übernatürliches.
»Wie bist du hierhergekommen?« fragte ich.
Jonatan, der einige Abenteuerfilme gesehen hatte und Computerspiele kannte, erfaßte die Situation klar.
»Du hast eine Höhle gefunden! Einen Höhlengang

vom Strand durch den Fels nach oben. Warte, ich komme auch.«

»Hier gibt es keine Höhle«, sagte ich. Das war der Spielplatz meiner Kindheit. Ich kannte ihn wie meine Hosentasche.

Und es war nicht nur ein Spielplatz. Es war ein sehr spezieller Ort, auch aus anderen Gründen. Hier, am Muschelstrand, hatten wir Maja gefunden, Anne-Maries kleine Schwester, die im Sommer 1972 verschwunden war. Nach ihrem Verschwinden kamen wir nie wieder her, aber davor waren wir so oft hier, daß ich mir einbildete, jeden Stein zu kennen, jede Schlucht, jede Farbveränderung des Felsenmooses.

Max kletterte auf den nächstgelegenen Felsblock und dann weiter in einen schmalen Spalt. Jonatan sah ihm nach und folgte ihm sofort.

»Komm doch auch, Mama«, rief er aus der Tiefe. »Hier unten ist ein langer Gang. Man kann den Berg hinaufkriechen. Unter den Steinen. Man kann hinaufschauen. Ich kann den Himmel sehen. Es ist ganz toll.«

Ich hörte ihre Stimmen aus dem Geröll heraus und versuchte, ruhig zu bleiben. Wieder mußte ich mir einreden, daß die Felsbrocken fest verkeilt waren. Wenn sie Tausende von Jahren stillgehalten hatten, dann würden sie auch noch das Weilchen liegen bleiben, das meine beiden Söhne brauchten, um da unten entlangzukriechen. Und doch war der Gedanke erschreckend, daß sie diese Steinmassen über sich hatten, und ich atmete auf, als sie aus einer Öffnung geklettert kamen und mir von der hohen, unzugänglichen Stelle aus zuwinkten, wo Max sich zuvor gezeigt hatte.

Die Jungen krochen in dem Gang ein paar Mal hin und

her. Ich legte mich auf den Felsblock am Strand und schaute in den breiten Spalt, der der Eingang des Ganges war. Ich sah Muschelschalen, eine flaumige Möwenfeder und Sand. Und einen dunklen Raum unter dem seitlichen Felsblock. Nicht im Traum wäre mir eingefallen, da hinunterzuklettern und hineinzukriechen. Ich habe Angst vor engen Räumen.
Jonatans Beschreibung war falsch, es war keine Höhle. Es war einfach nur ein Raum unter den Felsblöcken, gebildet von kleineren Steinen, die die großen trugen. Und warum hatten Anne-Marie und ich bei unseren unzähligen Besuchen am Strand diese Merkwürdigkeit nicht entdeckt, auf die meine Söhne nach einer Viertelstunde gestoßen waren?
Weil uns nie in den Sinn gekommen wäre, in so einen Spalt zu klettern. Wir waren vielleicht nicht so mutig oder interessiert oder zu dumm, um uns solchen Gefahren auszusetzen.
Es ist doch merkwürdig, wieviel die Kinder für einen entdecken. Oft denke ich, ich lerne mehr von ihnen als sie von mir.
Im nächsten Moment machten die Jungen da unten einen fürchterlichen Lärm. Ich hörte ihre Stimmen durch die Öffnungen.
»Mama! Wir haben einen Höhlenmenschen gefunden! Ein Skelett!«
»Das ist bestimmt ein Tier«, sagte ich. »Vielleicht ein Nerz. Es gibt hier viele Nerze.«
»Dann schau doch mal!« hörte ich Jonatans Stimme, jetzt von weiter weg. Ich sah zum Felsblock hinauf, und wieder zeigte sich ein Kopf an der unmöglichen Stelle. Aber dieses Mal war es kein blonder Bubenschopf mit

roter Mütze, der mich zwischen den Riesenblöcken angrinste. Es war ein braungelber menschlicher Schädel mit leeren Augenhöhlen.

Das Auto der Polizisten war neu und fuhr weich und leise. Ich saß vorne.

»Und was machen Sie beruflich?«

Von der Polizeistation nach Tångevik war es ein ganzes Stück zu fahren, und wir mußten irgend etwas reden. Wir fuhren in einem normalen Auto, keinem Polizeiauto. Die Polizisten trugen Freizeitkleidung und sprachen Dialekt.

»Ich bin Forschungsassistentin. Am Institut für Ethnologie«, sagte ich.

»Und was erforschen Sie?«

»Die Mythen über die Bergverschleppungen, auch Bergentrückungen genannt. Früher schickte man junge Mädchen zum Viehhüten in einsame Gegenden. Und da verschwanden sie aus irgendeinem Grund, und man sagte, ein Troll hätte sie geholt und verzaubert und hielte sie im Berg gefangen. Oder wenn jemand eine Psychose bekam und seine Persönlichkeit sich veränderte, glaubte man, daß diese Person bergentrückt war und die Psychose eine Art von Verzauberung.«

Ich sprach schnell und aufgeregt. Wenn ich nicht weiß, was ich mit fremden Menschen reden soll, erzähle ich immer von meiner Forschungsarbeit. Die meisten Leute interessieren sich dafür. Ich habe darüber Mitreisenden im Zug, Tischnachbarn auf Festen, Freunden der Kinder erzählt. Die Nummer mit der Bergverschleppung funktioniert immer.

»Diesen Mythos gibt es fast überall auf der Welt«, fuhr ich fort. »Er wird jedoch je nach Land ein wenig anders erzählt. In Schweden und Norwegen verschwinden die Leute in den Bergen. In England sind es Hügel. Und dort sind es Elfen und keine Trolle.«

»Aber heute glaubt doch niemand mehr an so etwas«, sagte der Polizist, der fuhr.

»Nein, aber heute erzählen Menschen, wie sie von Außerirdischen gekidnappt und an Bord von Raumschiffen gebracht worden sind. Das ist die moderne Form des gleichen Mythos. Das Muster ist das gleiche. Sie werden von den fremden Wesen ausgenützt, für medizinische Experimente und ähnliches mißbraucht. Es können auch sexuelle Momente enthalten sein. Sie bekommen wohl etwas im Gegenzug, aber es wird ihnen immer etwas Wichtiges genommen. Ihre Seele, ihre Persönlichkeit. Die Wesen sind weder gut noch böse, aber gefühllos, sie betrachten die Menschen als Dinge. Nach einer solchen Entführung sind die Opfer verändert. Häufig verlieren sie das Gedächtnis. Durch Träume, Hypnose oder Therapie können sie sich wieder an das Erlebte erinnern. In den USA gibt es Therapeuten, die sich auf die Opfer solcher Entführungen spezialisiert haben. Die Kritiker meinen, daß die Therapeuten den Opfern die Erinnerungen einreden.«

»Ja, mein Gott, was es doch für Dummköpfe gibt«, stöhnte der Polizist auf dem Rücksitz.

»Sie glauben ihnen also nicht?« sagte ich provozierend. Die Leute, die sich von den Bergverschleppungsmythen nicht faszinieren lassen, werden wütend. Es gibt Menschen, die irrationale Erklärungen nicht ertragen können.

»Und was glauben Sie selbst?« fragte der Polizist, der fuhr.
Ich antwortete wie immer: »Ich glaube gar nichts. Ich studiere die Mythen. Das ist mein Job.«
»Ich wünschte, wir könnten das auch machen«, sagte der fahrende Polizist leise. »Stell dir vor, Jan-Erik, wir würden das auch machen. Wenn die Gauner ihre Runden drehen, setzen wir uns hin und studieren sie.«
Der Polizist auf dem Rücksitz lachte, und sie sprachen weiter miteinander, während ich seine Idee in Gedanken weiterspann. »Die Lüge im polizeilichen Verhör«. In ihrem Archiv mußte es unglaublich viele Lügen geben. Was für eine Goldgrube aus Erdichtetem, Erfundenem, verschiedenen Ausdrücken für die Kreativität der Menschen. Wie lügt man? Man will natürlich als unschuldig dastehen, aber welche Methode benützt man? Macht man sich kleiner oder größer? Schmückt man unscheinbare, glaubwürdige Details aus, oder ist man im Gegenteil so kurz und allgemein wie möglich, um sich nicht zu verheddern? Gibt es Geschichten, die immer wieder vorkommen, Standardlügen, die man bei der Polizei kennt? Werden die Standardlügen weitergegeben oder entstehen sie spontan?
Wir erreichten Tångevik, und die Polizisten parkten am Straßenrand. Auf der Wanderung zum Muschelstrand fragten sie mehrmals: »Ist das wirklich der einzige Weg?«
»Man kann auch mit dem Boot hinkommen. Aber das ist der einzige Landweg.«
Als wir den Felsabhang hinunter in das dschungelartige Wäldchen in der Schlucht rutschten, sagten sie wieder: »Ist das wirklich der richtige Weg?« Sie sahen

mich genauso mißtrauisch an wie die Jungen, und ich konnte ihre Gedanken lesen: »Trolle und Außerirdische und Skelette. Ja, ja, in diesem Beruf begegnet man schon allen möglichen Leuten.«

Am Strand war es jetzt windiger als beim letzten Mal. Ich fröstelte, als ich wartete, wie der eine Polizist unter den Felsblock kroch. Er, der Fahrer, war der Jüngere und sah durchtrainiert aus. Der andere trat unruhig auf den Muschelschalen herum.

»Wir haben nichts angefaßt. Mein Sohn hat den Schädel wieder so hingelegt, wie er lag«, sagte ich.

Ich hatte mich an den Gletschermann erinnert, den sie in der Alpen gefunden hatten und der so unvorsichtig behandelt worden war, weshalb ich Jonatan strengstens ermahnt hatte, nichts weiter anzurühren.

Der Polizist nickte schweigend. Der Jüngere war schon wieder auf dem Rückweg. Man konnte hören, wie er fluchte, als er sich den Kopf am Stein anschlug. Dann tauchte er hinter dem untersten Felsblock auf, kletterte über ihn und kam zu uns ans Ufer. Er schnaufte etwas nach der Anstrengung.

»Doch«, sagte er zu seinem Kollegen. »Sie hat recht. Da ist etwas.«

Dann wandte er sich zu mir, zeigte zu den Felsen hinauf und sagte: »An den da glaube ich. Der wurde in den Berg verschleppt.«

»Wollen Sie es denn nicht mitnehmen?« fragte ich.

Der Jüngere schüttelte den Kopf.

»Wir nehmen es das nächste Mal mit. Aber dann kommen wir mit dem Boot.«

Åse stand in dem großen Garten des Zweifamilienhauses auf einer Leiter und pflückte Äpfel. Sie trug einen Strickpullover und ein rotgemustertes Tuch als Stirnband. Auf dem Boden lagen zwei Haufen mit Äpfeln, einer mit makellosen und einer mit wurmigen. Hedda, Åses und Anders' zweijährige Tochter, stand am Fuß der Leiter und nahm die Äpfel entgegen, die Åse ihr reichte, und legte sie mit großem Ernst auf den richtigen Haufen. Sie sprachen leise und freundlich miteinander. Auf den Beeten leuchteten gelbe und rostrote Astern und eine Art krausblättriger Kohlköpfe.

Als Anders und ich miteinander verheiratet waren, war ein eigenes Haus ein unvorstellbarer Luxus. Oder vielleicht dachte vor allem ich das. Allein der Gedanke an eine Million Kronen Schulden ließ mich schaudern. Ich weiß inzwischen, daß man es so nicht sehen darf. Das gemeinsame Einkommen von Åse und Anders kann auch nicht höher sein, als unseres es war. Und doch wohnten sie hier in einem märchenhaften Garten und einer altmodischen Villa – einer halben wenigstens. Wir hatten uns in der kleinen Wohnung in Majorna zusammengedrängt. Ich wohne da immer noch mit den beiden Jungen.

Max und Jonatan liefen zu Hedda und hoben sie hoch und küßten und drückten sie. Sie lieben ihre Halbschwester heiß und innig.

»Hallo«, sagte ich und stellte die Sporttasche mit den Sachen der Jungen auf die Erde. »Ich habe mir gedacht, daß ihr hier seid. Ich habe geklingelt, aber niemand hat aufgemacht.«

»Anders ist beim Training. Er muß jeden Moment

kommen«, sagte Åse und kletterte von der Leiter. »Wir dachten, man muß das Obst ernten, bevor der erste Frost kommt. Es gibt dieses Jahr sehr viel. Wir wissen gar nicht, was damit machen. Davon müssen wir wohl Apfelmus kochen.« Sie zeigte auf den Haufen mit der zweiten Wahl.

Wer ist denn »wir«, dachte ich. Sie will mir doch wohl nicht weismachen, daß Anders sich um die Apfelernte kümmert.

Da hörten wir auch schon das Auto in der Garageneinfahrt, und kurz darauf tauchte er zwischen den Obstbäumen auf. Er war richtig muskulös geworden, seit er vor einem Jahr mit dem Training im Sportstudio angefangen hatte. Der lange Pferdeschwanz, den er jetzt trug, war noch naß vom Duschen. Er blieb stehen und steckte sich mit der vertrauten Geste ein Stück Tabak unter die Oberlippe. Einen sehr kurzen Moment lang durchfuhr mich ein Stich von Liebe, Sehnsucht, Eifersucht. War es ein Fehler, daß ich mich hatte scheiden lassen? War mir etwas entgangen an ihm, eine Qualität, die Åse sah, ich jedoch nicht? Der gutaussehende, muskulöse Mann mit dem Pferdeschwanz könnte immer noch meiner sein, sollte meiner sein, blieb irgendwie immer meiner.

Aber dann kam er näher, sagte hallo, redete, und mein Gefühl verschwand sofort. Es war der alte Anders. Nein, ich bereute nichts.

Er spielte Badminton mit Jonatan, schoß knallharte Bälle, die der unmöglich kriegen konnte. Als Jonatan keine Lust mehr hatte, packte er sich Max und hielt ihn an den Füßen in der Luft. Wie immer faßte er zu hart zu, war zu heftig. Einmal hatte sich Max dabei erbrochen,

und einmal war Jonatan auf dem Fußboden aufgeschlagen. Das haben sie inzwischen vergessen, die Jungen und Anders. Jonatan wollte jetzt auch an den Füßen in der Luft gehalten werden. Die Jungen wechseln zwischen Weinen und Lachen. Sie lieben es sehr, dieses große, ungeschlachte Kind, das ihr Vater ist.
»Okay. Ich geh dann mal. Die Badehosen sind in der Tasche, falls ihr ins Hallenbad gehen wollt. Viel Spaß, Kinder. Bis Montag.«
Ich gab ihnen einen Kuß zum Abschied, ging durch den Garten zur Straße und fuhr wieder in die Stadt. Die Sonne stand tief, die Bäume bogen sich vor Früchten. Es war immer noch mild, mehr Sommer als Herbst. Nach langem Suchen fand ich einen Parkplatz zwei Straßen von meiner Wohnung entfernt. Ich ging die Treppe hinauf und schloß die Tür zur leeren Wohnung auf. Jetzt begann mein Wochenende.

Wir haben vereinbart, daß die Jungen alle drei Wochen von Freitagnachmittag bis Montagmorgen bei Anders sind.
Direkt nach der Scheidung sehnte ich mich nach diesen Wochenenden ganz für mich. Als ich verheiratet war, glaubte ich, jenseits der Ehe warte ein großes, wunderbares Land der Freiheit auf mich. Meine Ehe war langweilig. Anders und ich waren wie Bruder und Schwester. Wir hielten an unserer sexuellen Beziehung fest, redeten naßforsch darüber. »Ist mal wieder Zeit für die ehelichen Pflichten.« Uh, wie langweilig. Oft verliebte ich mich in andere Männer und genoß unschuldige Flirts mit Kollegen und Männern, denen ich bei Kursen oder Festen begegnete. Ich konnte mir

nämlich nicht vorstellen, untreu zu sein. Anders hätte mir das sofort angemerkt. Ich kann fürchterlich schlecht lügen, besonders vor ihm. Er wäre wohl nicht eifersüchtig gewesen, aber mit seiner kindlichen Gerechtigkeitsphilosophie hätte er gesagt: »Dann mach ich es auch.« Und das hätte ich nicht ertragen. Aber geschieden zu sein war etwas anderes.
In der ersten Zeit genoß ich die Wochenenden für mich intensiv. Ich lag lange in der Badewanne, mit seidenglänzenden Badekugeln im Wasser und Kerzen auf dem Wannenrand. Ich kaufte jede Menge Kleider und ging mit Freundinnen aus. Ich war endlich bereit, in die Welt der zügellosen Leidenschaften einzutreten, die ich jenseits der Ehegrenzen vermutete. Um festzustellen, daß es sie nicht gab. Ich verstand, daß die Flirts genau das waren, nämlich Flirts, und daß die Männer, die mich gelockt hatten, als ich verheiratet war, genau so verheiratet waren wie ich vorher, und genau so wenig wie ich Lust hatten, untreu zu sein. Jetzt verliebte ich mich in keinen mehr. Mit Ausnahme von zwei zufälligen und peinlichen Geschichten gleich nach der Scheidung (die eine mit einem Kollegen und die andere mit einem unbekannten Mann auf der Fähre nach Dänemark) bin ich ganz ohne Männer ausgekommen. Am Anfang sah ich es als Pause, aber allmählich wurde mir klar, daß es vielleicht für den Rest des Lebens so bleiben würde, und zu meiner großen Überraschung stellte ich fest, daß es mir nichts ausmachte.
Die Leidenschaften glänzten also durch Abwesenheit. Das Positive an der Scheidung war etwas anderes, etwas viel Trivialeres, aber es war wichtiger, als ich gedacht hatte. Nicht mehr hinter Anders herräumen

zu müssen, nicht mehr überreden, schimpfen, überlisten, Kompromisse schließen zu müssen. Mir wurde bewußt, wieviel Zeit und Energie mich das alles gekostet hatte. Dieses ganze unnötige Gezerre – kein Streit, aber Gezerre – bis spät in die Nacht, und am nächsten Tag war man todmüde gewesen.

Wenn wir nicht zerrten, saßen wir vor dem Fernseher. Das mache ich seit Anders' Auszug überhaupt nicht mehr. Wenn die Jungen im Bett sind, lese ich oder laufe durch die Wohnung und krame vor mich hin und höre Radio. Ich esse auch anders. Ich habe festgestellt, daß ich Gulasch und Fleischklöße eigentlich überhaupt nicht mag, mir schmeckt vegetarisches oder orientalisches Essen viel besser.

Eine kurze Zeitlang verspürte ich auch ein berauschendes Gefühl von Platz. Ich genoß die luftige Leere, die sein Schreibtisch, seine Bücherregale und seine häßliche geerbte Couchgarnitur hinterlassen hatten. Sie wurde allerdings schneller als gedacht wieder gefüllt.

Erstaunen. Das war Anders' Reaktion, als ich die Scheidung vorschlug. So schlimm war es doch nicht, fand er. Aber wenn ich unbedingt wollte. Das Schlimmste für ihn war, daß er sich eine neue Wohnung suchen mußte. Er wußte, wie schwierig es gewesen war, die zu bekommen, die wir hatten und die ich behalten wollte, weil die Jungen bei mir wohnen sollten. Aber er hatte Glück. Er bekam sehr schnell ein paar Häuser weiter eine Wohnung und fast genau so schnell eine neue Frau. Er drehte sich nur um, und sie stand da. Genau so hatte er es mir beschrieben. »Ich drehte mich nur um, und sie stand da.«

Es war an seinem Arbeitsplatz, dem Museum für Ethnographie. Er stand im Museumsshop und räumte auf. Dann drehte er sich um, und da stand sie und sortierte Postkarten mit Indianermasken in einen Ständer. Sie war die neue Aushilfe, zweiunddreißig, frisches, gesundes Aussehen, einen kleinen norwegischen Akzent, kurze braune Haare, einen indianischen Federschmuck im einen Ohr. Der Frauenraum in seinem Leben war leer, er drehte sich um, da stand eine Frau, und der Raum war wieder bewohnt. (Ich erinnere mich jetzt daran, daß er sich in einer ähnlichen Situation befand, als wir uns am Bahnhof von Falköping trafen. Er kam von einem Mädchen, das gerade Schluß mit ihm gemacht hatte. Er war nur ein paar Stunden Single gewesen, als ich auftauchte.)
Åse hatte mir erzählt, wie es bei ihr war. Ein Astrologe hatte ihr gesagt, sie werde, noch bevor das Jahr zu Ende sei, den Mann ihres Lebens treffen, was sie sehr freute. Sie hatte lange ungebunden gelebt, war viel gereist und sehnte sich nun danach, Wurzeln zu schlagen und Kinder zu bekommen. Der Tag, an dem sie an ihrem neuen Arbeitsplatz Postkarten mit Indianermasken in einen Ständer sortierte, war der 19. Dezember, es war also nicht mehr viel übrig vom Jahr, und Åse betrachtete jedes männliche Wesen mit gespannter Erwartung. Sie hatte, kaum daß sie den Raum betreten hatte, den Mann in der schwarzen Lederweste bemerkt, der hinter der Theke etwas in einem Karton suchte. Sie beobachtete ihn die ganze Zeit aus den Augenwinkeln, und als er sich aufrichtete und sich etwas irritiert umdrehte, trafen sich ihre Blicke.
Anders hatte erzählt, er habe sofort gespürt, daß etwas

Besonderes gewesen sei. (Ich nehme an, ihre Pupillen waren vor Erwartung geweitet und ihre Wangen leicht gerötet, das sind in der Natur die Signale für Paarungsbereitschaft). Er wollte sie eigentlich fragen, wo das war, was er suchte, aber plötzlich hatte er vergessen, was er suchte. Er hörte ihren schönen norwegischen Akzent und daß sie hier arbeiten würde. Er nahm die Hand, die sie ihm entgegenstreckte, und in dem Moment hörte er das schwache, aber deutliche Geräusch, das König Carl XVI Gustaf als »klick« beschrieben hatte, worüber Anders immer gegrinst hatte, was er nun jedoch als erschreckend treffend erlebte. »Genau so«, sagte er, als er mir alles am Küchentisch erzählte. »Genau so war es. Einfach klick. Ich konnte es wirklich hören.«

Wie zwei Legosteine, die zusammengesteckt werden. Ein Puzzleteil, das an seinen Platz gedrückt wird. Ein Druckknopf, der in sein Gegenstück paßt. Ein Geräusch der Vollendung. Klick.

Das merkwürdige Gefühl der Leere war verschwunden. Er hatte wieder eine Frau. Sie wollte mit ihm ein Nest bauen, ein Haus kaufen, Kinder kriegen. Und er hatte nichts dagegen. Das war der Lauf der Natur.

Ich ging duschen. Ich hatte sehr bald aufgehört, stundenlang in der Wanne zu liegen, es war so viel Arbeit, sie hinterher sauber zu machen. Ich zog meinen Frotteebademantel an, setzte mich mit einer Tasse Tee und einem Apfel aus Anders' und Åses Garten aufs Sofa und ging meine Papiere durch. Ich sollte am Abend in der Stadtbibliothek einen Vortrag halten, und ich überlegte, welche Bergverschleppungsgeschichten ich nehmen sollte. »Die Kratzspuren auf der Fensterbank«

nehme ich, wenn Frauen zuhören, und zu solchen Vorträgen kommen hauptsächlich Frauen. Den »Bergarbeiter« nehme ich, wenn ich ein paar Männer im Publikum sehe.
Ich setzte mich an den Computer und sah ein paar Sachen nach. Ich habe sechs Dateien, in denen ich Informationen sammle: »Wer wird verschleppt?«, »Wer verschleppt?«, »Das Verschleppen«, »Die Zeit im Berg«, »Die Befreiung« und »Die Zeit danach«. Dann schrieb ich meinen Vortrag, indem ich ein paar Schlüsselbegriffe notierte, machte den Drucker an und die Schranktür auf.
Ich trage normalerweise sehr gerne lange Röcke und gemusterte Strickpullover, aber bei solchen Gelegenheiten vermeide ich tunlichst Kleidung mit folkloristischem Anstrich. Während der Drucker meinen Vortrag ausspuckte, probierte ich ein Kostüm in einem unbestimmbaren Farbton zwischen Braun und Grün, den die Verkäuferin merkwürdigerweise als »Maulwurf« bezeichnet hatte, und zog dann sehr schnell schwarze Hosen, einen roten Rollkragenpulli und eine schwarze Lederjacke an. Dann fönte ich die Haare und steckte sie zu einem lockeren Knoten auf, der professionell und zugleich weiblich wirken sollte. Ich packte meine Aktentasche, malte mir die Lippen, zog meinen Mantel und die knöchelhohen Boots an und ging.

Mythen über Menschen, die von einem übernatürlichen Wesen entführt und dann an einem unzugänglichen Ort gefangengehalten werden, gibt es fast auf der ganzen Welt.

Im Griechischen gibt es dafür einen Ausdruck, nymfóleptos, von einer Nymphe ergriffen, was man mit unserem »bergverschleppt« vergleichen kann, was aber auch geistige Verwirrung oder Zustand von Ekstase bedeutet. Im Orient gibt es den Begriff »wüstenverschleppt«, was bedeutet, daß die Djinner, die bösen Geister, einen Menschen entführt haben. Im Deutschen gibt es den Ausdruck »bergentrückt«, aber er kommt hauptsächlich in alten Heldensagen vor, die von entführten Königstöchtern handeln, die von Riesen gefangengehalten und von mutigen Männern befreit werden. Die Bergverschleppungsmythen in der Form, wie wir sie kennen, sind in der nordischen und keltischen Kultur zu Hause.«

Ich hatte keine sehr große, aber doch ganz ordentliche Zuhörerschaft, es war immerhin Freitagabend. Ich weiß ja selbst, wie schwer es einem fällt, das Haus zu verlassen und ins herbstliche Dunkel zu gehen, wenn man gerade von der Arbeit gekommen ist, gegessen hat und sich gemütlich auf dem Sofa ausgestreckt hat, satt und zufrieden. Das kostet Kraft. Ich wollte schon zu vielen Vorträgen gehen, aber wenn es dann so weit war, konnte ich mich selten aufraffen.

Das Publikum bestand wieder hauptsächlich aus den beiden Kategorien, die meinen Vorträgen meistens zuhören: jungen Frauen mit einem Hang zu New Age, und älteren Damen, die sich für Heimatgeschichte interessieren.

»Wer wird in den Berg verschleppt?« fragte ich rhetorisch. »Ja, junge Frauen und kleine Mädchen haben schlechte Karten. Es gibt Zeiten im Leben einer Frau, in denen sie besonders gefährdet ist. Man kann sagen, sie schwebt in besonderer Gefahr, wenn sie kurz vor einem religiösen Ritus steht: vor der Taufe, der Konfirmation, der Hochzeit und vor der Aufnahme in die Kirche nach einer Geburt. Wenn Frauen einen dieser Riten hinter sich haben, besitzen sie einen starken Schutz und können sich eine Weile sicher fühlen. »Aber«, fuhr ich fort und richtete meinen Blick auf einen der wenigen Männer im Raum, »auch Männer können verschleppt werden.«

Und dann erzählte ich die Geschichte von dem Bergarbeiter in einer Erzgrube in Värmland, eine Geschichte, die ich ganz besonders gern mag.

»Die Bergarbeiter holten immer, bevor sie in die Grube stiegen, in der Schmiede frisch geschärfte Bohrer. Einer der Männer hatte die Angewohnheit, länger dort zu verweilen. Wenn die Kameraden dann in die Grube kamen, war er schon da. Sie waren sicher, daß er eine Abkürzung von der Schmiede zur Grube kennen mußte, aber sie fanden keine, so sehr sie auch suchten. Eines Tages beschlossen sie, heimlich zu beobachten, was der Mann machte. Durch ein Fenster in der Schmiede sahen sie, wie der Mann geradewegs durch den harten Boden der Schmiede und in den Berg hinein verschwand. Da wußten sie, daß er verzaubert war. Als sie den Mann fragten, gab er zu, eines Tages, als er in der Grube arbeitete, verschleppt worden zu sein. Er war an einem Ort im Inneren des Berges gewesen, wo es schöne Frauen und wunderbare Musik gab. Er hatte zurückkehren müssen und arbeitete jetzt wieder in der Grube. Aber es war offensichtlich, daß das Bergvolk immer noch Macht über ihn hatte. Mehrmals sah man ihn auf der Wasseroberfläche des Sees gehen. Eine weise Frau wurde herbeigerufen, um die Verzauberung zu lösen. Das einzige, was sie fertigbrachte, war, daß der Mann nicht mehr auf dem Wasser ging, sondern bis zu den Knien einsank, so daß er wie durch tiefen Schnee durchs Wasser stapfte. Der Grubenvogt, der die Geschichte erzählte, sagte, das habe sehr merkwürdig ausgesehen. Aber der Mann machte es nicht sehr oft. Sehr bald stapfte er in den See hinaus und kehrte nie mehr zurück.«

(Das mit dem Stapfen gefällt mir besonders gut. Daß er gewissermaßen nur *halb* verzaubert war. Und daß dieser Zustand vermutlich so unbefriedigend war, daß er es vorzog, ganz zu den Trollen zurückzukehren. Ich kann ihn richtig vor mir sehen, wie er sich vorwärtskämpft und das Wasser ihm um die Beine schwappt, und das auf dem See, auf dem er vor kurzem noch ganz leicht hatte gehen können.)

»Es kommt auch vor, daß ganze Menschengruppen in den Berg verschleppt werden«, fuhr ich fort. »Zum Beispiel die Geschichte mit dem Brautgefolge. Auf dem Weg zur Kirche wird nicht nur die Braut oder der Bräutigam verschleppt, sondern das ganze Gefolge, Leute, Pferde und Wagen. Ein ganzer Artillerieverband soll einmal in Mösseberg verschleppt worden sein. Allerdings sind solche Massenverschleppungen eher ungewöhnlich. Es werden ja nicht nur Menschen verschleppt. Wenn man den Geschichten glaubt, wimmelt es in den Bergen von Kühen, Kälbern, Ochsen, Schafen und Ziegen, die von den Trollen geraubt worden sind.«

Eine Dame in der dritten Reihe winkte energisch und bat, eine Frage stellen zu dürfen. Aber dann wollte sie nichts fragen, sondern etwas erzählen. Das kommt bei meinen Vorträgen über Bergverschleppungen immer vor. Die Leute wollen selbst etwas erzählen. Die älteren Leute haben in der Gegend, aus der sie stammen, oft solche Geschichten gehört, und da diese Bergverschleppungsgeschichten alle sehr ähnlich sind, kommt eins zum anderen. »Da fällt mir ein . . .«, und so weiter. Die Dame erzählte die Geschichte von einem verschleppten Kalb. Ich ließ sie eine Weile reden, unterbrach sie schließlich – vielleicht etwas brüsk –, faßte ihre Geschichte in ein paar Sätzen zusammen und schaffte es, sie mit dem nächsten Teil meines Vortrags zu verknüpfen, der von der eigentlichen Verschleppung handelte.

»Das ist meistens der dunkle Abschnitt der Erzählung«, sagte ich. »Die Verschleppten, die zurückkehren, können in der Regel nicht beschreiben, was geschehen ist. Im einen Moment noch hier, im nächsten dort. Ein Weg wird nicht erinnert. Es scheint sich eher um eine andere Dimension zu handeln, einen anderen Zustand, nicht um einen anderen Ort.«

Dann sprach ich über die Befreiung und konnte auch da an das Kalb anknüpfen, von dem die Dame in der dritten Reihe erzählt hatte. Sie wirkte sehr zufrieden, aber ein Teil des Publikums schien abzuschalten, und ich fand deshalb, die Zeit sei reif für die »Kratzspuren«. Sie gehört zu einem eigenen Genre dieser Mythen: den Bigamieerzählungen.

»Im Dorf Berg lebten zwei Eheleute«, begann ich und strich mir eine Strähne, die sich aus dem Knoten gelöst hatte, aus dem Gesicht. »Die Frau gebar ein Kind. Kurz darauf, als sie im Stall nach den Kühen sah,

kamen die Trolle aus dem Wald und holten sie. Als der Mann nach Hause kam, fand er das Kind schreiend und hungrig in der Wiege, aber die Frau war verschwunden. Er wartete, aber sie kam weder an diesem noch am nächsten Tag. Als ein Jahr vergangen und die Frau nicht zurückgekehrt war, heiratete er wieder.
Eines Abends saßen der Mann, das Kind und die neue Frau beim Abendbrot. Da klopfte es ans Fenster. Als der Mann hinschaute, bemerkte er seine erste Frau. ›Laß mich schnell herein! Ich bin den Trollen entkommen!‹ rief sie. Der Mann stand auf, um sie hereinzulassen, aber die neue Frau hielt ihn fest. Während er kämpfte, um sich loszumachen, ertönte draußen lauter Lärm. ›Sie kommen, sie kommen! Mach schnell auf!‹ schrie die erste Frau. Aber der Mann erreichte die Tür nicht, weil die zweite Frau an seinem Hals hing und er nicht loskam. Da hörte er ein schreckliches Poltern und Lärmen. Die erste Frau schrie, und die ganze Hütte bebte.
Erst am nächsten Morgen traute er sich hinaus. Auf dem Fensterbrett fand er Blut und zehn Kratzspuren von den Nägeln der Frau. Sie hatte sich festzuhalten versucht, aber die Trolle hatten sie losgerissen und mitgenommen. Sie erschien nie wieder. Aber die Kratzspuren auf dem Fensterbrett sind noch heute zu sehen.«
Die Geschichte hatte die beabsichtigte Wirkung. Die meisten wurden wieder munter. Man hörte leises Flüstern.
Es gibt noch saftigere Varianten. Ganze Blutlachen vor dem Fenster, Bäche von Blut, die in den Berg führen. Mir gefallen jedoch die Kratzspuren am besten.

Dann sprach ich von der Zeit danach, von denen, die nach einer Verschleppung zurückzukehren vermochte.
»Die Menschen werden oft als ›unentschlossen‹, ›wunderlich‹, ›verwirrt‹ beschrieben. Manche haben körperliche Gebrechen, wie Hinken, Taubheit, Stummheit, Schielen oder Zuckungen im Gesicht. Andere scheinen unverletzt und führen wieder ihr normales Leben, erkranken aber kurz darauf an einer unerklärlichen Krankheit und sterben. Wenn die Bergentrückten ganz unverändert sind, handelt es sich meistens um Kinder. Tiere, die verschleppt waren, sind mager, und Kühe geben keine Milch mehr. Aber auch das Gegenteil kommt vor«, sagte ich und nickte in Richtung der Dame in der dritten Reihe, »nämlich wohlgemästete Kälber und Kühe, die zehnmal so viel Milch geben.«
Jetzt winkte ein junger Mann in einem Flanellhemd.
»Ja bitte?«
»Haben die Leute daran geglaubt? Daß das wahr war?« fragte er.
»Eine gute Frage. Ich denke mir, daß sie es hin und wieder glaubten und dann auch wieder nicht. Daß es verschiedene Erklärungen für ein Verschwinden gab, eine mythische und eine realistische, und man in bestimmtem Fällen, wenn die realistische Erklärung allzu schmerzhaft war, die mythische vorzog. Bewußt oder unbewußt.«
»Wie meinen Sie das?« fragte der Flanelljunge.
»Stellen Sie sich eine Frau vor mit vielen Kindern vor. Sie ist im Wald, um Beeren zu suchen, die kleinsten Kinder hat sie dabei – wo soll sie sie sonst lassen. Sie ist mit dem Beerensuchen beschäftigt, muß soviel wie

möglich sammeln, bevor es dunkel wird, und als sie sich umsieht, ist eines der Kinder verschwunden. Sie sucht, andere suchen, aber das Kind bleibt verschwunden. Die Erklärung, daß das Kind sich im Wald verirrt hat und verhungert ist, weil sie nicht ordentlich aufgepaßt hat, bereitet ihr zu große Schuldgefühle. Und so ist es erträglicher, wenn ein fremdes Wesen das Kind geraubt hat. Diese Erklärung greift auch dann noch, wenn man das Kind später findet, schwach und lallend vor Hunger und dem Schock.

Die meisten Fälle von Verschwinden sind so tragisch und so mit Schuld behaftet, daß man jede Erklärung zu akzeptieren bereit ist, nur nicht die wirkliche. Schwangere, unverheiratete Frauen, die ins Wasser gehen, mißhandelte Dienstmägde, die im Wald verschwinden, Kinder, die ausgesetzt werden. Niemand hat ein Interesse daran, daß die wahre Erklärung ans Licht kommt, die einen Keil in die Dorfgemeinschaft treiben würde. Es ist besser, die Schuld einer fremden Macht, den Trollen, zu geben.«

Ich warf einen Blick auf meine Armbanduhr, die ich abgenommen und neben das Manuskript auf das Rednerpult gelegt hatte. Mir blieben noch zehn Minuten. Eigentlich wollte ich zum Schluß ein Band mit einem Interview, das ich gemacht hatte, abspielen, aber die Dame in der dritten Reihe winkte eifrig, und ich beschloß statt dessen, den Abend mit einer Fragestunde zu beschließen.

Der Dame in der dritten Reihe gelang es wieder, mich zu überlisten. »Ich wollte fragen, wie das mit verschleppten Tieren eigentlich ist. Da, wo ich herkomme, gab es nämlich ein Schwein . . .« Und schon war sie in einer Geschichte, die unmerklich in drei, vier andere Geschichten überging, alle über Tiere. Ich ließ sie gewähren, dankbar wegen des lockeren Abschlusses meines Vortrags, der düsterer geraten war, als ich beabsichtigt hatte. Sie durfte ein paar Minuten überziehen, dann dankte ich ihr und beendete die Veranstaltung.

Als ich durch den leeren, leicht geneigten Hörsaal zum Ausgang ging, bemerkte ich, daß ein Mann sitzengeblieben war. Er saß ganz hinten in der Nähe der Tür. Er hatte eine knallblaue Freizeitjacke an und sah nicht so aus, wie meine Zuhörer normalerweise aussehen. Er nickte mir zu, und da erkannte ich ihn: Es war der Polizist, der im Auto auf der Rückbank gesessen hatte, als wir nach Tångevik fuhren und ich den beiden das Skelett zeigte. Er stand auf und kam mir mit ausgestreckter Hand im Gang entgegen. Ich nahm die Aktentasche in die linke Hand und begrüßte ihn.

»Jan-Erik Liljegren, der Polizist, erinnern Sie sich an mich? Na, da habe ich ja einiges Neues erfahren«, sagte er.

»Sind Sie hier, weil Sie mich verhören wollen?« fragte ich.

Ich hatte es etwas merkwürdig gefunden, daß die Polizei keinen Kontakt mit mir aufgenommen hatte. Ich war davon ausgegangen, daß sie mich noch etwas fragen wollen. Ich hätte zwar nicht viel mehr erzählen können, aber immerhin. Ich – oder mein Sohn – hatte schließlich das Skelett eines toten Menschen gefunden. Und als ich es ihnen gezeigt hatte, hatten sie kaum danke gesagt und nie mehr etwas von sich hören lassen. Und nun tauchte dieser Jan-Erik Liljegren bei meinem Vortrag auf wie Columbo persönlich.

»Sie hätten mich sonst auch zu Hause erreichen können«, sagte ich ziemlich kurz.
»Haha, verhören? Nein, um Himmels willen, ich bin nicht im Dienst. Ich war in der Stadt und kam herein, um ein wenig Zeitung zu lesen, und da sah ich den Anschlag, daß Sie heute hier sprechen würden. Sie haben ja neulich davon erzählt, das klang interessant.«
»Wissen Sie inzwischen mehr über das Skelett?« fragte ich.
»Vielleicht eine Spur. Aber ich glaube, hier wird geschlossen. Können wir nicht irgendwohin gehen und ein bißchen reden, oder haben Sie es eilig nach Hause zu den Kindern?«
»Heute nicht. Sie sind bei ihrem Vater.«
»Aha, bei ihrem Vater. Dann gehen wir doch in Mikkey's Inn.«
»Was ist das denn?«
»Eine Kneipe. Da gehe ich immer hin, wenn ich in der Stadt bin. Das Bier dort ist billig. Ich glaube, die Leute hier werden ungeduldig. Gehen wir.«
Ich holte meinen Mantel, und dann traten wir hinaus ins herbstliche Dunkel. Wie immer am Freitag zog jede Menge von Jugendlichen in großen Gruppen die Hauptstraße hinauf und hinunter. Dröhnende Musik kam aus Autos, die mit heruntergedrehten Fenstern vorbeiglitten. Nach zwanzig Minuten waren wir bei Mickey's Inn, einer Kneipe mit schwerwiegenden Identitätsproblemen. Sie konnte sich nicht entscheiden, ob sie einem englischen Landgasthaus, einer schweizerischen Alpenhütte oder einer bohusländischen Fischerhütte gleichen wollte. Das Bier aber war tatsächlich billig. Wir bestellten und setzten uns ans

Fenster. Jan-Erik Liljegren erzählte, daß er auf Tjörn wohnte, aber hin und wieder nach Göteborg käme.
»Ich würde gerne hierherziehen, aber meine Frau und der Sohn leben da oben, und ich will nicht zu weit weg von ihnen wohnen«, sagte Jan-Erik Liljegren. »Die Familie, nichts ist so wichtig wie die Familie. Von der Arbeit kommen und sie sehen, die Liebsten umarmen, mit ihnen essen, sie atmen hören, wenn sie schlafen.«
»Es ist doch selbstverständlich, daß Sie bei Ihrer Familie wohnen wollen«, sagte ich erstaunt. »Warum sollten Sie nicht?«
»Weil sie mich rausgeworfen hat. Sehen Sie, wir hatten einen Fall mit einem Mann, der auch rausgeschmissen wurde. Wissen Sie, was er gemacht hat? Nein, das wissen Sie natürlich nicht, es stand kein Wort darüber in der Zeitung. Ein ganz normaler Mann, selbständig, trainierte Jugendliche im Volleyball. Elf Tage lang saß er alleine in einem Sommerhäuschen. Hat sich mit Essen und Bier eingedeckt und sich völlig isoliert. Dann nahm er einen Elchstutzen und fuhr zu seiner Frau und erschoß alle. Erst die Kinder in ihren Betten, dann die Frau im Treppenhaus und schließlich sich selbst. Es war das Schlimmste, was ich je gesehen habe. Damals habe ich nichts verstanden. Nur den Kopf geschüttelt. Aber jetzt verstehe ich es gut. Sehr gut!«
Er machte eine heftige Geste mit der Hand und wischte beinahe die Porzellanente vom Fensterbrett.
»Ich nicht.«
»Nein, Frauen verstehen nicht, wie schwer man das nimmt, glaube ich. So, es macht keinen Spaß mehr, wir haben uns auseinandergelebt, raus mit dir! Verdammt,

wie gut ich diesen Kerl verstehe. Die Familie ist etwas Heiliges. Das kann man nicht so einfach auflösen.«

Was für ein Glück, dachte ich rasch, daß Anders keinen Waffenschein für einen Elchstutzen hat. Aber ich glaubte auch nicht, daß er so handeln würde. Gleichzeitig versuchte ich mir auszumalen, Anders hätte mich hinausgeworfen, als die Kinder noch klein waren und ich ihn noch liebte, aber ich konnte mir nicht vorstellen, daß ich deshalb meine eigenen Kinder mit einem Elchstutzen erschossen hätte.

»Ich verstehe ihn überhaupt nicht«, sagte ich.

»Weil Sie eine Frau sind.«

»Das wird es sein. Das Leben vieler Männer ruht auf drei Säulen, Familie, Arbeit und Fernsehen. Wenn man ihnen eine nimmt, fällt es zusammen«, sagte ich weise. Und hatte dann eine Idee. »Hat dieser Mann etwas mit dem Skelett zu tun?«

»Was? Nein, das ist viel älter.«

»Es *ist* also ein Höhlenmensch?«

»Haha, nein, *so* alt nun auch wieder nicht.«

»Wißt ihr, was für ein Mensch es ist?«

»Nicht ganz sicher. Aber ziemlich. Es könnte eine Frau sein, die vor vielen Jahren als vermißt gemeldet wurde. Kristina Lindäng hieß sie. Das war vor meiner Zeit.«

»Wann ist sie denn verschwunden?« fragte ich.

»Sie wurde im November 1972 als vermißt gemeldet. Und wurde nie gefunden. Bis jetzt nicht.«

Mein Herz machte einen Satz.

»Ich kannte eine Familie, deren Tochter in diesem Jahr verschwand«, sagte ich. »Sie wurde an diesem Strand wiedergefunden. Glauben Sie, daß es da einen Zusammenhang gibt?«

»Keine Ahnung, könnte schon sein. Aber das ist so lange her, jetzt kaum mehr herauszubekommen. Es ist ein gefährlicher Ort. Eine Art Gang führt unter den Felsblöcken hindurch, und wenn man zu weit kriecht, kann man vielleicht steckenbleiben. Sie sollten Ihre Kinder da nicht spielen lassen.«

»Ich habe gar nicht gesehen, wie mein Junge da hineingekrochen ist«, sagte ich.

»Jungen gehen ihre eigenen Wege«, murmelte Jan-Erik Liljegren und schaute traurig aus dem Fenster. »Als ich meinen Sohn heute anrief, hatte er kaum Zeit, mit mir zu reden. Er wollte Skateboard fahren gehen. Nein, jetzt bestellen wir uns noch ein Bier.«

Eigentlich sollte ich nach Hause fahren, dachte ich, aber ich konnte auch hier sitzen bleiben. Und so saßen wir in Mickey's Inn, bis sie schlossen.

»Mein letzter Bus ist weg«, sagte Jan-Erik Liljegren. »Bei dir ist nicht zufällig ein Sofa frei?«

»Mein Sofa ist voller Papierstapel und Bücher«, sagte ich.

»Über Bergverschleppungsmythen? Ja, das habe ich mir gedacht. Und an meinen Bus hätte ich früher denken können, stimmt. Aber es ist schon gut so.«

»Bestimmt?«

»Ja klar.«

Zu Hause packte ich meine Aktentasche aus. Die Kassette mit dem Interview legte ich in den Recorder im Schlafzimmer ein. Nachdem ich mich gewaschen und die Zähne geputzt hatte, löste ich meinen Knoten und legte mich ins Bett. Ich streckte mich nach dem Tonband, schaltete es an und löschte das Licht.

Dieses Tonband hat eine ganz besondere Bedeutung

für mich. Es ist die Aufzeichnung eines Gesprächs mit dem einzigen Menschen, den ich getroffen habe, der von sich behauptet, bergentrückt gewesen zu sein: eine zweiundneunzigjährige Frau, die ich 1987 in einem Altenheim in Sollefteå kennengelernt habe. Ich hatte schon früher von ihr gehört, aber es dauerte über ein Jahr, bis ich sie aufgespürt hatte. Die ganze Zeit sorgte ich mich, sie würde sterben, ehe ich sie gefunden hätte. Als ich endlich bei ihr war, wollte sie zunächst überhaupt nichts erzählen, aber nach einer Weile tat sie es doch. Nicht sehr viel. Aber für mich ist ihr Bericht von unschätzbarem Wert, weil es eine Geschichte aus erster Hand ist. Die Frau starb nur wenige Monate nach meinem Besuch.

Ich lag nun im Dunkeln, müde und ein wenig angetrunken, und lauschte der gebrochenen, alten Stimme: »Ja, ich wurde als Kind mitgenommen. Da gibt es eigentlich nichts darüber zu erzählen. Ich erinnere mich selbst an nichts. Ich war fünf Jahre und mit der Mutter beim Beerensammeln. Ich war drei Tage weg. Die anderen haben es mir erzählt. Ich trug keinen Schaden davon. War immer gesund, fühlte mich wie alle anderen. Aber als ich erwachsen wurde, wollte ich vom Dorf wegziehen. Mir gefiel es nicht, daß die anderen das von mir wußten. Viele sind mitgenommen worden. Man redete nicht darüber. Aber ich sehe es an den Augen. So, so, das ist also auch einer, denkt man. Aber man sagt nichts. Wir sind ja deswegen nicht schlechter als andere. Ich habe geheiratet und fünf Kinder bekommen. Mein Leben war gut. Ich habe meinem Mann oder meinen Kindern nie davon erzählt. Sie hätten mich ausgelacht. Manchmal, wenn ich mich komisch

gefühlt habe, dachte ich, daß es vielleicht davon kommt. Man versucht, nicht daran zu denken. Heute nehmen sie, glaube ich, niemanden mehr mit. Zumindest nicht hier in der Gegend. Nein, überhaupt nirgends, glaube ich.
Warum?
Das weiß ich nicht. Jetzt gibt es ja Fernsehen und so.
Wie hat denn das Fernsehen die Bergverschleppungen beeinflußt?
Es ist eine andere Zeit. Daß man mitgenommen wurde ... das gehörte zur alten Zeit. So etwas geschieht nicht mehr.
Sie sagen, daß Sie sich an die Verschleppung nicht mehr erinnern. Woher wissen Sie dann, daß es passiert ist?
Was heißt hier erinnern? Man weiß schließlich, was man erlebt hat.
Aber Sie haben es von anderen erzählt bekommen?
Sie haben erzählt, daß ich weg war.
Aber Sie hätten sich doch verirrt haben und drei Tage lang im Wald herumgeirrt sein können?
Ich war ganz trocken, obwohl es die ganze Zeit geregnet hatte. Und ich wollte nichts essen, ich sagte, ich hätte gerade gegessen. Ich bekam eine Portion Brei mit Preiselbeeren, und ich aß nur einen Löffel, weil ich so satt war. Nach drei Tagen!
Aber könnte nicht ein netter Mensch sich um Sie gekümmert haben?
Das waren keine Menschen, nein.
Sie zweifeln also nicht daran, daß Sie bei den Trollen waren?
(Lachen. Unhörbar). Aber deshalb bin ich kein schlechterer Mensch.«

Mehr ist es nicht. Ich spulte das Band zurück und spielte es noch einmal ab. Ich kann es immer wieder hören.

Die Vergangenheit hat verschiedene Schichten. Das letzte Jahr: fast heute, aber nicht ganz. Blöd und langweilig, wie die Zeitung von gestern oder trokkenes Brot.

Das letzte Jahrzehnt: lächerlich. Unmodern. Peinlich. Aber weiter unten im Brunnen der Zeit – irgendwo vor zwei oder drei Jahrzehnten – verändert sich der Charakter des Vergangenen. Der Schlamm ist abgesunken und bildet Muster.

Wo habe ich Gattmanns zum ersten Mal gesehen? Wahrscheinlich am Strand.

Es gab in der Nähe unseres Sommerhauses keinen langen Strand, man findet solche in Bohuslän nur selten, aber entlang der Küste gibt es jede Menge kleiner Strände, die sehr unterschiedlich sind. Strände mit grobem, braunem Sand, Strände mit weißem, feingemahlenem Muschelsand, der ein trockenes Puder auf der Haut hinterläßt, Strände mit stinkendem Schlamm und Strände, die bedeckt sind mit bläulichen Miesmuschelschalen.

Wir badeten meistens, unterhalb von Gattmanns Haus, an einem der beiden kleinen Strände mit braungelbem Sand, einem hohen Felsen und Gattmanns Bootssteg dazwischen. Wir nannten die Strände Vormittagsstrand und Nachmittagsstrand, je nachdem, wann die Sonne einfiel.

Gattmanns kamen ungefähr um elf. Sie kamen den

Hügel mit den gußeisernen Treppenstufen und dem Handlauf aus Eisen herunter, sie trugen quergestreifte Pullis und Sonnenhüte. Dann machten sie es sich mit ihren Decken, Sonnenschirmen, Körben, Büchern, Zeitungen und Spielsachen bequem. Die großen Kinder sprangen ins Wasser und tauchten. Anne-Marie, die jüngste, spielte im Sand. Die Erwachsenen lasen. Ich fühlte mich von ihnen ungeheuer angezogen. Wenn sie ihren mitgebrachten Proviant verspeisten, setzte ich mich in die Nähe und schaute zu. Sie aßen Butterbrote mit Honig und tranken Apfelmost, was beides neu für mich war: ich hatte noch nie Honig gegessen oder Apfelmost getrunken. Für mich aßen sie goldene Speisen. Karin, Anne-Maries Mutter, fragte, ob ich kosten wollte, aber ich traute mich nicht. Das war im ersten Sommer. Ich muß etwa fünf gewesen sein.

Das goldene Picknick ist eine sehr frühe Erinnerung, aber genau so früh und noch stärker ist die Erinnerung an den Seestern. Anne-Maries Großvater, Tor Gattmann, Professor der Literaturgeschichte, zeigte ihn mir. Er trug auf seinem spärlich behaarten Schädel ein Taschentuch, das an allen vier Ecken einen Knoten hatte. Wir standen im Wasser, er hatte den Seestern in der Hand, drehte ihn um und zeigte mir die unendlich vielen Beine, die sich bewegten. Er erzählte, wie der Seestern lebt, zeigte mir den Mund, mit dem er frißt. Er sprach ein weiches angenehmes Schonisch. Eigentlich sprach er anfangs nicht zu mir, sondern zu Anne-Marie. Aber da ich danebenstand, lauschend, schauend, wandte er sich zu mir, und ganz natürlich, ohne seine Rede zu unterbrechen, hielt er die Hand mit dem Seestern vor mich und sprach nun auch zu mir. »Also, verstehst du …«, sagte er mit seiner weichen, schnarrenden Stimme, und dieses »du« war ich! Das gehörte zum Wunderbarsten, das ich bis dahin erlebt hatte. Ich konnte nichts antworten. Von einem Mitglied dieser Familie angesprochen zu werden war das größte. Ich stand nur da und ließ die Worte wie Goldstaub auf mich fallen.

Von dem Tag an hegte ich den Traum, Anne-Marie würde meine Freundin werden. Warum war das nur ein Traum und nicht selbstverständlich? Wir waren gleich alt, wohnten nicht sehr weit voneinander, badeten am gleichen Strand. Aber für mich war sie unerreichbar. Ich weiß, es ist schwer zu erklären, warum ich das so empfunden habe. Ich war gesund, sauber und konnte mich sehen lassen, mein Vater war Zahnarzt, wir waren keine schlechteren Menschen als sie.

Den ganzen ersten Sommer träumte ich von Anne-Marie. Ich sah sie mal hier, mal dort, am Strand, bei den Briefkästen, im Laden. Sie war schmal, hatte hellblonde kurze Haare und dunkle Wimpern und Augenbrauen. Wie Tatum O'Neal in Paper Moon. Sie wurde im Sommer sehr braun. Indianerhaut, nannte sie das. Die schöne Kombination von blond und dunkel hatte sie von ihrem Vater geerbt, dem Schriftsteller Åke Gattmann. Ihr Bruder Jens sah genauso aus. Die älteren Mädchen kamen mehr nach Karin, hatten braune Haare und eine Andeutung von Sommersprossen. Anne-Marie hatte eine lustige Lücke zwischen den Vorderzähnen, die sie auch behielt, auch als sie ihre zweiten Zähne bekam.

Es dauerte bis zum nächsten Sommer, ehe ich mit

Anne-Marie sprach. Wir waren im Laden. Es war kühl und dämmrig darin, und es roch nach einem ganz bestimmten Duft. Das Dorf war noch lebendig, Traktoren blieben vor dem Laden stehen, Bauern mit lehmigen Stiefeln kamen herein, sie rochen nach Jauche. Manche Sommergäste trugen Seglermützen und um den Hals ein Schnupftuch. Hinter der Theke gingen die Verkäuferinnen hin und her und holten Waren, manchmal liefen sie ins Lager oder aus dem Laden und in den Keller. Sie sprachen die ganze Zeit mit den Kunden, und die Kunden, die warten mußten, sprachen miteinander. Für jemanden, der die ganze Woche mit seinen Eltern in einem kleinen Sommerhäuschen zubrachte, war das so spannend wie eine Zirkusvorstellung.

Gattmanns waren im Laden. Ich bekam ein Eis von meiner Mutter und sollte draußen warten. Ich setzte mich auf die Treppe. Da saß schon Anne-Marie, die ihren Sonnenhut aus Khakistoff tief in die Stirn gezogen hatte, und fütterte den Rauhhaardackel der Familie mit Eis. Und da traute ich mich endlich.

»Wie heißt der Hund?«

»Lilla My.«

»Darf ich ihn streicheln?«

»Ja, wenn sie es will.«

Das waren unsere ersten Worte.

Ich erinnere mich immer an die ersten Worte von Menschen, die mir etwas bedeuten. Anders hatte gesagt: »Wie komisch es hier riecht.« Das war im Wartesaal des Bahnhofs von Falköping, und ein paar Arbeiter waren gerade damit beschäftigt, die Fenster mit einer Plastikmasse abzudichten. So begann ein sehr interessantes Gespräch, das drei Stunden im Zug fortgesetzt wurde – und dann noch neun Jahre lang. Cissi, jetzt meine beste Freundin, die mir damals aber völlig fremd war, hatte sich vom Nebentisch in einem Café zu mir gewandt und den neugeborenen Jonatan betrachtet, den ich gerade stillte, und gefragt: »Das mit dem Kinderkriegen, bringt es das?«

Anne-Marie und ich sprachen noch ein wenig über den Hund, das Eis schmolz und tropfte auf die ausgetretene Steintreppe.

»Sie liebt Eis, und sie ißt auch Sandkuchen«, erzählte Anne-Marie.

Viel mehr wurde bei diesem Treffen nicht gesagt, wir fuhren vom Laden nach Hause, jeder zu sich nach Hause.

Aber dann geschah etwas. Ein Rauhhaardackel lief vor unserem Zaun auf und ab und schnupperte. Lilla My. Sie war abgehauen. Meine Mutter knotete eine Schnur an ihr Halsband, und dann gingen wir zusammen hinüber zu Gattmanns Haus.

Wir betraten das Grundstück, und ich bestaunte mit großen Augen das Trapez und die Schaukel, die von den Ästen der alten Eichen baumelten. In einer Astgabel war ein Baumhaus aus Hartfaserplatten, das man über eine frei hängende Strickleiter erreichen konnte. Weiter hinten auf dem Grundstück stand ein Seeräuberschiff, das aus alten Brettern gebaut war, mit Deck und Kommandobrücke und Segeln und einer Totenkopfflagge an der Mastspitze.

Auf dem felsigen Teil des Grundstücks waren zwei kleine Häuser mit braunen Wänden und grünen Fensterrahmen, genau wie das große Haus. Später erfuhr ich, daß das eine die Gästehütte war und das andere Åkes Schreibstube.

All dies hatte ich auch schon von der Straße her gesehen, wenn ich vorbeiging. Jetzt war ich auf dem Grundstück. Als wir an der Schaukel vorbeigingen, streckte ich die Hand aus und berührte andächtig das eine Seil.

Lilla My zog an der Leine. Auf dem Weg war sie immer wieder stehengeblieben und hatte geschnuppert. Jetzt, zu Hause hatte sie es plötzlich eilig. Auf ihren kurzen Beinen flitzte sie mit flatternden Ohren die Holztreppe hinauf, meine Mutter hinterher.

Auf einem Felsen, direkt vor dem Haus, stand Anne-Marie und rührte mit einem Stock in cinem alten, rostigen Wäschezuber. Sie blickte mich unter der Krempe des Khakihuts ernsthaft an, rührte aber weiter. Ich stellte mich auf die andere Seite des Zubers und sah hinein. Er war voll mit Wasser und langem Seegras.

Lilla My hatte sich von meiner Mutter losgerissen und war ins Haus gelaufen. Karin trat, mit der Brille auf der Nasenspitze, in die Tür. Meine Mutter erzählte, daß wir Lilla My auf unserem Grundstück gefunden hatten. Karin schien nicht sehr beeindruckt. Sie sagte, Lilla My mache das öfter, laufe fort und komme wieder nach Hause, wenn sie genug habe vom Abenteuer. Meine Mutter hatte wohl etwas mehr Dankbarkeit erwartet, nachdem wir doch ihren Hund geschnappt und ihn den ganzen Weg hierhergebracht hatten. Sie verabschiedete sich knapp und nahm mich an der Hand, um zu gehen.

Da fragte Karin, ob wir nicht bleiben und Blaubeeren mit Milch essen wollten. Sie hatte am Vormittag ein paar Kannen Beeren gepflückt. Meine Mutter lehnte dankend ab – sie hatte angeblich zu Hause etwas zu tun.

»Aber vielleicht möchtest du bleiben und mit Anne-Marie spielen?«

Ich schaute Anne-Marie an. Sie nickte eifrig. Ich schaute meine Mutter an. Zögernd sagte sie ja.

Meine Mutter ging, und ich blieb. Ich sah sie die Holztreppe hinuntergehen, über das Grundstück und auf der Straße verschwinden. Ein Gefühl von Unwirklichkeit erfüllte mich. Ich drehte mich zu Anne-Marie um.

»Was machst du?»

»Ich koche Schokolade. Wenn man lange genug rührt, wird daraus Schokolade.«

Ich starrte das Seegras an, das sich in merkwürdigen Mustern um den rotierenden Stock drehte. Ich wußte, daß es Seegras aus dem Meer war, Seegras und rostiges Wasser, und daß daraus nie Schokolade werden konnte. Und gleichzeitig glaubte ich Anne-Marie. Daß ein Wunder geschehen und Seegras zu Schokolade würde. Ich konnte mir genau vorstellen, wie die grünen Blätter sich auflösten, wie die Farbe allmählich in Hellbraun wechselte. Ich roch schon den Duft. Man mußte nur immer weiter rühren. Ich suchte mir einen abgebrochenen Zweig und half ihr.

Anne-Marie schaute mich unter dem Dunkel der Hutkrempe hervor an, fest und forschend. Sie versuchte, mich zu taxieren.

»Wir müssen lange rühren«, sagte ich.

Aber bevor das Seegras zu Schokolade werden konnte, kam Karin und fragte uns, ob wir Blaubeeren mit Milch haben wollten. Wir gingen hinein. Ich saß am

Tisch in der Küche, gegenüber von Anne-Marie, wir aßen schweigend unsere Beeren, die unter der Milchoberfläche wie kleine Kreise aussahen. Sie trug auch im Haus ihren Stoffhut.

Sogar das Wetter war an diesem Tag besonders – bewölkt und mild und ruhig. Das Meer war grau. Die Rosengeranien am Fenster verbreiteten einen angenehmen Zitronenduft.

Karin saß auf der Veranda und schrieb auf einer Schreibmaschine. Durch die offene Tür drang das Geräusch in unser Schweigen. Manchmal knatterten die Tasten in rasendem Tempo, dann wurden sie langsamer, zögernd wie die letzten Regentropfen eines Schauers und hörten dann ganz auf. Nach einer halben Minute Stille kam wieder eine knatternde Kaskade. In meinen Ohren war es ein merkwürdiger Rhythmus, so ganz anders als der monotone Dauerregen, der von der Sekretärin in der Praxis meines Vaters hervorgebracht wurde.

Die Schranktüren in der Küche waren in märchenhaftem Blau gestrichen, das gleichsam nach innen tiefer wurde. Ich habe kein Wort für diesen Farbton. Er ist mir nie wieder begegnet. Ich fing die schwimmenden Beeren mit dem Löffel ein, aß langsam, lauschte, sah mich um.

Jetzt bin ich hier, dachte ich.

Als sich die erste Euphorie gelegt hatte, machte sich ein Gefühl von Nach-Hause-Kommen und Frieden breit. Mein Verhältnis zur Familie Gattmann war paradox: einerseits das Gefühl des Unerreichbaren, daß sie ganz anders waren als ich, und andererseits das Gefühl, daß ich hier zu Hause war.

Wir gingen hinauf in Anne-Maries Zimmer. Erst kam man ins Obergeschoß, wo die Großeltern ihre Zimmer hatten. Und von da führte eine steile Treppe, fast eine Leiter, ins Dachgeschoß. Alle vier Kinder hatten ihre Zimmer im Dachgeschoß. Die großen Mädchen, Lis und Eva, teilten sich ein großes Zimmer. Anne-Marie und Jens hatten jeder eine Kammer. Der Boden knarrte laut beim Gehen.
Wir spielten wenig. Hauptsächlich schauten wir Sachen an, wie das immer so ist, wenn man zum ersten Mal bei jemandem zu Hause ist. Ich wühlte in ihrer Spielzeugkiste und rief immer wieder aus: »Oh, wie schön!« Anne-Marie saß mit überkreuzten Beinen auf dem Bett, hatte den Hut über die Augen gezogen und schnaubte: »Ach was, das olle Ding.«
Als meine Mutter mich holen kam, hatten wir gerade ein Spiel begonnen, und ich wollte nicht weg. Aber bei uns gab es Abendessen, und ich mußte mitkommen. Wir einigten uns darauf, daß Anne-Marie uns zu unserem Häuschen begleitete. Wir spielten bis spät am Abend.
Nachdem sie gegangen war und ich in meinem Bett lag, konnte ich nicht einschlafen. Ich ging in Gedanken noch einmal unser ganzes Treffen durch, genau wie ich mir später im Leben Liebesbegegnungen ins Gedächtnis zurückrief. Augenblick für Augenblick ließ ich in Zeitlupe ablaufen. Manchmal stoppte ich den Film und hielt das Bild lange fest, ehe ich ihn weiterlaufen ließ. Ich wiederholte das ein paarmal hintereinander, dann endlich fand ich Ruhe und konnte schlafen. Es gibt Ereignisse, die so wichtig sind, daß das Erlebnis in der Zeit, in der es geschieht, keinen Platz hat. Es benötigt die zusätzliche Zeit verlangsamter Wahrnehmung.

Danach spielten wir an jedem Tag dieses Sommers miteinander. Anne-Marie wurde meine Sommerfreundin. Aber sie wurde nie alltäglich, nie selbstverständlich. Sie behielt immer ihren Glanz, ihren goldenen Honig- und Apfelmostglanz.

Unser Sommerhäuschen wurde im Herbst 1960 gebaut und konnte im Sommer 1961 bezogen werden. Das Grundstück war eben, aber unter der dünnen Erdschicht bestand es aus reinem Fels, und damit mein Vater einen Rasen anlegen und Blumen und Büsche pflanzen konnte, mußte er große Mengen Muttererde hinschaffen lassen. Ich erinnere mich an den Lastwagen, der große Haufen mit duftender, bräunlicher Erde abkippte, an die sich darin ringelnden Regenwürmer und an die merkwürdigen, zentimetergroßen Scherben von blauweißem Porzellan, Keramik und Glas, die an manchen Stellen aufblitzten. Als der Haufen Erde so dalag, konnte man glauben, er würde uns alle begraben, wenn die Erde auf dem Grundstück verteilt würde. Nachdem sie dann verteilt und planiert worden war, war sie wie verschluckt. Sie muß in unsichtbare Spalten und Löcher im Fels gerutscht sein. Das Grundstück war jetzt genauso karg und mager wie zuvor, und eine neue Fuhre Erde wurde bestellt – die auch allmählich verschwand. Als ob der Fels die Erde fräße.
Im ersten Sommer waren die sonst so sauberen, klinisch gepflegten Zahnarzthände meines Vaters immer erdig. Er kämpfte mit seinem Spaten, seiner Schubkarre und seiner von Hand gezogenen Walze, um sein

karges Stück Land zu bestellen. Aber unser Boden schien so zu sein wie jene mageren Menschen, die Unmengen fetter Nahrung zu sich nehmen können, ohne zuzunehmen. Nichts blieb.
Schließlich war das Projekt auch ökonomisch nicht mehr vertretbar. Mein Vater hatte keine Lust, als Fanatiker dazustehen, und so blieb die Erdkrume, wie sie war. Ein Garten mit anspruchslosen, ausdauernden Pflanzen entstand. Die geplante Bepflanzung war nur eine Bleistiftskizze, und mir blieb verborgen, wie die Pflanzen mit den exotischen Namen in Wirklichkeit aussahen: tibetanische Primeln, Afrikas blaue Lilie, Cunningham White Rhododendron, Koreanische Federspiere, dunkelblaues Heliotrop.
Der erste Sommer ist in meiner Erinnerung der Erdsommer. Überall duftete es nach dem Erdberg, den ich zu besteigen versuchte. Ich »arbeitete«, indem ich meinen Vater imitierte und mit meinem kleinen gelben Spaten grub und die Erde mit einem klappernden, sich drehenden Spielzeugwagen, der tatsächlich gewisse Ähnlichkeiten mit einer Walze hatte, flachdrückte.
Der zweite Sommer ist in meiner Erinnerung der Sommer-als-ich-Anne-Maries-Freundin-wurde.
Bis dahin war ich ein ziemlich einsames Kind gewesen. Ich hatte keine Geschwister. Später wurde mir klar, daß meine Mutter gerne noch mehr Kinder gehabt hätte, mein Vater jedoch fand, daß es mit mir genug sei. Er hatte in seiner Kindheit zu sehr unter einer großen Kinderschar und beengten Wohnverhältnissen gelitten. Im Reihenhaus in der Stadt – und auch später, als wir ins eigene Haus umzogen – hatten wir immer ein Zimmer, das nicht benutzt wurde. Lange glaubte ich,

das Zimmer sei für die zukünftigen kleinen Geschwister. Ich glaube sogar, daß meine Mutter das zu mir gesagt hat – was auch ihren Hoffnungen entsprach. Aber mein Vater wollte ganz einfach ein zusätzliches Zimmer. Das war der größte Luxus: Ein Zimmer zu haben, das niemand benutzte. Es wurde Gästezimmer genannt, aber Gäste wohnten nie darin.

Mein Vater hat nur selten von seiner Kindheit erzählt, und ich weiß nicht viel darüber. Er wurde in einem kleinen Ort in Norrbotten geboren. Sein Vater war Alkoholiker. Von der Mutter habe ich nur ein unklares Bild. Sie war krank, einerseits physisch, ich glaube Tbc, aber vermutlich auch psychisch. Vielleicht waren die Lebensbedingungen so, daß man entweder Alkoholiker oder psychisch krank wurde. Oder stark wie Eisen, wie mein Vater. Er wurde zwischen allen möglichen Verwandten hin- und hergeschickt, die alle gleichermaßen ungeeignet waren, ihn zu erziehen, und als niemand ihn mehr haben wollte, wohnte er beim Vater, der trank und ihn mißhandelte. Die Mutter war zu der Zeit schon nicht mehr vorhanden. Die Kindheit meines Vaters war, nach allem, was ich weiß, eine Hölle. Es muß eine übermenschliche Kraftanstrengung gekostet haben, sich ohne jede Unterstützung aus all dem herauszuziehen, neben einer körperlich anstrengenden Arbeit zu lernen, privat das Abitur zu machen und in die Hochschule für Zahnmedizin in Lund aufgenommen zu werden.

Ohne das sozialdemokratische Gesellschaftssystem mit Abendschule und kostenloser Hochschulausbildung wäre so eine Leistung kaum möglich gewesen, und man hätte annehmen sollen, daß mein Vater Sympathien für die Sozialdemokraten hegte. Aber er haßte sie wie die Pest. Er verband mit ihnen Arbeiter, und mit Arbeitern Armut, und mit Armut die Hölle seiner Kindheit. Ihm, der sich meist fast schon übertrieben gepflegt ausdrückte, konnte ein verächtliches »pfui Teufel« herausrutschen, wenn die Rede auf die Arbeiterbewegung kam. Er betrachtete sich als seine eigene Bewegung. Aus dem Dunkel war er allein zum Licht gestiegen, und er wollte nicht daran erinnert werden, was er hinter sich gelassen hatte.

Meine Mutter stammte aus einer stillen Familie. Mein Großvater war Kellner in einem Restaurant gewesen, Großmutter Dienstmädchen und Serviererin. Beide waren typische dienstbare Geister, leise, unhörbar, unsichtbar. Die Wohnung meiner Großeltern war voller Textilien, weichen Teppichen, Kissen und dicken Vorhängen, die alle Geräusche ihrer Schritte und Stimmen dämpften. Meine Mutter war das einzige Kind. Sie sagte oft, daß sie sich als Kind nach Geschwistern gesehnt habe. Daß sie sich als Erwachsene viele Kinder gewünscht hatte, sagte sie nicht, aber ich glaube, es war so. Sie war Hausfrau, bis ich in die Schule kam, dann arbeitete sie wieder halbtags als Zahnarzthelferin.

Ich hatte einen Traum von Der Großen Familie, und Pip-Larsons war mein Lieblingsbuch. Aber die kleinen Geschwister, die nie kamen, vermißte ich nicht besonders, denn ich wollte eigentlich keine kleinen Geschwister, sondern ältere, sehr viel ältere Geschwister. Ich war fasziniert von Teenagern: Sie waren so groß wie die Erwachsenen, schienen aber ein viel spannenderes Leben zu führen, blieben abends lang weg, hatten Mopeds, Tanz und Popmusik. Ich stellte mir eine große Geschwisterschar vor, alle waren Teenager und fanden mich toll, ihr kleines Maskottchen. Es waren schöne große Schwestern mit hochgesteckten Haaren und Lippenstift. Schwestern, die mich herumtrugen und mit mir spielten und mich verwöhnten, und große Brüder, die mich auf starken Armen in die Luft warfen und mich auf ihren Mopeds zu nächtlichen Abenteuern mitnahmen.

Anne-Marie war auch deshalb so anziehend für mich, weil sie ältere Geschwister hatte. Am spannendsten waren Lis und Eva. Jens war altersmäßig zu nah, nur zwei Jahre älter als Anne-Marie und ich, aber andererseits gehörte er dem anderen Geschlecht an. Das machte ihn interessant.

Ich weiß nicht genau, wie meine Eltern es fanden, daß ich so viel Zeit bei Gattmanns verbrachte. Sie freuten sich bestimmt, daß ich nun eine Freundin hatte, zu Hause in der Stadt hatte ich fast keine, und gegen Anne-Marie war nichts einzuwenden. Aber aus ihren Bemerkungen über Åke und Karin konnte ich eine Mißbilligung heraushören, die nie offen ausgesprochen wurde. Ich glaube, sie dachten, Gattmanns hielten sich für etwas Besonderes. Nein, das auch nicht. Sie verstanden sie einfach nicht. Sie fanden sie ein bißchen komisch und ärgerten sich darüber, daß dieses Komische in den Augen mancher Leute als vornehm galt. Sie waren wie eine Rechenaufgabe für sie, die man immer wieder rechnet, bis man ein Loch ins Papier radiert hat, ohne das Ergebnis ermittelt zu haben.

Wenn ich etwas von Gattmanns erzählte, sagte meine

Mutter abwechselnd »wirklich?«, »ja, da kann man mal sehen«, »na so was«, »das habe ich mir schon gedacht«, als wäre sie darauf vorbereitet wäre, was diese Gattmanns so taten, die manchmal jedoch das Bild, das sie sich gemacht hatte, übertrafen.

Eine klare Kritik hörte ich allerdings nie, außer vielleicht, wenn es um Politik ging. Åke und Karin waren, was allgemein bekannt war, links, und sogar Åkes Vater, Tor Gattmann, hatte in seiner aktiven Zeit Äußerungen von sich gegeben, die als Zeichen der Sympathie mit der Linken gedeutet werden konnten und die seinerzeit an der Universität viel Staub aufgewirbelt hatten. Dagegen war mein Vater, wie ich schon gesagt habe, Sozihasser, und die Sozialdemokraten mit dem widerwärtigen Olof Palme waren in erster Linie Zielscheibe seines Hasses. Die Kommunisten riefen eher ein belustigtes Grinsen bei ihm hervor, er betrachtete sie als völlig verrückt. Daß es nicht ganz offensichtlich war, zu welchem dieser Lager man Åke und Karin rechnen mußte, machte ihn ein wenig unsicher. In einem der Sommer lag ein Ausschnitt aus Dagens Nyheter mehrere Wochen lang auf seinem Schreibtisch. Ein Diskussionsbeitrag zur sozialdemokratischen Außenpolitik, den Karin geschrieben hatte. Aus dem zitierte er laut. Er war für ihn ein Beweis dafür, daß Karin Palme unterstützte, aber meine Mutter wies darauf hin, daß bestimmte Abschnitte ausgesprochen kritisch ausfielen – was ihn wiederum nachdenklich machte.

Er war auf jeden Fall nicht der Meinung, daß die politischen Ansichten der Eltern ein Hindernis für Anne-Maries und meine Freundschaft waren, und er verhielt sich immer sehr freundlich, fast unterwürfig Anne-Marie gegenüber, wenn sie zu uns nach Hause kam. Er erzählte lustige Geschichten, führte Kartentricks vor, was er sonst nur machte, wenn wir Gäste hatten und er ein paar Gläser getrunken hatte. Offenbar wollte er sich von seiner besten Seite zeigen. Anne-Marie durchschaute seine durchsichtigen Tricks und scheute sich auch nicht, dies zu sagen. Das machte ihn stutzig, so etwas war er nicht gewohnt, aber er machte eine gute Miene und lachte nur.

Oh, diese Sommer mit Anne-Marie. Sie spielten in einer ländlichen Landschaft mit Äckern und Wiesen und weidenden Pferden und Kühen und in Fischerdörfern, wo es in den Hütten am Strand noch Fischereigeräte gab und wo die Fischer am Kai saßen und Netze flickten. So viele Sommerhäuschen standen noch nicht da. Das Land war noch nicht diese merkwürdig künstliche Freizeitlandschaft von heute, ein riesiges Erholungsgebiet mit Golfplätzen, Wanderwegen und luxussanierten Fischerhütten. Damals war es eine Welt voller Leben und Tod, nächtlichen Kälbergeburten, unbarmherzig ertränkten Katzenjungen und gefährlichen Stieren. Ich erinnere mich an frische Milch mit einem sehr eigenen Geschmack nach Kuh, an Bauernküchen mit konzentriertem fettigen Geruch, gleichermaßen ekelerregend und spannungsgeladen, mit Wachstüchern, dünnem Brühkaffee und tickenden Wanduhren in dunklen Kammern, in denen man sich nie aufhielt. Die Kluft zwischen Stadt und Land war groß, man sah auf hundert Meter, ob jemand hierher gehörte oder Sommergast war. Anne-Marie und ich machten den Dialekt nach, und ich nehme an, daß die

Dorfbewohner ebensoviel Spaß hatten, uns nachzumachen. Es war eine Welt, die bald sterben sollte und die das wußte, aber noch lebte sie, und Anne-Marie und ich waren mittendrin.
Abends saßen wir auf dem Felsen vor Gattmanns Haus und schauten, wie der Fjord aprikosenfarben wurde. Wir warteten auf den Reiher. Er kam jeden Abend bei Sonnenuntergang angeflogen. Auf seinen langen, schmalen Flügeln segelte er aus dem Landesinnern zu uns. Er flog über die Baumwipfel aufs Wasser, die Beine hingen herab. Dann machte er kehrt, flog dicht über dem Wasser und landete auf einem Stein vor dem Nachmittagsstrand. Er streckte seinen schlangenartigen Hals und stand vollkommen unbeweglich da, wie ein grauer Strich. In der zunehmenden Dämmerung wurde er allmählich unsichtbar. Er erschien immer zur gleichen Zeit, stellte sich immer auf den gleichen Stein und stand immer gleich unbeweglich da.
Wir wußten, wo er sich aufgehalten hatte, bevor er über den Wald geflogen kam. Tagsüber war er bei einem kleinen Tümpel und fing Frösche. Auch Anne-Marie und ich fingen dort manchmal kleine Frösche, die auf ihrem Weg zum Wasser im Gras herumhüpften. Aus der Entfernung sahen sie aus wie schwarze Käfer, aber wenn man einen erwischt hatte, sah man, daß er braun, wie Bronze glänzte. Es war ein Gefühl, als hielte man einen Tropfen eiskalten Wassers in der Hand. Wir setzten die kleinen Frösche auf Seerosenblätter und ließen sie im Tümpel Bootchen fahren.
Anne-Marie und ich spielten Spiele, die sich über mehrere Tage hinzogen. Sie hatte eine lebhafte Phantasie, aber sie brauchte jemanden, der sie anregte. Oft hatte

ich die Idee, was wir spielen könnten, zeichnete die großen Linien, die Personen, Schauplätze und die Handlung, und sie kümmerte sich dann um die Verwirklichung, schaffte Requisiten herbei und schmückte die Handlung mit Einzelheiten aus. Sie hörte mir genau zu und nahm alle meine Vorschläge ernst. Man könnte sagen, daß ich das Drehbuch schrieb, während sie Regie führte und Produzentin war. Als Schauspieler fungierten wir alle beide. Ich erinnere mich an ein Spiel, bei dem wir Indianer am Amazonas waren, ein wunderbares Spiel, das am Nachmittagsstrand gespielt wurde und eine Woche dauerte. Und ich erinnere mich an eine Regenperiode, wo das ganze untere Stockwerk des Hauses in ein Restaurant verwandelt war, mit kleinen, gedeckten Tischen. Karin und Åke mußten tagelang in einer Scheinwelt leben. Bereitwillig fanden sie sich damit ab, an unseren provisorischen Tischen zu sitzen und unsere eigenhändig bereiteten belegten Brote und Blaubeerküchlein zu essen. So etwas wäre bei mir zu Hause undenkbar gewesen.

Karin freute sich immer, wenn ich kam. Sie sagte, Anne-Marie würde traurig herumhängen, wenn ich nicht da sei. Manchmal war Anne-Marie auch so, wenn mir nichts Gescheites einfiel. Sie konnte stundenlang auf einem Bett liegen und nichts tun, fast bewundernswert träge sein. Aber wenn man etwas vorschlug, kam sie in Gang. Würde man einen modernen Vergleich wagen, könnte man sie mit einem Computer mit großem Speicher vergleichen, der mit Software geladen werden mußte, um zu funktionieren.

Bei Gattmanns hatte man große Freiheit. Wir durften mit Messern und Feuer hantieren und überall herumstreunen. Meine Eltern nahmen wohl an, daß Karin und Åke mich beaufsichtigten, wenn ich dort war, aber da irrten sie sich. Beide waren mit ihren eigenen Dingen beschäftigt. Åke schloß sich oft in seiner Schreibstube zwischen den Felsen ein und arbeitete. Im Sommer schrieb er seine Romane. Im Winter war er mit Zeitungsartikeln, Vorträgen und Reisen beschäftigt. Für Karin bedeutete der Sommer Ferien. Sie schrieb ein bißchen, wenn sie Lust hatte, aber hauptsächlich widmete sie sich dem Lesen, dem Pilze- und Beerensammeln und der Hausarbeit, kombiniert mit Radiohören.

Zwei deutliche Erinnerungen habe ich aus diesen ersten Sommern. Die eine ist die, daß Eva mir – im allerersten Sommer – die Rolle rückwärts auf ihrem roten Pulli beibrachte. Wir saßen auf einer kleinen Wiese, ein Stück von ihrem Grundstück entfernt. Die Geschwister Gattmann und ich, und es waren wohl auch noch Freunde der älteren Geschwister dabei, auf jeden Fall erinnere ich mich an eine ganze Gruppe von jungen Leuten, die da saß. Ein Transistorradio spielte Popmusik, und aus irgendeinem Grund wurde von Purzelbäumen rückwärts gesprochen, und ich sagte, ich könnte einen Purzelbaum vorwärts, aber keinen rückwärts. Eva sagte:

»Natürlich kannst du das. Komm, ich zeige es dir.«

Ich wollte nicht, aber sie zog ihren roten gestrickten Pulli aus und legte ihn ins Gras.

»Hier. Ich lege meinen Pulli drunter. Jetzt setzt du dich nur so mit den Händen hin, und dann machst du dich klein und rollst rückwärts. Schau, wie ich es mache.«

Sie ging in die Hocke, rollte nach hinten und machte

auf ihrem roten Pulli einen Purzelbaum. Dann durfte ich es versuchen. Ich wußte, daß es nicht klappen würde, aber alle ermunterten mich. Ich setzte mich auch so in die Hocke und hielt die Handflächen nach oben. Eva gab mir einen kleinen Schubs, und dann fiel ich nach hinten.
»Mach dich klein!« schrien alle, und ich sah den Himmel und den roten Pulli, und dann hatte ich einen Purzelbaum rückwärts geschafft.
Alle überschütteten mich mit Lob. Ich erinnere mich, daß das ein Augenblick des jubelnden Triumphes war. Ich war felsenfest davon überzeugt, ich hätte es nie geschafft, wenn ich nicht Evas roten Pulli unter mir gehabt hätte. Ich übte danach zu Hause auf unserer Wiese weiter Purzelbäume, und ich legte immer etwas darunter, einen Pullover oder ein Handtuch oder eine Jacke, am liebsten etwas Rotes.
Es gab noch so einen magischen Augenblick – als Jens mir die Sternbilder zeigte. Ich glaube, man hat ein spezielles Verhältnis zu dem, der einem erstmals dieses merkwürdige Verwobensein von Natur und Mythos offenbart, den Willen des Menschen, das Unbegreifliche der Natur zu erklären und in allem sein eigenes Muster zu sehen. Manchmal habe ich einzelne Sterne oder Sternbilder, die ich kenne, Leuten erklärt, und die meisten zeigen sich kindlich beeindruckt davon, daß man Kenntnisse über so unfaßbare Entfernungen besitzt. (Versuchen Sie es selbst: Sagen Sie: »Erstaunlich, wie hell der Sirius heute abend leuchtet«, und die Leute werden Sie anschauen, als hätten Sie ein Stück dieses Sterns auf die Erde geholt.)
Es war August, als Jens mir die Sternbilder zeigte, und

die Situation war zusätzlich besonders dadurch, daß ich das erste Mal bei Anne-Marie übernachten durfte und es der vorletzte Abend dieser Sommerferien war. Am übernächsten Tag würden wir in die Stadt zurückfahren. Außerdem war Meeresleuchten auf dem Wasser, ich saß auf der Badetreppe des Stegs und berührte mit den Füßen ein sanftes Glitzern aus dem dunkeln Wasser unter mir, und über mir hatte ich das Glitzern der Sterne und den schwarzen Ozean des Universums.

Jens deutete auf die Sternbilder, die um diese Jahreszeit zu sehen waren. Ich hatte schon von diesen Bildern und ihren phantasievollen Namen gehört, aber in meiner kindlichen Vorstellung erwartete ich, realistische Abbilder eines Schwans oder eines Bären zu sehen, und den Großen Wagen stellte ich mir vor wie den schön geschnitzten Wagen mit einer Krone auf dem Dach, den es im Lisebergkarussell gab. Ich glaubte, man müßte nur bestimmte Sterne mit Blick auf die richtige Art verbinden. Ungefähr wie auf der Rätselseite der Zeitung, wo man durch das Verbinden von Zahlen in richtiger Reihenfolge aus einem Chaos von Punkten ein Tier hervortreten lassen kann. Ich hatte oft versucht, die Figuren, die Gott so listig am Himmelsgewölbe versteckt hat, hervorzulocken, war jedoch immer gleich gescheitert. Wie sehr ich auch zum Himmel starrte: Ich sah weder einen großen noch einen kleinen Bären.

Jetzt erklärte Jens mir alles. Es gab da oben keine Tiere, wie sollte es auch. Es waren Sonnen, die viele Lichtjahre voneinander entfernt waren und die überhaupt nichts miteinander zu tun hatten. Nein, man *nannte* ganz einfach die und die Sterne den Schwan.

War es wirklich so einfach? Ich lachte und platschte mit den Füßen im warmen, leuchtenden Wasser. Ich empfand es als befreiend, daß es da oben keine ausgetüftelten Kniffe gab, die ich nicht lösen konnte. Gleichzeitig war ich natürlich etwas ernüchtert, plötzlich die Illusion einer verborgenen Ordnung der Natur zu verlieren. Alles ist Chaos, man muß sich selbst eine Ordnung schaffen. Mit dieser existentialistischen Lebensanschauung als Grundlage begann ich auf alle Schwäne und Bären zu pfeifen und zeichnete meine eigenen Figuren ans Himmelsgewölbe.

Was machten wir sonst noch in diesen Sommern? Wir kletterten in Eichen, hingen im Trapez, spielten im Baumhaus und im Seeräuberschiff. Wir spielten Ballspiele auf der Wiese, spielten überall in dem großen Haus Verstecken und spielten Kartenspiele wie Casino und Einunddreißig.

Wir veranstalteten Weitspringen vom Steg aus. Man nahm oben auf dem Hügel Anlauf und lief, so schnell man konnte, zum Ende des Stegs und sprang, so weit es ging. Ich erinnere mich an die Kühle, wenn der sonnenheiße Körper in das grüne Dunkel tauchte, und an das Zischen der aufsteigenden Bläschen, die einen kitzelten, während man wassertretend darauf wartete, daß der nächste ins Wasser plumpste, hoffentlich nicht genau so weit vom Steg entfernt wie man selbst.

Manchmal ruderten wir mit den älteren Geschwistern zum Muschelstrand. Wir ankerten ein Stück weiter draußen und wateten mit Eimer und Blechbüchse an Land. Jemand machte Feuer, und wir anderen wateten durchs Wasser und ernteten ganze Büschel großer, fast schwarzer Miesmuscheln, die es nur hier gab. Manch-

mal mußte man mit dem Kopf untertauchen, um sie zu erreichen, wie Perlentaucher. In den Blechbüchsen kochten wir sie dann über dem Feuer und aßen sie. Hatten wir Muscheln übrig, verwendeten wir sie als Köder zum Angeln. Ich erinnere mich, wie schwer sie zu öffnen waren, wie fest sie zuhielten, und erinnere mich an das sadistische Vergnügen, die Schalen mit dem Messer auseinanderzuzwingen und das orangerote Fleisch herauszuziehen. Aber oft nahmen wir auch kleine Schnecken als Köder. Sie waren leicht zu zerbrechen, und mit dem festen, flachen Deckel ließen sie sich gut am Haken befestigen. Sie waren noch am Haken, wenn der Fisch angebissen hatte, man konnte den gleichen Köder für mehrere Fische verwenden.
Wenn wir Fische gefangen hatten, operierten Anne-Marie und ich sie manchmal. Wir spielten Chirurgen, wobei die Fische Menschen waren, manchmal auch Hunde. Wir schnitten sie auf und wühlten in den verschiedenen Organen und sprachen darüber, welch schreckliche Krankheiten sie hatten. Wir staunten, was es alles in einem Fisch geben konnte, manchmal hatten sie kleinere Fische oder Krabben im Bauch. Diese anatomische Entdeckungsreise war ein spannendes Spiel, es hatte etwas Glibbriges, Fleischiges, Verbotenes.
Wir fischten natürlich auch Krabben. Ein einfacher, aber spannender Sport, dem wir uns stundenlang hingaben. Im Unterschied zu den Fischen konnte man die Krabben ja immer sehen und verfolgen, wie sie aus ihrem Versteck in einem Tangbüschel zur Muschel an der Angel krochen. Wenn die Krabbe dann zu fressen begann, mußte man eiskalt sein und im richtigen Moment ziehen, nicht zu früh und nicht zu spät. Wir

sammelten die Krabben in einem Eimer mit Wasser und ließen sie herumkriechen und mit den Zangen schnappen. Dann veranstalteten wir Wettläufe am Strand mit ihnen, um zu sehen, welche es zuerst zum Wasser schaffte. Wieder im Wasser, ließen sie sich sehr schnell erneut einfangen. Die Dümmsten, die sich immer wieder herausziehen ließen, kannten wir persönlich und gaben ihnen Namen nach ihrem Aussehen, Einzange, Grünschild und so weiter.

Auf diese Weise vergingen die Sommer, und sicher vergolde ich sie, wie man das so macht mit den Sommern der Kindheit. Ich habe sie hell in Erinnerung, als lebensspendende Unterbrechungen zwischen langen trüben Wintern, diese Sommer, als die Familie Gattmann noch in ihrem Honig- und Apfelmostglanz erstrahlte.

Im letzten dieser Sommer, im Sommer 1968, vergruben Anne-Marie und ich unter ein paar Kiefern in einer Felsenschlucht einen Schatz.

Damals waren die Flächen, wo heute Gebüsch wächst, noch offenes Weideland. Wir gingen über diese Wiesen, in den Wald mit den kleinen Eichen und zwischen die Felsen auf der anderen Seite. Wir waren unterwegs zum Muschelstrand, wo wir picknicken wollten, aber wir fanden nicht den richtigen Weg und verirrten uns. Das kümmerte uns nicht weiter. In dieser Gegend konnte man sich leicht verirren, es sah alles gleich aus, überall Felsen und Heidekraut. Wollte man wissen, wo man war, mußte man nur einen der höchsten Hügel besteigen und schauen, wo das Meer war. Dann konnte man immer der Küste entlang nach Hause gehen.

Wir hatten es nicht eilig. Wir streunten ein wenig zwischen den Felsen herum und erreichten die Schlucht mit den höchsten Kiefern. Die Erde war feucht und sumpfig, aber es gab ein trockenes Stück, einen kleinen Flecken mit wunderbar smaragdgrünem Gras. Die Kronen der Kiefern ließen nur wenig Sonnenlicht durch. Ein Stück weiter oben klammerte sich ein kleiner verwilderter Kirschbaum mit dunkelroten Früchten an die Felsen.

Es war ein Ort, der sich völlig von der übrigen Landschaft mit Felsen und Heidekraut und den kleinen Wäldchen mit vom Wind zerzausten kleinen Eichen unterschied. Eine Landschaft, die gar nicht nach Bohuslän zu gehören schien, ein kleines Stück aus einer anderen Welt, das hier zwischen den Felsen versteckt war.

Wir kletterten zum Kirschbaum hinauf, pflückten Kirschen, setzten uns ins Smaragdgras und aßen sie. Wir waren elf Jahre alt.

»Bist du hier schon einmal gewesen?« fragte ich.

»Nein, ich glaube auch nicht, daß es diesen Ort früher gegeben hat«, sagte Anne-Marie. »Ich bin schon sehr oft hier gewesen und habe ihn noch nie gesehen. Es hat ihn bisher ganz einfach nicht gegeben.«

Ich akzeptierte, was sie sagte, so wie ich alles akzeptierte, was Anne-Marie sagte.

Wir legten uns ins Gras und schauten in die Kronen der Kiefern, die magisch und einschläfernd rauschten.

»Ich glaube, wir sind verzaubert«, sagte Anne-Marie.

Es war die gleiche Anne-Marie, die mir erzählt hatte, daß sie auf Parties in Stockholm beim Tanzen mit Jungen schmuste, und die in einem schwarzweißen

Necessaire Wimperntusche, Make-up-Creme und Lidschatten bei sich hatte. Sie war auf der Schwelle zwischen zwei Welten, während ich noch ganz in meiner Kinderwelt war und mich überhaupt nicht über ihre Worte wunderte.
»Ja, ich spüre es«, flüsterte ich. »Wir sind verzaubert.«
Sie berührte meinen Arm, und wir blickten in die rauschenden Kronen der Kiefern und nahmen uns an den Händen und drückten sie ganz fest.
»Es ist ein Gefühl, als ob man fliegen würde«, murmelte Anne-Marie. »Spürst du es auch?«
»Ja, wir fliegen«, sagte ich.
Hand in Hand lagen wir im zarten Gras und flogen.
Plötzlich setzte Anne-Marie sich auf. »Wir vergraben einen Schatz«, sagte sie.
»Was für einen Schatz denn?«
Anne-Marie nahm die Plastiktüte, die wir bei uns hatten und holte unser Picknick heraus: Saft, Birnen und eine Teedose mit Butterkeksen.
»Wir essen die Kekse auf, dann legen wir etwas in die Dose und vergraben sie hier.«
Wir aßen die Butterkekse und die Birnen und tranken den Saft. Dann schüttelte Anne-Marie die Krümel aus der Dose, löste ihre Haarspange und legte sie hinein.
Ich dachte an meinen Marienkäfer aus Silber, den ich an einer Kette um den Hals trug. Ich hatte den Schmuck von meiner Großmutter als Taufgeschenk bekommen und trug ihn immer. Wenn meine Mutter mich fragen sollte, konnte ich sagen, ich hätte ihn verloren.
»Hilf mir, die Kette aufzumachen«, flüsterte ich.
Anne-Marie nickte. Ich drehte ihr den Nacken zu und

hob die Haare hoch. Ihre Finger kitzelten mich, als sie den Verschluß öffnete. Sie reichte mir den Schmuck, den ich selbst in die Dose legen durfte.
»Was noch?« fragte sie.
Wir hatten sonst nichts Wertvolles dabei.
Anne-Marie blickte sich um. Gleich neben uns im Gras lag ein Häufchen mit trockenen Hasenkötteln. Sie nahm welche in die Hand.
»Wie leicht sie sind. Man spürt nicht, daß man sie in der Hand hat. Fühl mal.«
Sie ließ sie in meine Hand rieseln. Ich sah die kleinen Kugeln vor uns liegen, spürte sie jedoch nicht.
»Sie haben etwas Mystisches«, sagte Anne-Marie. »Wir legen sie auch hinein.«
Sie reichte mir die Dose, und ich ließ die Hasenköttel hineinfallen. Dann stellte sie die Dose hin und rannte den Berg hinauf. Sie pflückte ein paar Kirschen und kam mit vollem Mund wieder zurück. Sie kniete sich hin, kaute und schluckte mit verzogenem Gesicht. Dann beugte sie sich über die Teedose und spuckte drei Kirschkerne hinein. Sie lachte ein wenig.
»Jetzt reicht es. Jetzt vergraben wir sie.«
Es gelang uns, mit den Händen und unseren Plastikbechern ein Loch ins Gras zu graben. Wir steckten die Dose hinein, deckten sie mit Erde zu und legten zum Schluß einen Stein drauf.
»Wir können ihn wieder ausgraben, wenn wir erwachsen sind«, sagte ich.
»Glaubst du, daß wir jemals wieder hierherkommen? Ich nicht«, sagte Anne-Marie.

Kristina

Sie ist jetzt fast bei der Schäre.
Die Seeschwalben kreischen und wirbeln um sie herum. Blutrote Schnäbel in der grauen Morgendämmerung. Schmierige Kleckse von Vogelkot auf dem Deck des Kajaks.
Die Möwen sind besonders dreist. Sie fliegen Angriffe, stürzen sich auf ihren Kopf und berühren sie mit ihren kräftigen Schnäbeln. Am Anfang hatte sie richtig Angst. Hatte den Arm gehoben und sich zur Seite gelehnt, so daß sie das Gleichgewicht verloren und eine Rolle gemacht hatte. Jetzt läßt sie sich nicht mehr erschrecken. Ruhig paddelt sie weiter auf ihr Ziel zu.
Sie sehnt sich nach dem Tag, an dem sie nicht mehr kreischen und sie bedrohen. Wo sie sie kennen, wissen, daß sie weder ihnen noch ihren Jungen etwas tut und nur ein paar Daunen sammeln möchte. Sie hat noch nicht den Geist der Seeschwalbe oder der Möwe. Noch nicht. Es gibt eine Wand zwischen ihr und ihnen, aber mit jedem Mal, wo sie sich in ihrer lärmenden Wolke bewegt, fühlt sie sich ihnen ein Stück näher.
Sie gleitet an die Schäre heran, an die Stelle, wo ein abschüssiger Felsblock im Wasser verschwindet. Sie dreht das Kajak mit der Breitseite zum Felsen und läßt sich die letzten Meter von den Wellen hinschaukeln. Als sie nahe genug ist, steigt sie mit weichen, vorsichtigen Bewegungen aus. Sie trägt Shorts und ist barfuß, es macht also nichts, daß das Wasser ihr bis ans Schien-

bein reicht. Der Felsen unter ihr ist aalglatt von rostroten Algen. Sie zieht das Kajak hoch und geht, gefolgt von der Vogelwolke, über die runden Klippen.
Sie fühlt sich wie damals als Kind. Genau so war es damals. Worte waren nicht nötig. Sie rannte herum, nahm Gerüche wahr, hörte Geräusche, fand eine Feder, lachte. Und die anderen lachten auch, nahmen die Feder, hoben sie in die Höhe. Ihre Eltern teilten ihre Welt, alle anderen waren auch Teil dieser Welt.
Dann irgendwann, als sie noch Kind war, schienen alle sie verlassen zu haben. Ihre Mutter und ihr Vater und alle anderen Menschen hatten gleichzeitig und ohne etwas zu sagen einen großen Schritt in eine andere Welt gemacht und sie zurückgelassen. Und sie verlangten von ihr, nachzukommen. Aber sie weigerte sich.
Immer, wenn sie mit etwas Wichtigem beschäftigt war, kamen sie und störten mit ihrem Gerede: »Woran denkst du? Warum sagst du nichts? Sprich mit uns. Aber so sag doch etwas. Warum entziehst du dich? Bist du traurig? Du weißt, daß du immer mit uns sprechen kannst.«
In der Schule war sie schüchtern. Sagte nie etwas, streckte nie die Hand hoch. »Du kannst es doch. Du hast in der schriftlichen Arbeit alles richtig. Warum sagst du nie etwas?« fragten die Lehrer.
Reden, reden, reden. Sie wollte nur in Ruhe gelassen werden. Sie war in die falsche Zeit geboren worden. Dieses ewige Geplapper. Sie stellte sich die ferne Vergangenheit als Zeit mit sehr wenig Gerede vor. Sie hätte gerne in einem anderen Jahrhundert gelebt, auf dem Land unter hart arbeitenden Menschen, die selten etwas sagten. Im Morgengrauen aufstehen, in den Stall

gehen und die Kühe melken, die sie muhend begrüßten. Ihre rosafarbenen Zitzen fassen, dem Flüstern des Milchstrahls im Eimer lauschen, dem Surren der Fliegen. Regen, weiches Gras unter den Füßen, im Winter knirschender Schnee. Der hohle Widerhall des Brunnens. Sie liebte das Geräusch des Brunnens, war froh, daß sie jetzt einen Brunnen anstelle eines Wasserhahns hatte. Der metallische Gesang des Zinkeimers, wenn er da unten tanzte.

Sie mochte auch Musik nicht besonders gern. Die wollte so gern schön sein, sie erreichen. So tun, als sei sie von der Natur geschaffen, aber sie war von Menschen gemacht. Die Musik wollte ein Publikum, wollte gefallen, und das mochte sie nicht. Nur ganz wenige Male hatte sie Musik genießen können.

Einmal, in einem Laden, in dem Haushaltswaren und Geschenkartikel verkauft wurden, hatte sie aus dem Lautsprecher ein Musikstück gehört. Sie war vor einem Regal mit Gläsern stehengeblieben und hatte nicht gewagt, sich zu rühren, aus Angst, einen Ton zu verpassen. Es waren Panflöten, die da spielten, und die Musik schien sich mit den Gläsern und dem Licht zu vereinigen. Als die Melodie zu Ende war, begann ein ganz anderes Musikstück; und sie ging. Sie wußte nicht, ob es vom Radio oder von einer Platte kam, was sie da gehört hatte, aber sie wollte nicht fragen. Sie hatten zu Hause einen Plattenspieler, doch glaubte sie nicht, daß das Erlebnis sich wiederholen ließ.

Es hatte etwas mit der Situation zu tun, mit den Gläsern und dem Licht und etwas in ihr – man konnte es nicht auf eine Platte bannen.

Es war selbstverständlich, daß sie nach dem Gymnasium ein Studium beginnen würde. Sie war schließlich begabt. Sie hatte gute Noten, obwohl sie während des Unterrichts nie etwas gesagt hatte. Der Berufsberater sprach lange mit ihr über verschiedene Schulen und Studienzweige. Sie zuckte nur mit den Schultern.

Sie begann an der Universität Kunstgeschichte zu studieren. Sie bewunderte Künstler, Menschen, die sich in Bildern ausdrückten und nicht mit Sprache. Sie war immer gern ins Kunstmuseum gegangen. Aber der Unterricht war nicht so, wie sie es sich vorgestellt hatte. Sie hatte gedacht, für sich bleiben zu können, still in den Vorlesungen sitzen und zuhören, zu Hause lernen und ihre Prüfungen ablegen zu können, ungefähr so wie in der Schule. Aber hier gab es viele Übungen, bei denen sie in Gruppen von sieben, acht Studenten eingeteilt wurden. Die Lehrer verlangten, daß alle sich an den Diskussionen beteiligten. Sie wurde an die Wand gestellt, nach ihrer Meinung gefragt. Alle am Tisch starrten sie an. Sie schaffte es nicht und hörte auf.

Sie nahm eine Putzstelle im Krankenhaus an. Dort ließ man sie schweigen. Es gab viele Ausländer, die kein Schwedisch konnten und genauso schweigsam waren wie sie.

Lautlos, unsichtbar machte sie ihre Arbeit. Niemand sprach sie an. Jeden Morgen holte sie ihren Wagen in den unterirdischen Gängen, fuhr mit dem Aufzug nach oben und begann ihre schattenhafte Wanderung durch die Säle und Flure des Krankenhauses. Sie glitt in eine Abteilung, führte den Mop in Achtern über die gebohnerten Böden, unter die Betten, in denen kranke, sterbende Menschen lagen, in die Flure, in die Zimmer

der Ärzte – die blickten nie auf, wenn sie kam, redeten weiter in die Mikrophone ihrer Diktiergeräte. Sie ging überall hinein und wieder hinaus, flüssig und durchsichtig wie Wasser.
Der Umgang mit anderen Menschen beschränkte sich auf das kurze Treffen am Morgen, bei dem der Chef die Arbeit einteilte, und die Kaffeepausen im unterirdischen Aufenthaltsraum, wo die, die wollten, reden konnten und die anderen schweigen durften. Kristina, eine junge türkische Frau und ein jugoslawischer Mann saßen immer in ihrer Ecke und starrten in ihre Kaffeebecher, keiner der anderen machte einen Versuch, sie anzusprechen.
So ging es ihr eigentlich ganz gut im Krankenhaus. Ihre Eltern baten sie inständig, ihr Studium wiederaufzunehmen oder sich wenigstens eine andere Arbeit zu suchen. Aber sie stand weiterhin einige Stunden vor ihnen auf, fuhr fünf Kilometer mit dem Fahrrad ins Krankenhaus und zog dort ihren Putzwagen durch die Flure. Sie wußte, daß dieser Zustand nicht anhalten würde, daß etwas anderes kommen mußte. Sie wußte nur nicht, was. Das Putzen war ein Warten auf dieses Andere, ein Raum, worin sie wachte und lauschte.
Sie arbeitete fast zwei Jahre im Krankenhaus. Dann geschah etwas mit ihr.

Sie ging nicht mehr zur Arbeit. Sie konnte keinem Menschen mehr in die Augen sehen – nicht ihren Arbeitskollegen, nicht den Eltern, niemandem. Die Blikke der Menschen waren beängstigend für sie, ja, sie schmerzten sogar. Sie waren wie Waffen, wie Messer, und es war unerträglich qualvoll, von ihnen getroffen

zu werden. Sie verschloß ihre Tür, lag den ganzen Tag mit der Decke über dem Kopf in ihrem Bett, aß fast nichts.
Nach einer Weile wurde es etwas besser, so daß sie das Haus verlassen konnte. Sie wartete, bis die Eltern zur Arbeit gegangen waren. Dann fuhr sie mit dem Fahrrad in die Stadt – sie mochte es nicht, in einer Straßenbahn dicht neben fremden Menschen zu sitzen –, stellte das Fahrrad ab und trieb sich an Orten herum, wo viele Leute waren. Manchmal fuhr sie mit dem Fahrrad zum Hauptbahnhof, wenn der Zug aus Stockholm einlief. Da wimmelte es dann von Leuten auf dem Bahnsteig, Reisenden, die ankamen, Angehörigen, die sie abholten, sie stellte sich mitten hinein und spürte all diese Menschen um sich herum, spürte, wie sie sich dicht an ihr vorbeidrängten, sie mit ihren Koffern und Rucksäcken schubsten, sie hörte ihre Rufe und sah ihre Umarmungen. Wie das Auge in einem Orkan aus Begegnungen und Gefühlen blieb sie stehen, bis die Menge sich verlaufen hatte. Manchmal ging sie an den Zug aus Kopenhagen und hörte denen zu, die in fremden Ländern waren, und dachte: Göteborg ist zu klein. Sie sehnte sich danach, von Paris, London, New York oder Tokio aufgeschluckt zu werden.
An einem Samstagvormittag – sie wußte, daß viele Leute unterwegs sein würden – fuhr sie mit dem Fahrrad in die Stadt und ließ sich in der Menschenmenge treiben. Sie schaute in ein neueröffnetes Geschäft mit ausgefallenen Waren aus exotischen Ländern. Die Sachen in den Schaufenstern lockten sie, und sie ging hinein. Das Geschäft war klein, schon fünf, sechs Kun-

den drängten sich in ihm. Große Ohrringe aus Metall gab es da, Armbänder aus Leder, afrikanische Stoffe und Körbe, Hemden und Kleider mit Pailletten, Räucherstäbchen und Plakate mit indischen Göttern in Neonfarben. An der Wand hing eine Reihe Masken. Es waren alles verschiedene Tiergesichter.

Sie nahm eine Maske und probierte sie vor einem Spiegel. Es war das Gesicht eines Fuchses. Als sie ihrem eigenen Blick in den schrägstehenden Augenhöhlen des Tiers begegnete, durchfuhr sie ein solches Glücksgefühl, daß sie kaum noch Luft bekam. Sie sah sich um und betrachtete die Kunden und den jungen Verkäufer. Sie fühlte sich als ganz andere. Sie hatte die Angst verloren. Ohne die Maske abzunehmen, ging sie zu dem jungen Mann, um sie zu kaufen. Er bückte sich nach einer Tüte, aber sie legte nur das Geld auf die Theke und ging. Lange streunte sie durch die Stadt. Dann radelte sie wieder nach Hause, immer noch mit der Maske vor dem Gesicht.

Von nun an hatte sie, wenn sie das Haus verließ, ihre Fuchsmaske auf. Sie ließ das Fahrrad stehen und fuhr mit der Straßenbahn. Niemand wollte neben ihr Platz nehmen, aber das machte ihr nichts aus. Sie setzte sich auf Parkbänke und in Cafés, und niemand versuchte, ein freundliches Geplauder mit ihr zu beginnen. Sie konnte gehen, wohin sie wollte, wann sie wollte, sie brauchte nicht mehr Orte mit vielen Menschen aufzusuchen oder sich an bestimmte Zeiten zu halten. Überall wurde sie in Ruhe gelassen. Es war eine wunderbare Freiheit.

Sie kaufte sich noch zwei Masken, eine Adlermaske und eine Tigermaske. Es waren alles Raubtiere, alle jagten den Menschen Angst ein, aber sie empfand sie in ihrem Wesen als sehr verschieden. Sie hingen an der Wand über ihrem Bett und flüsterten ihr zu und starrten sie blind mit ihren leeren Augen an. Sie lockten sie, neckten sie, ärgerten sie. Sie hörten nicht auf, bis sie eine herunternahm und vor ihrem Gesicht befestigte. Dann wurde sie vom Geist des Fuchses, des Adlers oder Tigers erfüllt.

Ihre Eltern versuchten sie zu überreden, die Masken nicht mehr zu tragen, wenn sie das Haus verließ. Und eines Tages, als sie mit ihrer Adlermaske unterwegs war, hängten ihre Eltern den Fuchs und den Tiger ab und warfen beide in den Müll. Als sie nach Hause kam, waren sie weg. Von da an trug sie immer die Adlermaske und weigerte sich, sie abzunehmen. Nur nachts, wenn sie ihre Tür abgeschlossen hatte, hängte sie vor dem Schlafen die Maske an die Wand.

Sie zog sich Schürfwunden zu, weil sie ständig die Maske trug. Sie klebte Schaumgummistreifen, mit denen man sonst Fenster abdichtet, an deren Ränder. Es half nichts. Sie bekam Druckstellen, die schmerzten und eiterten. Die Augen waren gereizt, weil das Gesichtsfeld seitlich begrenzt war, und abends taten sie ihr weh.

Ihre Mahlzeiten wollte sie nicht mehr zusammen mit ihren Eltern einnehmen, und so ließ die Mutter das Essen für sie auf dem Tisch stehen. Wenn sie gespült und die Küche verlassen hatte, ging Kristina hinein, sie achtete darauf, allein zu sein. Dann schüttete sie das Essen auf den Fußboden, schob die Adlermaske hoch, ging auf allen vieren und aß wie ein Tier. Als ihre Mutter eines Tages hereinplatzte und sah, wie ihre Tochter

auf dem Küchenboden herumkroch und mit verschmiertem Gesicht die sorgfältig zubereiteten Kohlrouladen herunterschlang, schrie sie laut.
Die Mutter versprach, mit Kristina zu einem Hautarzt zu gehen, der ihr eine Salbe für die Wunden verschreiben würde. Der Arzt bat sie, die Maske abzunehmen, um ihr Gesicht besser sehen zu können. Aber sie behielt sie auf, denn sie hatte gleich verstanden, daß der Mann keineswegs Hautarzt war, sondern Psychiater. Sie saß ihm aufrecht auf dem Stuhl gegenüber. Ihre Augen beobachteten ihn hinter dem steifen Adlergesicht. Sie wußte, daß ihre Augen sich unter der Maske veränderten und daß sie einen Raubvogelblick bekam. Der Arzt konnte ihr nicht in die Augen schauen, er mußte ihrem Blick ausweichen.
Ein paar Tage später wurde sie abgeholt. Zwei Männer und eine Frau zwangen sie mitzukommen. Sie zogen sie, versuchten sie hochzuheben, und als sie sich im Flur wie ein Igel zusammenrollte, zogen sie ihr die Hosen herunter und steckten ein Zäpfchen in den Hintern. Sie verlor die Adlermaske bei diesem Kampf und war überzeugt, daß es dieser Verlust war und nicht das Zäpfchen, weshalb sie so schwach wurde, daß man sie schließlich in das wartende Auto tragen konnte.
Das Krankenhaus – nicht das, in dem sie geputzt hatte – lag außerhalb der Stadt. Es gab dort ältere Gebäude mit Abteilungen für alte Menschen, sowohl für solche, die im Alter verwirrt geworden waren, als auch für solche, die es schon sehr lange waren, vielleicht das ganze Leben. Es gab aber auch ein neues Hochhaus mit jüngeren Menschen, die auf verschiedenste Art und Weise verrückt geworden waren, durch Drogen, Alko-

hol, ein unglückliches Zuhause oder einfach so. Dorthin kam Kristina.
Die Adlermaske sah sie nie wieder. Sie lag auf dem Bett und versteckte sich unter der gelben Frotteedecke. Wenn sie das Klappern des Essenwagens und den ekligen Geruch des Großküchenessens roch, legte sie eine Hand übers Gesicht, öffnete vor den Augen einen Spalt zwischen Mittelfinger und Zeigefinger und ging in den Aufenthaltsraum. Wenn sie die Gabel in den Mund stecken wollte, öffnete sie einen Spalt zwischen Ringfinger und kleinem Finger. Wenn sie versuchte, direkt vom Teller, ohne Messer und Gabel, zu essen, nahmen sie ihr das Essen weg.

Eines Tages traf sie einen Mann in der Patientencafeteria. Sie hatte Probleme, ihr Tablett mit nur einer Hand zum Tisch zu tragen. Die andere Hand mußte sie sich ja vors Gesicht halten. Er kam nur auf sie zu, nahm das Tablett und stellte es auf einen Tisch. Dann setzte er sich ihr gegenüber. Er war groß und breit, trug Jeans, hatte blonde Haare, einen blonden Schnurrbart und ein rötliches Gesicht, entweder von der Sonne, vom Alkohol oder einem Medikament. Seine Augen waren wäßrig blau. Der Mann redete die ganze Zeit, und obwohl Kristina Gerede sonst nicht ausstehen konnte, störte es sie nicht. Seine Worte sprangen wie ein Wasserfall zwischen Felsen hindurch, er wechselte hin und her zwischen Themen und Assoziationen. Er hatte einen finnischen Akzent, und manchmal ging er ganz ins Finnische über. Sein Reden war wie ein Naturlaut, nicht störender als gurgelndes Wasser oder rauschender Wind. Er erwartete auch nicht, daß man ihm antwortete.

Kristina öffnete die Finger einen Spalt und blickte ihn an. Sie fand ihn schön mit seinem rosigen Gesicht und den hellblauen Augen. Und er fragte sie nicht, warum sie die Hand vors Gesicht hielt.
Sie gingen zusammen in den Krankenhauspark. Es war ein klarer Septembertag, und sie hatten den Park fast für sich alleine. Die Schatten der Bäume zeichneten Netzmuster auf die Wiesen.
Er wollte mit ihr Minigolf spielen. Wenn sie den Schläger führte, nahm sie die Hand vom Gesicht. Sie bekam die Bälle nur selten in die Löcher, und er spielte sehr gut. Er schüttelte bekümmert den Kopf, weil sie so ungeschickt schlug.
Dann stellte er sich hinter sie, umfaßte sie mit seinen Armen und half ihr, den Schläger richtig zu halten. Sie spürte seinen Körper an ihrem – ein merkwürdiges Gefühl. Er hob und schwang ihre Hände und Arme in seiner Bewegung, nicht in ihrer. Er war viel größer, breiter und stärker als sie. Ihr war, als trüge sie einen großen, dicken Pelzmantel.
Plötzlich hielt er ganz still. Sie spürte seine Erektion im Rücken. Er rieb sich an ihr, atmete schwer in ihr Ohr und packte sie so fest an ihren Armen, daß sie den Golfschläger fallenließ. Dann hob er sie ein wenig an, so daß ihre Füße nicht mehr den Boden berührten, und trug sie schnell über die Wiese in ein Zypressengehölz. Sie hing mit verschränkten Armen in seinem Griff, und ihre Zehen berührten das Gras.
Sie hätte keine Chance gehabt, auch wenn sie sich gewehrt hätte. Sie war klein und zart, und er war groß und stark. Aber sie leistete keinen Widerstand. Sie war von einer merkwürdigen Lähmung erfaßt. Sie rührte

sich nicht, war wie paralysiert. Sie dachte an Tiere, die, von Schlangengift gelähmt, vollkommen bewegungslos, aber bei vollem Bewußtsein von der Schlange gefressen werden. Sie hielt die Hand vor die Augen, die Finger aneinander gepreßt, so daß sie nichts sehen konnte. Er machte mit ihr, was er wollte, sie vernahm die flüsternden Worte, die aus seinem Mund kamen, roch den eigenartigen Geruch seines Atems und den berauschenden Duft der Zypressen.

Als er gegangen war, blieb sie lange liegen und schaute in den blauen Septemberhimmel. Sie wunderte sich, daß sie noch lebte. Das Gefühl, aufgefressen zu werden, war ungeheuer stark gewesen.

Nach diesem Erlebnis hatte sie kein Mitleid mehr mit Tieren, die von einem Raubtier gefangen und gefressen werden. Sie meinte zu verstehen, wie die sich dabei fühlen. Eine Klarheit in der Angst. Unterwerfung. Schweigen. Der Geist des Beutetiers.

Ulrika

Im Frühjahr 1969 waren Karin und Åke Gattmann auf eine Reportagereise nach Indien gefahren. Karin schrieb Artikel für Dagens Nyheter, die später als Buch erschienen. Åke schrieb Gedichte, die in verschiedenen Feuilletons veröffentlicht und für einen Gedichtband redigiert wurden, der große Aufmerksamkeit erfuhr. Aber das wichtigste Ergebnis dieser Reise, was für ihr zukünftiges Leben entscheidende Bedeutung hatte, war Maja.

Karin hatte in einem Artikel über die erste Begegnung mit ihr geschrieben. Dieser Text wurde allerdings nicht in das Buch aufgenommen, das sie dann im Herbst publizierte. In dem Exemplar, das ich vor ein paar Jahren in einem Antiquariat fand, habe ich vergeblich danach gesucht. Vielleicht fiel der Artikel als zu privat aus dem Rahmen, vielleicht waren die Probleme mit Maja damals schon so offensichtlich, daß der Glanz der ersten Begegnung verblichen war. Aber im Archiv der Universitätsbibliothek von Göteborg habe ich ihn auf Mikrofilm gefunden. Das war insofern kein Problem, weil ich ziemlich genau angeben konnte, wann er erschienen war. Nach Beginn der Sommerferien, aber vor Mittsommer.

Majas dunkles Gesicht war das erste, was mich ansah, als ich die Zeitung aus dem Briefkasten holte. Ein Bild auf der ersten Seite, aufgenommen von Åke, das Maja im Gitterbett des Kinderheims zeigt, das Gesicht zwischen zwei Stäben. Sie hält eine Nuckelflasche, die mit einer langen Schnur am Bett angebunden ist. Åkes Ka-

mera hat sie beim Trinken unterbrochen, sie blickt mit einem unergründlichen Ausdruck ihrer großen Augen in die Kamera, ein paar Fliegen sitzen auf dem Milchtropfen am Schnuller. Ein Streifen Sonne aus einer angelehnten Tür fällt über das Gesicht, die Hand, die Flasche und die Fliegen, alles andere liegt im Schatten. In diesem Saal sind neunundzwanzig Kinder, neunundzwanzig dicht beieinanderstehende Gitterbettchen mit ausgesetzten indischen Kleinkindern, die alle eine Nuckelflasche an einer Schnur haben. Kinderschwestern in Saris überwachen das Fotografieren aus einigen Metern Entfernung. Da ist Karin in Shorts und einem Hemd, mit einem schweißnassen Notizbuch in der Hand. Und natürlich Åke, der Fotograf. Aber keine dieser Personen ist auf dem Bild zu sehen. Nur Maja. Allein. Eingehüllt in ein großes Dunkel.
Das Bild ist in meiner Erinnerung verblaßt und überdeckt worden von all den anderen Bildern, die von ihr gemacht wurden, und die die Wände im Sommerhaus schmückten, Bilder einer wohlgenährten Maja auf sonnigen Wiesen, an Stränden und auf Bootsstegen im Kreise ihrer Familie. Als ich im Zeitungsarchiv der Universitätsbibliothek von Göteborg dieses erste Bild wiedererkannte, vermutlich das allererste Bild, das je von Maja gemacht worden war, fand ich es wichtiger als die vielen anderen. Das Bild von der kleinen, mageren Maja und dem großen Dunkel, das sie umgab.
Ich saß am Wegrand im Wiesenkerbel bei den Briefkästen und las. Ich war 12 Jahre alt. Wir waren vor kurzem nach Tångevik gekommen. Bisher nur meine Mutter und ich. Mein Vater hatte noch keine Ferien und kam nur am Wochenende. Gattmanns waren noch

nicht da, was ungewöhnlich war, weil sie sonst immer gleich zu Beginn der Sommerferien anreisten. In diesem Jahr waren sie später dran wegen der Nacharbeiten zur Indienreise.

Ich las, wie Karin und Åke einem kleinen Mädchen in einem Kinderheim in Bangalore begegnet waren. Wie aus einem journalistischen Besuch unter vielen anderen etwas ganz anderes wurde. Wie sie in Bangalore blieben und Karin Tag für Tag in dieses Kinderheim zurückkehrte. Wie sie nach Hause nach Schweden fuhren, Papiere besorgten und nach einigen Wochen wieder nach Indien flogen, um die Kleine zu holen. Wie sie vom Flugplatz an gelben Löwenzahnwiesen vorbei nach Hause zu den wartenden Geschwistern fuhren. Es war im Mai, der Kuckuck rief, und so bekam das Mädchen den Namen Maja.

Ich faltete die Zeitung zusammen und blieb am Wegrand sitzen. Ich versuchte zu verstehen, was das, was ich gerade gelesen hatte, bedeutete. Anne-Marie hatte eine kleine Schwester bekommen. Das war, gelinde gesagt, unerwartet. Karin war 41 und war schon Mutter von vier Kindern. Ich hatte bisher nur von kinderlosen Menschen gehört, die Kinder adoptierten. Und die Adoption von ausländischen Kindern war immer noch ziemlich ungewöhnlich.

Aber meine Gedanken waren vor allem mit einer rein egoistischen Frage beschäftigt: Was würde das für meine Beziehung zu Anne-Marie bedeuten? Anne-Marie hatte in den Sommern, die wir zusammen waren, unerhört viel für mich bedeutet. Im Winter, wenn sie in Stockholm und ich in Göteborg wohnte, sehnte ich mich die ganze Zeit nach ihr. Mein Leben war in einen

Winter- und einen Sommerteil eingeteilt. Der Winter war eine lange dunkle Zeit der Sehnsucht, der Langeweile und Verstellung. Der Sommer war das Zusammensein mit Anne-Marie, waren Gespräche, Spiele, Abenteuer und die Möglichkeit für mich, ich selbst zu sein.

In meiner Klasse fühlte ich mich nicht besonders wohl. Ich fand meine Klassenkameraden oberflächlich, langweilig und dumm. Ich tat mein Bestes, um dazuzugehören, war ziemlich schweigsam, meinte, was die anderen meinten, zog mich an wie sie und hörte die gleiche Musik wie alle, paßte mich ganz einfach an. Ich war feige, wollte nicht herausragen. Ich hatte gesehen, wie es denen erging, die irgendwie von der Norm abwichen.

Ich hatte auch eine sogenannte beste Freundin, die soziale Etikette in meiner Klasse verlangte das. Sie war ein schüchternes, farbloses Mädchen, das dennoch ausgesprochen hübsch war, wie ich später feststellte, als ich mir alte Klassenfotos ansah. Dunkle lange Haare, Alabasterhaut und perfekte Gesichtszüge, aber irgendwie war es ihr gelungen, sich total unsichtbar zu machen. Wir arbeiteten in den Stunden zusammen, verbrachten die Pausen gemeinsam und besuchten uns gegenseitig zu Hause, wenn wir eine Gruppenarbeit zu machen hatten, sonst jedoch nicht. Sie lebte allein mit ihrer Mutter, ihr Vater war tot. Sie bewunderte eine deutsche Schlagersängerin, von der ich noch nie etwas gehört hatte, und besaß alle Platten von ihr. Wir gingen neun Jahre in die gleiche Klasse, und ich habe keine Ahnung, wer sie war.

Wir waren das Alibi füreinander, wie homosexuelle

Männer sich früher eine Freundin zulegten, die sie in der Öffentlichkeit zeigten, um so ihr Geheimnis wahren zu können. Indem wir in den Augen der anderen beste Freundinnen waren, gingen wir als normal durch. Ich erzählte ihr nie von Anne-Marie oder etwas anderes, was für mein Leben wichtig war, und sie war auch gar nicht neugierig. Sie hatte sicher ihre Geheimnisse. Ich habe nur keine Ahnung, welche. Ich war auch nicht neugierig.

Im Winter schrieben Anne-Marie und ich uns gelegentlich Briefe. Mir hätte eine häufigere Korrespondenz besser gefallen, aber Anne-Marie wartete immer lange mit ihren Antworten, und wenn ich dann wieder an der Reihe war, wollte ich nicht zeigen, wie sehr mir an den Briefen lag, und wartete deshalb mit meiner Antwort fast ebenso lange wie sie. Wenn ich mich schließlich zum Schreiben hinsetzte, sprudelte ich über von Gedanken, die ich mitteilen wollte, meine Briefe wurden lang, oft zehn, zwölf Seiten, und ich mußte sie in die großen Umschläge meines Vaters stekken.

Anne-Maries Briefe habe ich aufgehoben. Sie sind kurz, geschrieben auf hastig herausgerissenen Schulheftblättern oder kleinen Notizzetteln. »Hallo. Sitze im Bus. Nilla sitzt neben mir und ißt Lakritze und hat eine schwarze Zunge. Wir wollen uns einen süßen Jungen anschauen, der irgendwo, ich weiß nicht wo, Fußball spielt. Jetzt müssen wir aussteigen.« Mehr Informationen enthielten ihre Briefe selten, während meine, soweit ich mich erinnere, komplizierte existentielle Fragen behandelten und eine Art Nacherzählung dessen waren, was wir im Sommer erlebt hatten:

»Weißt du noch, wie wir . . .«, und dann folgte eine lange Beschreibung dessen, was wir gemacht hatten und was sie gesagt und was ich gesagt hatte. Ich weiß nicht, ob das für sie sehr amüsant zu lesen war, aber mir machte es großen Spaß, das zu schreiben. Ihre Briefe machten mich immer glücklich, wie kurz und hingehudelt sie auch waren.
Wir telefonierten nie. Es war eine unausgesprochene Vereinbarung, nachdem wir das Telefonieren einmal versucht hatten. Anne-Marie hatte mich eines Abends angerufen, als ich fernsah. Ich war völlig überrumpelt. Ich wußte nicht, was ich sagen sollte. Sie hatte sich auch nichts Bestimmtes ausgedacht, hatte wohl geglaubt, es würde von selbst gehen. Aber wir hatten kein Thema. Wir lebten im Winter in verschiedenen Welten und waren andere Menschen als im Sommer, und das wurde am Telefon deutlich. Nach einigen Minuten legten wir auf, beide ziemlich enttäuscht.
Meine Gefühle für Anne-Marie waren in vieler Hinsicht die einer Verliebten. Aber im Unterschied zu anderen Verliebtseinszuständen ging dieser nicht vorüber. Ich registrierte jedes Frühjahr die kleinen Zeichen der Natur: Jeder kleine Huflattich, jeder zurückkehrende Star war ein kleiner Pfeil, der in die richtige Richtung wies, Richtung Sommer, Richtung Anne-Marie.
Und jeden Sommer war ich gleichermaßen aufgeregt, sie wieder zu treffen. Die erste beängstigende Stunde, wenn ich sie als verändert erlebte, als andere Anne-Marie. Eine neue Frisur, ein neues Kleidungsstück, ein Stockholmer Modeausdruck, den ich von ihr noch nie gehört hatte, all das war bedrohlich. Und dann der

erlösende Augenblick, ein Scherz, eine gemeinsame Erinnerung, ein explodierendes Kichern, das die Verbindung zwischen uns wiederherstellte.
Es gibt Menschen, die einen Schlüssel zu uns haben. Die Räume aufschließen können, die wir immer in uns haben, aber in denen wir noch nie waren. Zu diesen Menschen haben wir eine besondere Beziehung, und wenn sie das richtige Geschlecht und das einigermaßen passende Alter haben, verlieben wir uns. In anderen Fällen werden wir verzaubert, abhängig, wie immer man es nennen will, aber es ist eigentlich das gleiche. Anne-Marie war ein solcher Schlüsselmensch für mich, der erste, den ich kennengelernt habe. Deshalb bedeutete sie so viel für mich. Ich ahnte, daß ich ihr nicht so viel bedeutet habe, und meine ständige Angst war, daß sie irgendwie verschwinden könnte.
Jetzt hatte sie also eine kleine indische Schwester bekommen, sechzehn Monate alt. Der Altersunterschied war enorm groß, und die beiden würden nie auf diese schwesterliche Art miteinander umgehen wie sie und ich. Und doch verspürte ich eine diffuse Unruhe. Die Familie Gattmann war für mich so komplett gewesen. So vollendet. Zwei erfolgreiche kreative Eltern. Das Kulturerbe der Großeltern. Die schönen, begabten, selbständigen Kinder. Die goldene Familie, die in ihrem Honig- und Apfelmostglanz strahlte, was konnte da noch hinzukommen? Nichts. Nichts würde sie verbessern können.
Ich sah die Familie Gattmann wie ein Gebäude, das, von verschiedenen Generationen gebaut, jetzt mit Anne-Marie als leuchtender Turmspitze ihre größtmögliche Höhe erreicht hatte. Ein Gebäude, in dem

ich als Besucherin willkommen war, ohne jedoch etwas beitragen zu können. Diese Familie brauchte absolut nichts mehr. Jeder neue, noch so kleine Stein, der zu diesem Gebäude hinzugefügt würde, brächte es zum Einsturz.
Ich stand vom Wegrand auf und beschloß, meine Unruhe für unbegründet zu halten. Wie oft war ich auf Anne-Maries Freundinnen in Stockholm eifersüchtig gewesen! Pia und Nilla, und wie sie alle hießen. Wie oft hatte ich ihre Postkarten in Gattmanns Briefkasten gefunden, wenn ich auf dem Weg zu Anne-Marie ihre Post mitnahm, und wie oft war ich sehr versucht gewesen, sie zu zerreißen! Ich hatte mir vorgestellt, daß Anne-Marie eine ihrer Freundinnen nach Tångevik mitnähme, ihr unsere Orte zeigte und unsere Geheimnisse erzählte. Aber dies alles war unbegründet. Anne-Marie war *meine* Sommerfreundin.
Eine kleine indische Schwester hatte keine Bedeutung dafür, was zwischen uns war. Natürlich würde Karin sich um sie kümmern, und Anne-Marie und ich würden zusammen sein wie bisher. Nichts würde sich verändern.
So sprach ich zu mir selbst, als ich mit der Zeitung unter dem Arm über unser felsiges, undankbares Grundstück ging.

Mittsommer bei Gattmanns war eine in der Regel ziemlich schlichte Veranstaltung. Matjesheringe und Erdbeeren. Ein Spaziergang zum Tanzboden, wenn das Wetter schön war. Nur die engste Familie, höchstens ein Freund von Jens aus Stockholm war da-

bei. Die großen Mädchen hatten in den letzten Jahren Mittsommer mit anderen jungen Leuten auf der Insel Kannholmen gefeiert.
Mittsommer 1969 aber war anders. Åkes Brüder, Sven und Dan, beide Ärzte, waren mit ihren Familien da, außerdem Karins Mutter, eine uralte, magere Dame, die ich noch nie gesehen hatte und die nur aus Sehnen, Sonnenhut und Stock zu bestehen schien.
Gekommem war auch der Künstler Per Norin mit seiner Familie. Sie waren entfernt mit Karin verwandt, tauchten aber sonst nur beim jährlichen Krebsessen im August bei Gattmanns auf. Zudem war Jens' Freund Mårten mit seinen Eltern erschienen – sonst ließen sie nur ihr großes Motorboot an den Steg gleiten, legten kurz an, ließen den Sohn mit seinen Sachen an Land springen und verschwanden gleich wieder als schäumender Strich in der Ferne; aber dieses Mal waren sie vor Anker gegangen und blieben ein paar Tage.
Auf der Wiese jenseits der Straße waren mehrere Zelte aufgeschlagen worden, in denen die Jugendlichen wohnten. Die Erwachsenen drängten sich im Haus und auf den Booten.
In der Küche hatte man ein großes Heringsbuffet aufgetischt. Zum Essen saß man entweder auf der Veranda oder ebenerdig auf Decken. Per Norin schlenderte auf dem Grundstück herum und spielte Blockflöte. Sven Gattmanns Tochter sang amerikanische Protestsongs und begleitete sich auf der Gitarre. Das Ganze glich einem merkwürdigen Markt mit Zelten, Booten, Autos, Hunden, Kindern und Erwachsenen – und dann der große Mittsommerbaum, den man drüben auf der Wiese aufgestellt hatte.

Wir waren alle aus dem gleichen Grund da. Wir wollten Maja sehen.
Ausländische Adoptivkinder waren 1969 noch neu und spannend. Ausländer überhaupt. Wenn man heute im Zentrum von Göteborg an einer Kreuzung steht, muß man nicht lange warten, und es laufen an einem Somalier, Iraner, Gambier, Türken, Filipinos und so weiter vorbei, und keiner von ihnen verleitet einen, den Kopf zu wenden. Das war damals noch nicht so, was man bedenken muß, will man verstehen, warum Maja einen solchen Aufstand auslöste.
Wir hatten die andere Welt im Fernsehen gesehen. Asien. Afrika. Arme, hungrige, leidende Menschen. Den Kontrast zu unserem eigenen Leben. Die fürchterliche Ungerechtigkeit. Und jetzt gab es ein kleines Stück dieser Welt bei uns. Genau so einen Menschen, wie wir ihn im Fernsehen gesehen hatten. Vor knapp einem Monat war sie noch zwischen Dreck und Fliegen in einem übervölkerten Indien. Und nun. Hier! In Tångevik. Auf einer Sommerwiese mit Mittsommerbaum in Bohuslän.
Maja saß auf einer Decke mit einem Kranz aus Margeriten, Butterblumen und Klee im schwarzen Haar. Sie hatte ein kräftig gelbes Schürzenkleidchen an. Sie war dunkel, viel dunkler, als wir es uns ausgemalt hatten. Nicht einmal das Weiße in den Augen war ganz weiß, sondern bräunlich.
Karin saß neben ihr, bereit, Maja aufzufangen, falls sie umfallen sollte. Sie hatte soeben sitzen gelernt. Als sie nach Schweden gekommen war, lag sie nur da, völlig apathisch. Aber seit man sie hochgepäppelt hatte und Maja zu Kräften gekommen war, hatte sie in kürzester

Zeit sitzen gelernt. Laufen konnte sie noch nicht, aber es würde bestimmt nicht lange dauern, bis sie auf ihren kleinen dunklen Beinchen umherstakste.
Bei ihrer neuen Familie würde sie Essen, Zärtlichkeit und Ermunterung bekommen. Und dazu Meerwasser, gesunde Natur, Vitamine und Proteine, Bilderbücher und Theaterbesuche, Puzzles und Kreiden, Geschwister und Freunde. Was sollte bei solchen Bedingungen noch schiefgehen?
Die alte Großmutter zeigte mit ihrem Stock auf die Kleine und sagte mit krächzender Stimme, was alle dachten:
»Was hat sie Glück gehabt! Ihr hättet ebensogut die im Bett nebenan nehmen können.«
»*Wir* haben Glück gehabt«, sagte Karin lächelnd.
»Sie hat innerhalb von einer Woche sitzen gelernt. Da wird sie in zwei Wochen laufen können«, sagte Jens optimistisch.
Aber das tat sie nicht. Sie lernte den ganzen Sommer lang nicht laufen. Sie lief erst, als sie zwei Jahre alt war. Und sprechen lernte sie nie.

Im Sommer, als Maja zweieinhalb war, machte sich niemand über das Sprechen Sorgen. Sie war spät dran und durfte sich in ihrem eigenen Tempo und ohne Streß entwickeln. Aber als sie drei war und immer noch kein einziges Wort gesagt hatte – nicht Mama, nicht Papa, nicht Lampe, nichts –, war klar, daß etwas nicht stimmte. Eine gründliche Untersuchung des Gehörs wurde vorgenommen. Es stellte sich heraus, was die Familie an und für sich die ganze Zeit gewußt hatte: daß Maja perfekt hörte. Es gab nichts Anormales an

den Stimmbändern, dem Gaumen oder der Zunge. Åkes Schwägerin, eine Kinderpsychologin, besuchte die Familie oft, konnte aber auch keine besseren Ratschläge geben als alle anderen:
»Ruhig bleiben, abwarten«, sagte sie.
Ab und an sprach man von Gehirnschäden infolge von Unterernährung. Aber Maja war nicht zurückgeblieben. Sie verstand – manchmal geradezu gespenstisch gut –, was gesprochen wurde. Wenn Åke und Karin verabredeten, am folgenden Tag einen Badeausflug zu machen, saß Maja am nächsten Morgen auf der Verandatreppe, hatte ihre Schwimmweste an und ihren Eimer und Spaten in der Hand.
Besonders imponierte ihr Talent, Sachen zu finden. Ich erinnere mich, wie Lis einmal ihr Plektrum verloren hatte und Eva beschuldigte, es genommen zu haben. Die Mädchen stritten sich oben in ihrem Zimmer, und Anne-Marie und ich saßen unten am Eßtisch und spielten Karten, mit Maja als Zuschauerin. Als wir am nächsten Tag mit dem Ruderboot zum Fischen hinausrudern wollten, Anne-Marie, Eva, Lis und ich, stand plötzlich Maja am Steg und hatte Lis' Plektrum auf der Handfläche. Sie hatte also einerseits unten das Gespräch der Mädchen im Oberstock gehört und andererseits ein Wort wie Plektrum verstanden, und sie hatte den kleinen Gegenstand gefunden.
Am Anfang waren alle begeistert von Majas magischer Fähigkeit, verlorengegangene Sachen wiederzufinden. Sie wurde mit Lob überschüttet und, wie Pippi Langstrumpf, ein »Sachensucher« genannt. Dann aber kam allmählich der Verdacht auf, daß Maja selbst die Sachen versteckte, um sie bei passender Gelegenheit wieder

hervorzuholen. Aber man konnte es nicht beweisen, und nur Jens sprach es so direkt aus.
»Sie will nur gelobt werden«, sagte er.
Daß ein Kind gelobt werden will, ist völlig natürlich, aber wenn das wirklich Majas Wunsch war, dann zeigte sie es nicht. Sie schien von all dem Lob nicht im mindesten berührt. Es störte sie auch nicht. Ihr Gesichtsausdruck war so unergründlich und leer wie immer, kein Lächeln, kein Blinzeln, es war genau der Ausdruck, der die Ärzte einen Hörfehler vermuten ließ. Wenn man zu ihr sprach, hatte man das Gefühl, daß alles, was man sagte, vergeblich war, an ihr ablief wie Wasser. Erst später wurde klar, daß sie alles in sich aufgenommen hatte, bis ins kleinste Detail.
Eine andere Merkwürdigkeit war, daß Maja so abweisend zu Karin und Åke war. Sie ließ es zwar zu, daß sie sie hoch nahmen und streichelten, aber sie beantwortete ihre Zärtlichkeiten nie. Sie saß schlaff wie eine Lumpenpuppe auf dem Schoß, den Blick leer in die Ferne gerichtet, und wartete, bis es vorbei war.
Für Karin und Åke war dies so schmerzhaft, daß sie nicht darüber reden konnten. Sie waren sonst erstaunlich offen, was ihre Probleme oder die der Kinder betraf, aber wenn Maja so passiv auf Karins Schoß saß, lächelte sie krampfhaft, legte die Arme des Mädchens um ihren Hals und sagte:
»Oh, wie ist es doch schön, wenn man sich drückt und streichelt!«
Das war schrecklich anzusehen, und am schrecklichsten war das Ende einer so einseitigen Umarmung, es gab gewissermaßen kein natürliches Ende wie bei einer richtigen Umarmung. Karin drückte und streichelte

und wartete auf eine Erwiderung von Majas schlaffen Armen. Karin ließ sie langsam los, zögerte und fing hoffnungsvoll wieder an. Und dann schien sie eine Entscheidung zu treffen: Sie gab auf und ließ Maja los, die ihr fast vom Schoß fiel, um kurz darauf sehr schnell und lebendig zu verschwinden.

Die einzige, die Maja wirklich mochte, war Anne-Marie. Vielleicht deshalb, weil Anne-Marie die Jüngste war und ihr altersmäßig nahestand, auch wenn der Unterschied groß war; vielleicht aber auch weil Anne-Marie ziemlich kühl war. Sie war nicht so zärtlich wie die übrigen Familienmitglieder, und sie wurde selten wirklich böse. Allerdings konnte sie unversöhnlich und nachtragend sein. Ihre Gefühle hatten so etwas wie eine verzögerte Auslösung. Ihre Unversöhnlichkeit war manchmal völlig unerklärlich, und ich staunte immer, wenn ich verstand, was der Grund war. Es konnte etwas sein, was ich vor langer Zeit getan oder gesagt hatte und was sie damals mit einem Lachen quittiert hatte. Vielleicht war diese Unfähigkeit, seine Gefühle im richtigen Moment zu zeigen, etwas, was Maja von sich kannte.

Das wichtigste war jedoch, glaube ich, daß Anne-Marie Maja in Ruhe ließ. Sie versuchte nie, Maja zu küssen. Sie lobte sie nicht wie Karin, ärgerte sich nicht über sie wie Eva, neckte sie nicht wie Jens. Sie behandelte sie, kurz gesagt, wie Luft. Und genau so wollte Maja wohl behandelt werden.

Mir ging sie manchmal ein bißchen auf die Nerven. Sie hängte sich immer an uns. Sie nahm nicht teil an dem, was wir machten, aber sie war immer da. Ein stummer registrierender Zuschauer. Wenn wir mit dem Kahn

zum Angeln fuhren, wollte sie im Bug sitzen. Sie wollte selbst keine Angel, sie war zufrieden damit, uns beim Fischen zuzuschauen.
Manchmal mochten Anne-Marie und ich allein sein. Dann schloß Anne-Marie die Tür zu ihrem Zimmer. Maja protestierte nicht, aber wenn wir Stunden danach herauskamen, stand sie im Dunkel unter den Deckenbalken und wartete.
Genauso war es, wenn wir irgendwo hingingen und sie nicht dabeihaben wollten. »Du darfst nicht mitkommen«, sagte Anne-Marie einfach. Maja setzte sich folgsam an den Wegrand, und wenn wir nach langer Zeit zurückkamen, saß sie noch da wie ein treuer Hund. Ich bekam ein schlechtes Gewissen, aber Anne-Marie zuckte nur mit den Schultern.

Im Sommer, als Maja zweieinhalb war, hatte sie Erfolg als Sachensucherin.
Einen Sommer später zeigte sich ein neues Talent.
Vom ersten Tag an hatte Maja Wachskreiden, Pastellkreiden, Wasserfarben, Plakatfarben und Fingerfarben zur Verfügung gehabt (Jedoch keine Filzstifte, die Karin irgendwie unkreativ und hemmend fand. Wenn ich mich recht erinnere, dann deshalb, weil man keine neuen Farben mit ihnen mischen kann.) Maja zeigte nicht das geringste Interesse an diesen Farben, nahm jedoch gerne einen Kuli von einem Schreibtisch und machte nichtfigürliche Kritzeleien. Damit konnte sie sich stundenlang beschäftigen, was Karin bekümmerte, sie fand, große Kreiden und klare Farben eigneten sich besser für ein Kind in Majas Alter.
Eines Tages warf Åke einen Blick auf diese Kritzeleien

und sah zu seinem großen Erstaunen, daß sie tatsächlich etwas darstellten. Kleine Tiere, ungefähr zwei Zentimeter groß, mit vier Beinen und langer, schmaler Schnauze, wanderten in langen Reihen auf dem Papier herum. Hunde. Oder *ein* Hund in Bewegung, wie auf einem Filmstreifen.

Åke ermunterte Maja, weiterzuzeichnen, aber Maja schien wie immer nichts zu hören. Sie zeichnete nur, wenn sie selbst es wollte. Gespannt wartete die Familie auf die nächste Gelegenheit.

Und erneut wurden es Hunde. Ein paar Bäume. Ein Haus. Karin brachte die Figuren mit einem Spaziergang in Verbindung, den sie und Maja kürzlich mit Lilla My gemacht hatten. Sie fragte Maja, aber nichts im Gesicht des Mädchens verriet, daß ihre Vermutung richtig war.

Die Zeichnungen wurden zahlreicher, etwa zehn pro Tag, und die Familie konnte in den kleinen Figuren sich selbst und Dinge, die sie alle erlebt hatten, erkennen. Das kleine Haus war der Kiosk, zu dem man ging, um Zeitungen und Süßigkeiten zu kaufen. Maja zeichnete immer auf die gleiche Weise, klein und detailliert. Oft wiederholte sie ein Motiv, wobei wir nie verstanden, warum sie es tat. Der Hund konnte ja in Bewegung sein, aber der Kiosk? Vielleicht wollte sie die Zeichnung nur verbessern, vielleicht sie im Gedächtnis behalten.

Diese Art zu zeichnen paßte überhaupt nicht zu Majas Alter. Die ersten Zeichnungen, die sie gemacht hatte, waren gegenständlich. Was war mit den Kopffüßlern? Mit dem ersten Gesicht aus vier Kreisen und Punkten für Augen, Nase und Mund? Hatte sie die normalen

Stadien übersprungen? Oder sie ganz schnell und heimlich durchlaufen? Während ihrer Kritzelperiode hat sie oft selbst ihre Zeichnungen weggeworfen, wenn sie fertig waren. Karin holte sie manchmal aus dem Papierkorb oder dem Mülleimer, um zu sehen, ob Maja sich weiterentwickelt hatte, aber die Zeichnungen, die Maja in kleine Stücke riß und die Toilette hinunterspülte, bekam sie natürlich nie zu sehen.
Majas Zeichentalent entwickelte sich rasch. Ich hatte sie seit vorigem Sommer nicht gesehen und war sehr erstaunt, obwohl Anne-Marie mir in Briefen von ihren Fortschritten berichtet hatte.
Maja zeichnete schnell und konzentriert. Wenn sie fertig war, schaute sie die Reihen und Figuren noch einmal genau an. Danach schien sie alles Interesse für die Zeichnung zu verlieren, und wenn niemand sie hinderte, ging sie zum Mülleimer und warf sie hinein, oder sie versteckte sie.
Genau wie beim Sachensuchen schien sie völlig uninteressiert zu sein, gelobt zu werden. Sie hatte Spaß am Zeichnen, aber keinen Spaß daran, zu zeigen, was sie gemacht hatte, oder Lob zu hören.
Das Merkwürdigste an Majas Zeichnungen war jedoch nicht ihre frühreife Technik. Es war die Komposition der Bilder: kleine Figuren in Reihen. Und die Wiedergabe dessen, was sie erlebt hatte. Sie zeichnete kein Bild im normalen Sinn. Sondern ein System von Bildern. Eine Bildsprache.

Der Sommer 1972 war von Anfang an anders. Mein Vater wollte seine Arbeit über Parodontose beenden, und meine Mutter war vollauf damit beschäftigt, unser neues Haus bewohnbar zu machen – deshalb vermieteten wir in diesem Sommer unser Sommerhaus an eine Familie aus Borås.

Mit Gattmanns hatten wir verabredet, daß ich während der Sommerferien bei ihnen wohnen würde. Es paßte gut, weil Eva als Volontärin in einem Kibbuz in Israel war und sie deshalb ein Kind weniger als sonst hatten.

Ich freute mich darauf, bei Gattmanns zu sein, gewissermaßen als das Familienmitglied, das ich immer hatte sein wollen. Während des Frühjahrs wurde die Korrespondenz zwischen Anne-Marie und mir intensiver, und die Briefe veränderten sich. Wir diskutierten eingehend unsere Pläne für den kommenden Sommer: wie wir schlafen würden (Lis würde in Anne-Maries Kammer ziehen, und Anne-Marie und ich würden zusammen im Zimmer der großen Mädchen schlafen), was für Kleider wir mitnehmen wollten, was wir machen würden. Unsere Überlegungen kreisten hauptsächlich um das elternfreie Zelten auf Kannholmen an Mittsommer. Eva und Lis waren schon öfter mit ihren Freunden dort gewesen, Jens war letztes Jahr dabei, und jetzt erlaubten es unsere Eltern, daß auch Anne-Marie und ich mitfeiern durften. Meine Eltern hatte zunächst etwas gezögert – ich war fünfzehn –, aber da die einundzwanzigjährige Lis, die sie als reif und zuverlässig ansahen, mitkommen würde, gaben sie ihre Einverständnis.

Am ersten Tag der Sommerferien fuhr mein Vater mich

nach Tångevik. Ich erinnere mich noch gut an die Fahrt. Das helle Grün der Bäume, die Wiesen, die von Wiesenkerbel schäumten, der spannende Geruch in Papas neuem Auto und Gilbert O'Sullivan im Autoradio. Am Tag zuvor hatte ich mich von meinen Klassenkameraden verabschiedet. Die Grundschule war zu Ende. Ich lehnte mich im weich gefederten Sitz zurück und spürte durch das offene Fenster den Wind im Haar. Ich fühlte, daß ich von etwas Altem zu etwas Neuem reiste.

Schon als wir meine Koffer ausluden, bemerkte ich eine Veränderung. Lilla My trottete nicht wie sonst schnuppernd auf dem Grundstück umher. Sie war während des Winters gestorben, siebzehnjährig.

Karin kam heraus, sie trug Shorts, ein Baumwollhemd und Holzschuhe. Sie umarmte mich und drückte mich fest.

»Ulrika! Wie schön, dich den ganzen Sommer bei uns zu haben. Anne-Marie und die anderen sind mit dem Kahn zum Baden gefahren. Nur ich bin zu Hause. Kommt herein zum Kaffeetrinken. Ich habe einen Rhabarberkuchen gebacken.«

Als mein Vater nach einer schnellen Tasse Kaffee mit Kuchen und ein wenig pflichtschuldigem Geplauder wieder in die Stadt gefahren war, ging Karin mit mir in den Dachstock und zeigte mir das Zimmer, in dem Anne-Marie und ich wohnen würden.

Verglichen mit Anne-Maries kleiner Kammer schien dieses Zimmer richtig groß zu sein. Zwei Betten mit blau-weißen, porzellangemusterten Überwürfen standen in angenehmem Plauderabstand voneinander, dazwischen waren zwei Nachttische und ein Fenster. Im

Fenster hing ein Mobile aus Miesmuscheln. Unter der Schräge standen zwei weißgestrichene, gepolsterte Stühle mit dem gleichen blau-weißen Stoff wie die Bettüberwürfe und ein Sekretär aus Birkenholz mit geöffneter Klappe. Auf dem Sekretär stand ein Krug mit Margeriten. Die vergilbte Tapete zeigte deutliche Spuren der Plakate, die die älteren Schwestern dort aufgehängt hatten.

Es war ein heißer Tag, die Sonne hatte den ganzen Vormittag geschienen, und das Zimmer war stickig und heiß wie eine Sauna. Karin öffnete das Fenster und ließ mich allein.

Ich legte mich auf eines der Betten, sah auf das leere Bett neben mir und versuchte, mir Anne-Marie darin vorzustellen. Natürlich hatte ich schon bei ihr übernachtet. Aber nicht so, Nacht für Nacht, in einem Bett, das den ganzen Sommer meines sein würde. Wie eine Schwester.

Ich war gerade wieder aufgestanden, hatte meinen Koffer aufgemacht und wollte soeben meine Kleider in einen Schrank hängen, als ich den Motor des Kahns in der Bucht knattern hörte. Mit einem Kleid über dem Arm lief ich hinaus zum kleinen Fenster im Treppenhaus, aber sie waren schon zu weit in der Bucht und wurden vom Felsen verdeckt. Ich hörte ihre Rufe, als sie am Steg anlegten. Plötzlich dachte ich, ich sollte meinem Impuls widerstehen, hinunterzulaufen, zum Felsen hinaus, und ihnen entgegenzugehen. Es war das erste Mal, daß ich so etwas dachte, und der Gedanke erstaunte mich.

Ich zwang mich, ins Zimmer zurückzugehen – in *unser* Zimmer – und mein Kleid in den Schrank zu hängen.

Es war aus indischer Baumwolle. Ich hatte es in einem kleinen Laden gefunden, als ich an einem grauen Tag im letzten Winter allein durch die Stadt streifte. Ich probierte es an, es sah so hübsch an mir aus, hohe Taille, tiefer Ausschnitt und viele kleine Knöpfe. Am nächsten Tag nahm ich Geld mit und kaufte es für diesen Sommer. Langsam und akribisch, aber wachsam für jedes Geräusch hängte ich alle meine Kleider auf.
Meine alte Unruhe, daß Anne-Marie sich verändert haben könnte, stellte sich ein, als ich ihre Schritte auf der Speichertreppe hörte. Sie ging langsam, sie schien es nicht eilig zu haben, mich zu begrüßen. Aber es war heiß, und sie war sicher müde nach einem Tag auf dem Wasser, tröstete ich mich.
Ich zwang mich, stehenzubleiben, wie festgefroren in der Bewegung, die eine Hand im Schrank, mit dem Rücken zur Tür, und erst als ich sie ins Zimmer kommen hörte, drehte ich mich um.
Fast hätte ich den Kleiderbügel fallen lassen. Dieses Mal hatte sie sich wirklich verändert. Das Rundliche in ihrem Gesicht war verschwunden, die Wangen- und Kieferknochen traten hervor, wie ich sogleich bemerkte. Ihre Zahnlücke war noch da, aber sie war nicht mehr lustig und kindlich, sondern sinnlich lockend, wenn sie sich ab und zu zwischen den Lippen zeigte. Brüste hatte sie nicht und würde vermutlich auch keine bekommen, ihr Körper war eher jungenhaft, aber irgend etwas an ihren Bewegungen war neu. Sicherer, rhythmischer. Sie war braungebrannt und trug einen Bikini. Die Haare waren noch naß vom Baden, und auf ihren Schultern lag ein Badetuch.

Ein betäubendes Gefühl der Unzulänglichkeit stieg in mir hoch. Ich kam mir kindlich, mißraten, plump vor. Plötzlich wollte ich nur noch weg, weg von den Betten mit den porzellangemusterten Überwürfen, weg von der schönen geschmeidigen Frau, deren Schwester ich nie sein würde.

Ich muß schockiert ausgesehen haben, und Anne-Marie blickte mich amüsiert an. Dann fing sie an zu lachen, ein schönes, weiches, nicht nur liebes Lachen, und nahm mich in die Arme. Sie roch nach Salz, und ihre nassen Haare an meiner Wange fühlten sich kühl an.

»Ulrika«, sagte sie nur und lachte weiter.

Sie lachte zu lange, und sie lachte falsch. Sie lachte *über* mich, nicht *mit* mir. Es war kein Lachen, in das man einfallen, das man mit ihr teilen konnte. Es tat weh und dennoch konnte ich nicht widerstehen und beantwortete ihre Umarmung – aber ich spürte einen dumpfen Schmerz im Herzen.

»Hier werden wir wohnen. Toll, was?« sagte sie und warf sich der Länge nach auf das eine Bett, genau das, in dem ich sie mir vorgestellt hatte.

Ich legte mich auf das andere Bett, auf die Anne-Marie zugewandte Seite. Ihr Kissen hatte einen nassen Fleck von den Haaren. Sie wandte mir das Gesicht zu, und wir sahen einander an. Die Muschelschalen des Mobiles bewegten sich leicht in der Zugluft des offenen Fensters, die Innenseiten glänzten im Sonnenlicht. Ganz allmählich fanden wir eine Wellenlänge. Aber ich erreichte nur einen Teil von ihr. Der Rest war eine abgelegene Gegend, unerreichbar für mich.

Ich weiß nicht, ob es am nächsten Morgen oder an einem der folgenden war, aber es war auf jeden Fall vor Mittsommer. Ich stand vor dem Spiegel im Waschraum und schminkte mich, ich hatte einen Slip und einen BH an. Anne-Marie kam herein und stellte sich neben mich. Ich sah von der Seite her ihr Spiegelbild an und hantierte weiter mit meiner Wimperntusche. Anne-Marie tuschte sich auch die Wimpern, was eigentlich unnötig war: Sie hatte lange schwarze Wimpern und dunkle Augenbrauen. Und dazu hellblonde Haare. Eine wunderbare und ungewöhnliche Kombination. Ich hatte helle Wimpern wie ein Schwein und eine Haarfarbe, die man, wenn man nett war, cendré nannte, und mausfarben, wenn man gemein sein wollte. Die Wimpern tuschte ich täglich, aber es war damals nicht modern, sich die Haare zu färben oder zu bleichen. Das machten nur ältliche Bedienungen.
Ich drückte vorsichtig ein bißchen blauen Glitzerlidschatten aus einem Tübchen und verteilte ihn auf dem Lid. Anne-Marie schminkte ihre Lippen mit Lipgloss. Sie hatte einen hübschen Mund. Die Lippen beschrieben einen lustigen Bogen nach unten, als ob Anne-Marie immer ein bißchen unzufrieden wäre.
Es war schrecklich für mich, sie so nah neben mir zu sehen, und ich zog ein wenig am BH-Träger, um uns beide an den einzigen körperlichen Bereich zu erinnern, wo ich überlegen war. Aber eigentlich war ich gar nicht froh über meinen großen Busen. Ich fand, er paßte nicht zu meinem Körper. Ich wußte, daß Männer große Brüste begehrenswert fanden, aber auf Fotos, die ich gesehen hatte, waren die große Brüste an großen schlanken Frauen und nicht an kleinen Dicker-

chen wie mir. An mir sahen sie völlig unmöglich aus. Im letzten Jahr hatten fremde Jungen und alte Männer mir Bemerkungen nachgerufen, die mich verwirrten, und ich betrachtete meine Brüste als einen fremden Gegenstand, der versehentlich an mich gehängt worden war. Es schien, als ob die grinsenden Kerle sie besser kannten als ich selbst.

Anne-Maries Brüste füllten ihre Körbchen nicht aus, obwohl sie die kleinste Größe trug. Aber das schien sie nicht zu stören.

Sie bürstete sich die Haare. Sie hatte sie den ganzen Winter nicht schneiden lassen, und so reichten sie ihr jetzt bis über die Taille. Obwohl die Haare so lang waren, waren sie dick und bildeten zwei große Wellen.

»Ich wäre gerne blond«, sagte ich.

»Wie du wohl damit aussehen würdest? Komm, laß sehen.«

Und dann hob sie die Haare der linken Seite über meinen Kopf und legte ihre Wange an meine, so daß ihre langen Haare für uns beide reichten. Da standen wir, die Gesichter eng aneinander gedrückt, eingerahmt von einer blonden Mähne. Ich spürte ihren Wangenknochen, ihre Haut, ihren Atem. Den Duft ihrer Haare, die wie ein Vorhang über mein linkes Auge fielen. Mir wurde schwindlig. Mein eigenes Gesicht verschwand im Spiegel, verschmolz mit dem Anne-Maries. Ich war ein Teil von ihr.

Dann fing Anne-Marie laut zu lachen an, und ich wurde wieder ich selbst. Aber das Erlebnis blieb in meinem Gedächtnis haften. Es war lustvoll und beängstigend zugleich.

Kristina

Sie wurde entlassen, als es Winter war. Sie weigerte sich, zu ihren Eltern zu ziehen, und der Arzt, den sie hin und wieder ein paar Minuten sah, fand auch, daß sie versuchen sollte, allein zu wohnen. Sie war einundzwanzig, und ihre Prognose war gut. Sie hatte damit aufgehört, eine Hand vors Gesicht zu halten, aß ordentlich mit Messer und Gabel und benahm sich normal. Sie war schweigsam und zurückhaltend, aber das war sie ja schon immer gewesen.

Nicht weit vom Krankenhaus bekam sie eine kleine Wohnung. Sie fuhr jeden Tag mit dem Bus ins Krankenhaus und nahm an der Beschäftigungsstherapie teil. Sie konnte malen, backen und Tischtennis spielen. Sie konnte auch zusammen mit anderen Tagespatienten die Zeitung lesen und die Artikel mit ihnen diskutieren. Sie sagte fast nichts, aber das erwartete auch niemand. Es reichte, daß sie morgens erschien und an den Aktivitäten teilnahm.

Da sie alles prima schaffte, wurde sie sehr bald ganz entlassen. Nun wollte sie so weit weg wie möglich vom Krankenhaus. Die Sozialarbeiterin führte mit ihr ein Gespräch über ihre Zukunft. »Was möchtest du denn?« fragte sie. Kristina sagte, sie wolle auf dem Land leben. Die Sozialarbeiterin telefonierte herum und organisierte die Anmietung einer Hütte. An einem Sommertag fuhren sie hin, Kristina, die Sozialarbeiterin und eine Frau von der Gemeinde.

Die Hütte lag weit draußen auf einer Halbinsel. Eigentlich war es eine Insel, aber man hatte auf einem

Steinwall eine Straßenverbindung gebaut. Da die Straße zu schmal für ein Auto war, mußten sie den letzten Kilometer zu Fuß gehen. Sie folgten einem Weg, der durch Weiden mit Kühen, kleine Laubwäldchen und Schlehengehölze führte.

Die Hütte lag in einer Senke zwischen zwei Felshügeln, hinter einer ungemähten Wiese. Vor der Hütte befanden sich jede Menge Bretter, Schrott und Lumpen. Das Haus sah merkwürdig aus. Die Frau von der Gemeinde erzählte, es sei Anfang der fünfziger Jahre von einem Werftarbeiter gebaut worden. Er habe seine Freizeit hier verbracht und immer wieder mal ein paar Bretter angenagelt. Davor war auf dem Grundstück eine Kate gewesen. Der Brunnen mit seiner blankgeschliffenen Steinplatte und ein alter Erdkeller neben dem Felsen zeugten noch von dieser Zeit.

Im Innern bestand die Hütte aus einem einzigen Raum. Es gab einen Elektroherd mit zwei rostigen Platten und einem kleinen Backofen, eine Spüle mit Abfluß und einen uralten Kühlschrank. Der Boden war aus verschiedenen Linoleumstücken zusammengeflickt. Der kleine eiserne Ofen wurde ergänzt durch einen elektrischen Heizofen an der Wand mit sichtbaren Glühdrähten. In einer Ecke standen ein paar ausrangierte Möbel, und an den Wänden hingen Bilder mit Seemotiven in grellen, unsensiblen Farben.

Der Werftarbeiter hatte die Wände isoliert. Auf der Werft hatte er aufgehört, weil er das ganze Jahr in der Hütte wohnen und Bilder malen wollte. Aus seinem Künstlerleben war jedoch nichts geworden. Seine Neigung zum Alkohol hatte überhand genommen, und so war auch die Gemeinde mit ihm in Kontakt geraten. Er

hatte ganz einfach in dieser Hütte gelegen und sich langsam aber sicher zu Tode getrunken. Danach hatte sie leer gestanden, und es waren keine Erben aufgetaucht, die einen Anspruch angemeldet hatten.
Die Sozialarbeiterin war skeptisch. Sie schüttelte den Kopf, als die Frau von der Gemeinde die Tür zur Toilette auf der Rückseite des Häuschens öffnete. Unter dem Klositz stand ein Eimer, dessen Inhalt immer wieder vergraben werden mußte.
Die Sozialarbeiterin fand die Hütte zu primitiv und zu abgelegen. Es war weit bis zu einem Laden, zur Post, zur Bushaltestelle, und es gab kein Telefon. Nein, hierher wollte sie keine ehemalige Patientin schicken.
Für Kristina war alles sofort genau richtig. Das merkwürdig asymmetrische Äußere des Hauses, die kaputten Möbel, die häßlichen Bilder, der eklige Geruch, all dies bemerkte sie kaum. Sie sah das Gras, die Felsen, die Bäume. Sie hörte die Vögel singen, die Möwen schreien und den Wind rauschen. Hier wollte sie wohnen.
»Aber Kristina. Es ist schrecklich hart, so zu wohnen. Es gibt zum Beispiel keine Waschmaschine. Du mußt Bettwäsche und alles von Hand waschen.«
Kristina sah von einem der Felshügel auf die beiden Frauen. Sie hatte gerade das Meer entdeckt.
»Hier ist es schön«, sagte sie.
»Jetzt ist es hier schön. Aber denk an den Winter«, sagte die Sozialarbeiterin. »Weißt du, wie dunkel es ist ohne Straßenbeleuchtung?«
»Ja«, sagte die Frau von der Gemeinde. »Es ist nichts für jemanden, der Angst vor der Dunkelheit hat.«
Kristina lächelte.

»Ich mag die Dunkelheit«, sagte sie. »Habe sie immer gemocht.«
»Du hast kein Auto, keinen Führerschein. Wenn dir etwas passiert, wer kann dir helfen? Es sind zwei Kilometer bis zum nächsten Haus.«
Aber Kristina zeigte eine Entschlossenheit, die die Sozialarbeiterin bisher noch nie an ihr bemerkt hatte. Und sie erinnerte sich, wie gut sich Kristina als Tagespatientin bei der Hausarbeit und den praktischen Tätigkeiten angestellt hatte. Sie war geschickt, ordentlich und ausdauernd. Nur das mit den sozialen Kontakten hatte sie nicht geschafft. Vielleicht konnte sie hier leben, wenn man ab und zu nach ihr schaute.

Und dann zog sie hinaus. Das einzige, was sie mitnehmen wollte, war ihr Fahrrad. Ihr Vater brachte es ihr auf dem Autodach. Und dazu auch ihr Bett und Bettzeug, Haushaltsgegenstände und ein paar andere Dinge, von denen die Eltern glaubten, daß sie sie brauchen würde.
Seit ihrer frühesten Kindheit war Kristina nicht so glücklich gewesen wie jetzt. Einen Großteil des Tages verbrachte sie mit praktischen Dingen. Sie fuhr mit dem Fahrrad den weiten Weg zum Laden und kaufte ein. Sie machte im Ofen Feuer. In einer Schubkarre transportierte sie große Holzstücke von einer Weide, wo ein Bauer ein paar Birken gefällt und kleingesägt hatte. Dann spaltete sie die großen Stücke mit einer Axt. Auch ihr Bett hatte sie zu Brennholz gehauen und verbrannt. Sie wollte die Matratze lieber wie ein Nest auf dem Boden haben, mit Kissen darum. Aus den gräßlichen Gemälden des Werftarbeiters hatte sie gleich am ersten Tag ein Feuer gemacht.

Sie streifte an den Stränden umher, zwischen den Felsen und auf den Wiesen. Oft fand sie etwas Schönes, das sie mit nach Hause nahm: Muscheln, Federn, Strandgut. Sie legte ihre Schätze zuerst auf die Fensterbänke, und als es da voll wurde, auf den einzigen Tisch in der Hütte, so daß sie zum Essen an der Spüle sitzen mußte.
Sie kochte und spülte jeden Tag und scheuerte den zusammengestückelten Linoleumboden mit einer Wurzelbürste. Die Wäsche wusch sie im Freien in einer großen Plastikwanne, die sie im Laden gekauft und nach Hause geschafft hatte, indem sie sie über Sattel und Gepäckträger angebracht und das Fahrrad geschoben hatte.
Nilsson, der Bauer des nächstgelegenen Hofes, legte manchmal Netze aus. Hatte er genug Fische, rief er Kristina, wenn sie auf dem Rad vorbeikam, und sie konnte sich nehmen, was sie wollte. Sie bezahlte, indem sie hin und wieder ein frischgebackenes Brot in einer Tüte auf die Treppe legte. Kristina benützte Nilssons Briefkasten mit. Da sie fast nie Post bekam, fand sie es nicht nötig, einen eigenen Briefkasten aufzustellen.
So einfach war der Umgang mit den Nachbarn. Die Leute waren nicht sehr gesprächig, aber zufrieden mit einem Nicken als Gruß und ein paar kurzen Sätzen, wenn etwas gesagt werden mußte.
Sie brauchte nur sehr wenig Geld. Was sie vom Krankengeld übrig hatte, legte sie in eine Dose im Schrank.
Wenn sie an die Zeit zurückdachte, als sie mit Tiermasken vor dem Gesicht herumlief und die Leute erschreckte, schämte sie sich. In ihrer Brieftasche hatte

sie noch einen Streifen Fotos, die sie am Hauptbahnhof gemacht hatte und die sie mit der Fuchsmaske zeigten. Sie konnte ihre eigenen Augen – traurige, ängstliche Augen – in dem bedrohlichen Gesicht erkennen. Das mit den Masken war nur eine bedauerliche Ersatzhandlung gewesen. Aber sie hatte die Masken damals gebraucht. Sie waren zu ihr gekommen – der Fuchs, der Adler und der Tiger – und hatten ihr ihren Geist gegeben. Die Masken waren inzwischen zerstört worden, aber den Geist der Tiere hatte sie behalten. Sie hatte die Tiere in sich, und wenn sie wollte – in der Hütte, im Laden oder auf den Wiesen –, konnte sie eines von ihnen werden und mit den Augen dieses Tiers sehen. Sie mußte lächeln, wenn sie daran dachte, denn diese Fähigkeit war ihr Geheimnis.
Zu bestimmten Zeiten veränderte sie den Tagesrhythmus. Sie schlief dann bis ein Uhr mittags und streifte nachts umher. Sie folgte den Spuren der Rehe über die Wiesen und Berge. Sie konnte sie direkt vor sich im Dunkeln gehen hören. Sie wiesen ihr den Weg. Manchmal wurde es still, dann war sie falsch gegangen. Dann mußte sie nur ganz ruhig stehenbleiben und in der schwarzen Nacht warten, bis sie sie wieder hörte. Sie kamen zurück und holten sie.
Die Pfade der Rehe verliefen quer über Wiesen, Äcker, Berge und Wälder. Die ganze Umgebung der Hütte war ein Netz aus Rehpfaden. Kristina wohnte mitten im Reich der Rehe. Und nach einer Weile stellte sie zu ihrer großen Verwunderung und Freude fest, daß sie auch den Geist des Rehs in sich trug, leicht und zitternd.
Manchmal umringten sie Schatten. Wenn sie morgens aufwachte, konnte es vorkommen, daß sie da waren, in

der Hütte, in den Bergen, überall. Erst dünn, grau wie Rauch. Dann wurden sie dichter, dunkler. Sie kamen näher, krochen auf ihre Haut, legten sich um Hals und Arme. Aber sie wußte, wie sie die Schatten bekämpfen konnte. Sie hatte Tabletten, und wenn die Schatten sich näherten, erhöhte sie die Dosis und nahm drei statt einer pro Tag. Es war fast albern, wie wirksam das war. Sie bekam eine Art Panzer, einen Geruch, den die Schatten scheuten. Sie mochte es nicht, die hohen Dosen zu nehmen, sie wurde matt, und ihre Bewegungen folgten nicht exakt ihren Gedanken. Aber die Schatten verschwanden, und bald konnte sie die Dosis wieder senken.

Die Eltern kamen zu Besuch. Einsilbig antwortete sie auf die forschenden Fragen der Eltern, die auf der Stuhlkante saßen, die Kaffeetasse auf dem Schoß balancierten und am Inhalt nippten, als ob es Gift wäre. Die Blicke wanderten durch die Stube, über das Nest mit den Decken auf dem Boden und die gefundenen Schätze auf den Fensterbrettern und dem Tisch. Als sie fragten, wohin das Bett gekommen sei, schüttelte Kristina nur den Kopf, und sie sagten nichts mehr. Sie waren nicht mehr aufdringlich, gaben ihr keine Ratschläge mehr, was sie tun oder lassen sollte. Dies hier war ihre Welt.

Kristina mochte die Eltern plötzlich lieber als je zuvor. Sie führte sie zu dem Tisch mit den Schätzen, zeigte ihnen den Schädel eines toten Rehbocks, ein Vogelnest und das zarte Skelett einer Spitzmaus und gab ihnen alles zum Anfassen. Ihre Mutter nahm die Kostbarkeiten mit zitternden Händen entgegen.

»Wie schön«, sagte sie andächtig. »Wo hast du das alles gefunden?«
»Hier draußen. Hier gibt es so viel.«
»Merkwürdig«, murmelte der Vater und beugte sich über die Schale eines Möweneis mit einem vertrockneten Fötus darin.
Kristina erzählte von den Tieren, die sie auf ihren Wanderungen sah, von den Rehen, den Hasen, den Strandelstern und den Quallen. Ihre Eltern lauschten verblüfft. Sie hatten ihre Tochter noch nie so lange sprechen hören.
Kristina bemerkte ihre hingerissenen Gesichter. Einen Moment lang erwog sie, ihnen zu erzählen, daß sie den Geist des Rehs in sich hatte, aber dann verstand sie, daß die Gesichter Freude ausdrückten, nicht Verständnis. Sie freuten sich, daß sie sich zurechtgefunden hatte und sich wohl fühlte, aber ihre Welt war ihnen fremd, und alles, was sie erzählt hatte, war unbegreiflich für sie. Kristina schwieg und spülte die Kaffeetassen. Dann begleitete sie die Eltern durch die Weide zum Auto.

Mit offenen Sinnen erlebte sie ihren ersten Winter in der Hütte. Die Äcker, die im Nebel schliefen, und das trostlose Heulen der Nebelhörner. Die verschiedenen Gelb- und Brauntöne der Natur. Der Schnee, der zwar fiel, aber nie richtig liegenblieb. Der feuchte Frost, der aus den Klippen riesige Pelztiere machte. Das Eis, das sich nachts auf die Buchten legte und dann von den Wellen zerbrochen wurde und in der nächsten Nacht von neuem anfing. Der Duft von Birkenholzrauch in der kalten Luft.

Als die Sozialarbeiterin zu Besuch kam, um zu sehen, wie es ihr in der Kälte erging, kam Kristina ihr auf der reifbedeckten Kuhweide entgegen. Sie hatte rosige Wangen, trug einen fußlangen Rock, zwei Wollpullover übereinander und einen Schal um den Kopf. In der Hütte tischte sie Tee und frischgebackenes Brot mit Honig von Nilssons Bienen vor dem Kaminfeuer auf. Sie erzählte, daß es ihr gutginge und sie keine Tabletten mehr nähme.

Dann zeigte sie ihre Schätze, die sich verändert hatten, seit die Sozialarbeiterin das letzte Mal dagewesen war. Sie machte jetzt etwas aus ihnen. Der Rehbockschädel hatte Daunen um die Hörner und ein großes schwarzes Auge auf die Stirn gemalt bekommen. Einen Knochen hatte sie mit kleinen Schneckenhäusern beklebt und einem kompliziert verschlungenen Muster bemalt.

»Du bist ja eine richtige Künstlerin, Kristina«, rief die Sozialarbeiterin aus, und Kristina lächelte.

Im folgenden Frühjahr kaufte sie das Kajak.

Ulrika

Als Anne-Marie und ich am Mittsommermorgen zum Boot kamen, war es etwa acht Uhr, und Gattmanns Bootssteg lag noch im langgestreckten Schatten des Berges – draußen auf dem Wasser aber war das Sonnenlicht blendend grell. Die Seeschwalben zogen kreischend über die Bucht. Das Meer war so still, daß die Felsen sich in ihm spiegelten. Lis und ihr Verlobter standen auf dem Steg und reichten Jens die Gepäckstücke, die er im Boot entgegennahm. Jens' Freund Mårten schlenderte am Strand umher, er trug Shorts und ein Ringerhemd und warf kleine Steine ins Wasser. Anne-Marie und ich reichten Jens unsere Sachen. Er verstaute sie zwischen Schlafsäcken, Zelten und Spirituskochern.
»Reicht es noch für ein Bad, bevor wir abfahren?« rief Mårten.
»Nein«, antwortete Jens, aber Mårten war schon ins Wasser gelaufen, und immer noch in Shorts und Hemd, sprang er ins Wasser und tauchte. Einen Moment später kam er neben dem Boot wieder hoch, versuchte die Reling zu erreichen, indem er sich an einem der Fender hochzog. Der stampfende Motor lief schon, Jens machte gerade das hintere Tau los, und Lis saß im Bug, bereit zum Ablegen.
»Hör auf«, sagte Jens. »Geh auf den Steg und spring ins Boot, wenn du mitfahren willst.«
Aber Mårten gab nicht auf. Lange hing er seitlich am Boot und versuchte, so an Bord zu kommen, bis er schließlich erschöpft aufgab, ans Ufer schwamm und tropfnaß vom Steg aus an Bord sprang. Er lachte, ver-

mutlich sollte sein Einfall einen Vorgeschmack auf die Vergnügungen des Abends geben. Seinetwegen hatten wir zehn Minuten Verspätung, was an sich unwesentlich schien – es war noch früh am Tag, der Laden in Hallvikshamn öffnete erst um neun Uhr –, aber im nachhinein ist mir der Gedanke gekommen, daß alles vielleicht anders gelaufen wäre, wenn wir zehn Minuten früher losgefahren wären.

In dem Moment, nachdem Mårten sich auf eine Bank gesetzt hatte, das Wasser von seinen Shorts bildete schon eine große Pfütze, und Jens Lis nun das Zeichen gab, loszumachen, kam eine kleine orangefarbene Gestalt die Treppe heruntergesaust, lief auf den Steg hinaus und blieb erst an dessen äußerstem Ende stehen.

»Guckt mal, sie glaubt, sie darf mitkommen«, sagte Mårten grinsend.

»Geh zurück, Maja!« schrie Anne-Marie.

Aber sie blieb stehen. Sie trug ihre Schwimmweste über dem braunen Velouranzug, alle Riemen waren ordentlich eingehakt und zugezogen. Die schwarzen Haare standen ab, sie kam wohl direkt aus dem Bett, so daß Karin sie nicht hatte kämmen können. Sie richtete ihre schwarzen Augen auf Anne-Marie.

»Geh zurück!«

Wir schrien alle, um den Bootsmotor zu überstimmen, und wedelten abwehrend mit den Händen, als wollten wir hartnäckige Wespen verscheuchen. Aber Maja blieb stehen.

»Ich bring sie rauf. Wartet hier«, sagte Anne-Marie.

Jens machte den Motor aus, und Anne-Marie zog das Boot zum Steg und sprang an Land. Sie nahm Maja bei der Hand und zog sie über den Steg in Richtung der

Felsentreppe. Aber Maja wehrte sich. Sie war in die Knie gegangen, um sich so schwer wie möglich zu machen, und bewegte sich keinen Schritt. Anne-Marie zerrte sie Zentimeter für Zentimeter über die Stegplanken. Es war ein wortloser Kampf, man hörte nur Anne-Maries Keuchen. Mårten hatte ein Paar trokkene Jeans aus seiner Tasche gezogen. Er fand auch eine Tüte Chips und reichte sie im Boot herum.
»Du tust ihr weh!« rief Lis Anne-Marie zu. »Sie bekommt Spreißel von den Planken. Trag sie lieber!«
Anne-Marie versuchte Maja hochzuheben, bekam aber sofort einen Schlag ins Gesicht und wurde heftig an den Haaren gezogen. Wütend ließ sie Maja los, die mit einem Plumps auf den Steg fiel.
»Mein Gott, Anne-Marie!« rief Lis. »Geh doch Mama holen!«
»Mama bekommt sie im Leben nicht hinauf«, sagte Jens. »Wenn Anne-Marie es nicht schafft, dann schafft es niemand. Sie will mit dir zusammensein, Anne-Marie.«
Maja stand wieder auf den Füßen, ganz außen am Steg. Sie hatte sich weh getan, als Anne-Marie sie fallen gelassen hatte. Ihren Mund kniff sie fest zusammen und rieb sich das Bein, gab aber keinen Laut von sich.
Mårten warf inzwischen den Möwen Chips zu.
»Ein starkes Mädel habt ihr da«, sagte er lachend.
»Wir nehmen sie mit, sonst kommen wir nie weg«, sagte Jens seufzend. »Geh rauf und sag Mama Bescheid.«
Anne-Marie verdrehte die Augen und stolperte auf dem Steg umher, als ob sie am Zusammenbrechen wäre.

»Mach schon«, rief Jens.
Anne-Marie zuckte resigniert mit den Schultern und lief in Riesenschritten die Treppe hinauf. Kurze Zeit später war sie wieder da.
»Okay?« fragte Jens.
»Okay.« Anne-Marie hob Maja an Bord und sprang dann mit dem Tau hinterher.
Karin sagte später, sie habe nie ihre Zustimmung gegeben. Sie habe geschlafen und sei noch nicht richtig klar im Kopf gewesen, als Anne-Marie sie geweckt habe. Sie habe gar nicht richtig verstanden, was Anne-Marie gesagt habe.
Nach dem, was Anne-Marie wiederum sagte, habe Karin zwar im Bett gelegen, sei jedoch wach gewesen. Da sie nie sehr tief schlafe, sei sie sicher vom Bootsmotor und den lauten Stimmen der Kinder geweckt worden. Åke habe im Bett daneben tief geschlafen, aber Karin sei wach gewesen und habe widerwillig, aber deutlich geantwortet: »Ja, ja, dann laßt sie eben mitfahren.«
Anne-Marie setzte sich mit Maja auf dem Schoß auf den Boden des Boots. Jens startete noch einmal den Motor, legte den Rückwärtsgang ein und fuhr dann in einem weiten Bogen aus der Bucht.

Wir hielten in Hallvikshamn, um Proviant einzukaufen. Es war zwar erst halb zehn, und doch war der Hafen voller Leute. Die meisten waren schon am Tag zuvor angekommen. Die Boote lagen aneinander vertäut nebeneinander und füllten fast das ganze Hafenbecken aus. Die Leute saßen in ihren Booten und frühstückten oder lagen auf Deck und sonnten

sich, während die Nachbarn vom Boot nebenan auf dem Weg zum Kai über sie hinweg steigen mußten. Jede Menge Quallen waren angetrieben worden, sie lagen, von den Booten eingeschlossen, im ölig glänzenden Wasser und vermischten sich mit allem möglichen Müll zu einer dicken Suppe.
»Igitt, wie kann man bloß hier liegen«, sagte Stefan verächtlich.
»Das gefällt ihnen, wie man sieht. Die Leute mögen es, wie Sardinen in der Büchse zu liegen.«
»Die Leute spinnen.«
Sie zählten sich nicht zu den »Leuten«. Niemand von uns gehörte damals zu den »Leuten«.
Da wir nicht anlegen konnten, ließ Jens uns an der Treppe bei der Tanksäule aussteigen und fuhr dann wieder weg, um uns eine halbe Stunde später wieder abholen zu kommen. Wir kauften Essen und Bier im Laden, füllten den Kanister mit Diesel, am Kiosk holten wir Eis. Anne-Marie wollte ein Eis am Stiel für Maja haben, aber Mårten kaufte ihr eine große Waffeltüte.
»Die schmilzt, bevor sie die Hälfte gegessen hat«, protestierte Anne-Marie.
»Macht nichts. Kleine Kinder brauchen großes Eis«, sagte Mårten.
Er übernahm dann die Waffel, als Maja nicht mehr konnte.
Überall waren so lange Schlangen, daß alles erheblich länger als eine halbe Stunde dauerte, und Jens mußte eine ganze Weile mit dem Boot Kreise drehen, ehe wir zum Abfahren bereit waren.
In den Geschäften hatten wir niemanden getroffen,

den wir kannten, aber als wir nach Kannholmen kamen, waren dort schon zwei Boote am Strand hochgezogen. Kannholmen ist die letzte in einer kleinen Gruppe von Inseln und Schären, eine Dreiviertelstunde gemächlicher Bootsfahrt von Hallvikshamn entfernt, und ist die einzige Insel weit und breit, auf der man ein Zelt aufschlagen kann. Die anderen sind nur kahle Felsen. Auf Kannholmen aber gibt es ein flache Grasfläche, wo die Erde tief genug ist, um einen Zelthering einzuschlagen. Um diese Grasfläche herum erheben sich Felswände wie Mauern um einen Burghof. Es ist ein völlig geschützter und guter Platz, den man kennen muß, da man ihn nämlich vom Meer aus nicht sieht.

Auf einer Seite der Insel gibt es einen kleinen Strand mit wunderbaren weich gerundeten Felsen, auf denen man sitzen und den Sonnenuntergang im Meer betrachten kann. Der Rest der Insel besteht aus Felsen, Felsspalten, kleinen Tümpeln, sumpfigen Strandwiesen. Es ist keine große Insel, in knapp einer Stunde hat man sie umrundet.

Jetzt standen schon zwei Zelte da, und deren Bewohner saßen davor im Gras und tranken Bier. Wir stellten unsere Zelte auf. Lis und Stefan hatten eines, Mårten und Jens eines, und Anne-Marie und ich eines.

Weitere Boote kamen an, und weitere Zelte wurden aufgeschlagen, so daß bald ein richtiges kleines Lager mit bunten Zweimannzelten die Wiese bedeckte.

Wir nahmen ein einfaches Mittagessen zu uns, bestehend aus Brot, mit dem Fahrtenmesser aufgeschnittener Wurst, Pfirsichen und Bier. Dann gingen Anne-Marie, Maja und ich zum Baden, während Lis und

Stefan im Zelt verschwanden. Mårten und Jens legten am Ufer das Bier kalt und verschwanden dann über den Felsen auf die andere Seite der Insel.
Anne-Marie kannte, im Gegensatz zu mir, ein paar der Camper flüchtig durch ihre Geschwister. Sie sprach mit dem und jenem, und viele der Jungen wollten mit ihr reden. Ich verstand sie gut. Anne-Marie sah wirklich toll aus, wenn sie im Bikini, mit Maja an der Hand, zwischen den Zelten umherlief. Lange schlanke Beine. Blonde Haare, in denen der Wind spielte. Braune glänzende Haut.
Ich trug meinen schockrosa Bikini. Ich hatte in den letzten Tagen stundenlang in der Sonne gelegen, um an Mittsommer braun zu sein, was zur Folge hatte, daß meine Haut die gleiche giftig rosa Farbe wie der Bikini hatte. Jetzt wurde mir plötzlich bewußt, daß dieses viele Rosa zusammenschmolz und ich mit meinen Extrapfunden um die Taille und die Oberschenkel aussah wie ein gebrühtes Schweinchen. Meine großen Brüste hüpften und wabbelten, als hätten sie ein Eigenleben, wie zwei ungebärdige Ferkelchen, die in der Wiege des Bikinioberteils schaukelten.
Ich strich mit den Fingern durch die Haare, damit sie nicht so platt anlagen, und spürte, daß sie schon wieder fettig wurden, obwohl ich sie am Abend zuvor gewaschen hatte. Und jetzt würde beim Baden auch noch Salz hineinkommen. Heute abend hingen die Haare in klebrigen Strähnen herunter, dachte ich bekümmert.
Ich versuchte, den Kopf über Wasser zu halten, aber es ging nicht, Anne-Marie schwamm die ganze Zeit unter Wasser und zog mich an den Beinen, damit ich untertauchte.

Nach dem Baden wollte Anne-Marie eine Siesta halten. Ich hatte auch ein starkes Bedürfnis, mich auszuruhen. Wir waren früh aufgestanden, die Sonne schien heiß, und wir hatten Bier getrunken. Wir hängten die Badesachen zum Trocknen auf die Zeltleinen, krochen in unser rotes Zelt und breiteten die Badetücher über die Schlafsäcke. Dann legten wir uns in Slips und Hemdchen mit der kleinen nackten Maja zwischen uns zum Schlafen.

Ich war schrecklich müde und nickte sofort ein. Nach einer Stunde wachte ich wieder auf. Ich hatte tief und traumlos geschlafen, war immer noch müde und wurde nicht richtig wach. Ich lag in einer Art Halbschlaf und schaute auf die beiden anderen, die noch neben mir schliefen. Es war heiß und stickig, aber ich hatte mich an die schlechte Luft gewöhnt.

Ich erinnere mich sehr gut an die Stimmung im Zelt. An das warme Halbdunkel, das rote Tuch, das einen magischen Glanz auf die Schlafenden warf, den Geruch nach Gras und Schweiß. Anne-Marie lag auf der Seite, mir zugewandt, den Mund ein wenig geöffnet, den Arm gebeugt und die Hand auf dem Badetuch. Die langen, leicht gebogenen Finger, ganz entspannt, eine Hand zum Zeichnen. Die Lippen, rosafarben in dem merkwürdigen Licht hier, die weiche Linie des Amorbogens. Die nassen Haare waren aus der Stirn gestrichen. Ihr Gesicht glich einer weichen, reifen Frucht. Maja lag daneben, den Kopf ein bißchen weiter unten, auf der Höhe des Nabels von Anne-Marie. Maja lag auf dem Rücken, die Arme zur Seite gestreckt, wie kleine Kinder oft schlafen. Ganz nackt, mit dunkelbrauner, seidenglänzender Haut. Von draußen hörte

ich die Stimmen der anderen, irgendwo weit weg Jens mit seiner Mundharmonika und das Schreien der Möwen. Die Zeltplane bewegte sich leicht. Die Schlafenden atmeten friedlich neben mir, zwei Embryos im geborgenen roten Schoß einer Gebärmutter.
Dann wachte Maja mit einem Ruck auf, krabbelte zur Zeltöffnung und verschwand wie der Blitz.
»Sie muß pinkeln«, murmelte Anne-Marie. »Ich auch. Wie lange haben wir geschlafen? Wie spät ist es?«
Es war zwanzig nach vier. Wir standen auf, um Mittsommer zu feiern.

Ich weiß nicht, welche genauen Erwartungen ich an das Mittsommerfest auf Kannholmen hatte. Ich erinnere mich nur, daß ich erwartungsvoll war. Daß ich darüber nachdachte, was ich anziehen würde (das heißt: welche abgetragenen Jeans, welches verwaschene T-Shirt und welchen ausgeleierten Pulli). Ich hatte keine klaren Wünsche, die sich auf irgendeinen Jungen gerichtet hätten, in den ich verliebt war oder so. Ich glaube, ich hatte eine diffuse, kribbelnde Vorstellung, daß etwas passieren würde, daß ich eine andere Ulrika sein würde, wenn ich nach Hause fuhr.
Zu meiner Vorstellung gehörte jedoch, da bin ich sicher, daß ich den ganzen Abend mit Anne-Marie zusammen sein würde. Wir beide wären uns nah und teilten Geheimnisse und Abenteuer, die uns dann verbänden. So aber kam es nicht.
Anne-Marie bewegte sich wie ein Fisch im Wasser zwischen all den unbekannten Menschen. Sie schmuste mal mit dem einen, mal mit einem anderen. Sie war flüchtig und nicht zu halten, kabbelte sich und scherzte.

Ich kam mit zwei älteren Jungen ins Gespräch. Sie fragten mich lauter tiefsinnige Sachen, und ich redete so intelligent ich nur konnte und genoß die Aufmerksamkeit, bis ich plötzlich ein sehr unangenehmes Gefühl bekam, sie ansah und bemerkte, daß sie sich die ganze Zeit über mich lustig gemacht hatten. Mitten im Satz hörte ich auf zu reden und ging davon.
»Nein, nein. Warte. Sprich doch weiter«, riefen sie mir hinterher. »Wie war es genau? Du hast das Bier stehen lassen!«
Ich setzte mich zu Lis und Stefan, aber die hatten nur Augen füreinander, also ging ich weiter zu einer kleinen Gruppe von Mädchen, die unten am Strand Würstchen grillten. Sie redeten und lachten, aber als ich mich zu ihnen setzte, wurde die Stimmung gedrückt.
»Bist du die Schwester von Lis und Eva?« fragte eine von ihnen.
»Nein. Ich bin eine Freundin von Anne-Marie. Ich wohne bei ihnen.«
»Aha«, sagte das Mädchen, das damit offenbar genug mit mir geredet zu haben glaubte. Die Gruppe nahm ihr fröhliches Gespräch wieder auf und schien mich nicht mehr zu beachten.
Plötzlich standen alle auf, um am anderen Strand baden zu gehen, und niemand fragte, ob ich Lust hätte, mitzukommen. Ich konnte mich ihnen nicht einfach anschließen. Vielleicht wollten sie mich loswerden und liefen deshalb so schnell davon.
Ich blieb eine Weile am heruntergebrannten Feuer sitzen und sah die Glut in der Asche flackern. Ein sturzbetrunkener Junge torkelte vorbei und beugte sich mit glasigem Blick über mich.

»Mein Gott, siehst du traurig aus«, sagte er, schüttelte den Kopf und ging davon.
Ich versuchte erneut, mit Anne-Marie in Kontakt zu kommen. Sie lief kichernd zwischen den Zelten umher, betrunken, aber betörend schön in abgeschnittenen Jeans und weißem T-Shirt, sie surfte gewissermaßen auf der Bewunderung und dem Begehren der anderen. Reichtum war das Wort, das in meinem Kopf auftauchte, als ich an der Felswand ins Gras sank und sie beobachtete. Sie war reich, besaß ein Übermaß an Schönheit und Selbstvertrauen. Sie war sich selbst genug. Sie brauchte niemanden – und mich am allerwenigsten. Ich kam mir vor wie eine dünne Schale um ein leeres schwarzes Loch, eine dunkle Höhle von Einsamkeit und Häßlichkeit. Neben mir saß ein sich küssendes Paar.
Maja lief immer noch nackt herum, obwohl es inzwischen Abend war. Jemand hatte ihr die zerzausten Haare gekämmt, einen geraden Scheitel gezogen und zwei ordentliche Schwänzchen über den Ohren gebunden.
Die Felswand hinter mir hatte den ganzen Tag Sonne gespeichert und gab Wärme ab wie ein großes Tier. Ich lehnte mich an sie und schloß die Augen.
Oh, Anne-Marie. Meine goldene Anne-Marie, meine Honig-Anne-Marie. Wo bist du? Das ist nicht meine Anne-Marie, das ist eine Fremde. Komm zu mir zurück, Anne-Marie, Honig-Anne-Marie!
»Mein Gott, siehst du traurig aus.«
Es war wieder der betrunkene Junge. Ich wandte mein Gesicht von ihm ab. Aber er blieb und redete.
»Willst du heulen? Hat dein Typ Schluß gemacht?

Nein, *so was* von traurig, ich habe ja noch *nie* jemanden so traurig gesehen.«
Wieder stand ich auf und ging. Ich schlenderte über die Felsen, kreuz und quer über die Insel. Hatte ich bisher versucht, mich irgendwo anzuschließen, wich ich den Leuten jetzt aus. Ich wollte allein sein. Wenn ich jemanden sah oder Stimmen hörte, schlug ich schnell eine andere Richtung ein.
Ich blieb einen Moment am Strand stehen und schaute übers offene Meer und zu den kleinen Schären, die sich gegen den roten Abendhimmel abzeichneten. Vögel schrien irgendwo über dem Wasser. Zwischen den Schreien hörte ich die langgezogenen, vibrierenden Töne eines Mundharmonikablues. An einer Seite des Berges, mit weich gewölbten Felsen als Rückenstütze, vor der Umwelt verborgen und mit Aussicht auf das Sonnenuntergangsmeer saßen Jens, Mårten und ein Junge, den ich noch nicht gesehen hatte. Neben ihnen stand ein Kasten Bier. Als Jens mich sah, machte er eine Pause, winkte mich zu sich und spielte dann weiter.
Ich ging hin zu ihnen und setzte mich wortlos auf den Felsen. Zum ersten Mal an diesem Mittsommerabend fühlte ich mich weder vertrieben, ausgeschlossen noch verhöhnt. Ich saß da, blickte auf das rote Meer, das mit zunehmender Dämmerung immer blasser und grauer wurde, und lauschte der zitternden Harmonikamelodie. Auf einmal konnte ich meine Wehmut fast genießen. Die ganze Zeit kreisten Vögel über uns, erst entfernt, allmählich aber immer näher.
»Sind die Vögel um die Tageszeit denn wach?« fragte ich.
Jens schaute hoch, hörte auf zu spielen.

»Ich glaube nicht.«
»Nein, irgendwie ist es komisch«, stimmte Mårten zu. »Nachts ist es doch normalerweise ganz still. Vögel schreien doch sonst nicht so, oder?«
»Die Vögel verstummen, wenn die Sonne untergeht«, sagte der Dritte ruhig und philosophisch.
»Und warum fliegen und schreien die hier?« fragte Mårten.
»Was sind es denn für Vögel?«
»Möwen. Seeschwalben. Vielleicht noch andere.«
»Interessant, daß verschiedene Arten zusammenarbeiten«, sagte der Dritte.
Plötzlich schoß eine der Seeschwalben im Sturzflug herab. Sie flog so dicht über unseren Köpfen, daß wir den Luftzug ihrer Flügel spüren konnten, gleichzeitig gab sie ein ohrenbetäubendes »iiii« von sich.
»Jesses«, murmelte Mårten.
»Irgend etwas ist heute abend komisch mit den Vögeln«, sagte ich.
»Nein, das Komische sind wir«, sagte Jens, »die Insel gehört den Vögeln. Sie haben Nester und Junge in den Felsspalten. Sie wollen uns vertreiben. Aber bis morgen müssen sie uns aushalten.«
Wir blieben sitzen, und bald waren wir von einer ganzen Wolke schreiender Seeschwalben umgeben. Sie taten uns nichts, flogen nur über unseren Köpfen, umkreisten einander, jede in ihrer Bahn, wie Planeten eines komplizierten Sonnensystems. Eine ließ einen Klecks auf Mårtens Schulter fallen. Jens fing an zu lachen, wir anderen lachten auch. Wir saßen zwischen den flatternden Flügeln, duckten uns, hielten die Hände über die Köpfe und lachten.

Plötzlich schrie der Dritte auf. Ein Vogel flog von ihm hoch. Es war eine normale Seeschwalbe, aber aus der Nähe sah sie viel größer aus. Die Flügel fegten die Nachtluft in Wellen über uns, und einen Moment lang vernahmen wir den Geruch, einen derben Geruch nach Fisch, Kot und Federn.
»Sie hat mir auf den Schädel gehackt«, schrie der Junge.
Wir flohen über den Berg zu einer anderen Felsspalte. Die Vögel folgten uns, kreisten weiter über uns, hielten jetzt jedoch Abstand.
»Wir saßen bestimmt in der Nähe eines Nests«, sagte Jens. »Wie geht es deinem Schädel?«
Wir untersuchten seinen Kopf, fanden aber keine Wunde.
»Ich habe richtig Angst bekommen«, murmelte er.
Die Möwen saßen auf den Felsplatten neben uns. Sie beobachteten uns, kamen jedoch nicht näher.
»Seht ihr, was sie für eklige Augen haben?« sagte Mårten. »Irgendwie raubgierig. Iih, ich finde sie widerlich.«
»Sie finden dich vielleicht genauso widerlich«, sagte Jens.
»Ich geh jetzt schlafen«, sagte Mårten. »Das ist ja wie bei Hitchcock.«
Er und der Junge, dem der Vogel auf den Kopf gehackt hatte, standen auf und gingen. Jens und ich blieben sitzen.
Die Mittsommernacht war hell und merkwürdig still. Über dem Meer war es eigentlich nicht richtig dunkel, mehr wie ein bewölkter Tag, die Wasserfläche war metallisch matt.
Bisher hatte Mårten zwischen Jens und mir gesessen,

und sein Platz war jetzt leer. Wir verringerten den Abstand Stück für Stück, indem wir beim Reden näher rückten. Jens hatte seine Hand auf den angezogenen Knien liegen, und als ich diese Hand ansah, die sich gegen das Meer abzeichnete, erinnerte ich mich an Anne-Maries Hand im Zelt während des Mittagsschlafs. Die langen Finger, das schmale Handgelenk. Sie beide hatten genau die gleichen Hände.
Ich beobachtete aus den Augenwinkeln sein Gesicht. Er blickte über das Meer und redete so konzentriert, daß er nicht bemerkte, wie ich ihn beobachtete. Erst jetzt, in der grauen Dämmerung, die alle irreführenden Einzelheiten auslöschte, sah ich, wie ähnlich Anne-Marie und er einander waren. Seine Haare hatten einen dunkleren Ton, aber sonst war alles gleich: die dunklen Augenbrauen, die Wangenknochen, der wohlgeformte Mund.
Er drehte sich zu mir, unsere Augen trafen sich. Er legte einen Arm um mich, zog mich an sich und strich mir über den Oberarm.
»Frierst du?« fragte er.
»Nein«, log ich.
»Du hast Gänsehaut. Die Härchen auf deinen Armen stehen ab, ich spüre es.«
»Ich spüre nichts.«
»Ich hole meinen Schlafsack, da können wir hineinkriechen. Wir können heute nacht hier schlafen. Das ist viel schöner, als im Zelt zu liegen.«
Er verschwand über den Klippen und kam mit einem der schweren militärgrünen Schlafsäcke der Familie Gattmann zurück. Er holte ihn aus der Hülle, rollte ihn auf dem Felsen aus und überlegte, wie er ihn hin-

legen sollte. Er zog ihn hin und her, bis er einen Platz gefunden hatte, an dem die Felsform passend zu sein schien.
»So ist es, glaube ich, gut. Meinst du nicht?«
Das Ganze hatte etwas Feierliches, was mir ein wenig angst machte. Er zog den Reißverschluß auf, legte sich hin und machte mir ein Zeichen, auch zu kommen.
»Ich paß nicht mit rein«, sagte ich.
»Komm, versuch es doch.«
Ich mußte mich ganz, ganz dicht neben ihn legen. Er half mir, indem er mich mit der einen Hand an sich drückte und mit der anderen hinter meinem Rücken den Reißverschluß hochzog.
»Siehst du. Es ging doch«, sagte er triumphierend.
Der Schlafsack war warm und voller Düfte. Er roch nach Salz, Erde, Gras und Duftresten von allen möglichen Abenteuern. Sein Gesicht war so nah an meinem, daß es ganz natürlich war, als er mich küßte.
Der Schlafsack war wie eine äußere Kraft, die sanft aber bestimmt unsere Körper aneinanderdrückte. Man konnte sich dem nicht entziehen. Mund an Mund, Brust an Brust, Geschlecht an Geschlecht. Mein Herz schlug so heftig, daß es mir wie ein fremdes Wesen vorkam, ein Tier, das in meinen Körper eingeschlossen war. Jens' Zunge füllte meinen Mund aus, als ob sie immer da gewesen wäre. Sein Bein war zwischen meine Beine geglitten und schien dort hinzugehören. Unsere körperlichen Grenzen existierten nicht mehr. Wir bestanden beide aus einer zähflüssigen warmen Masse, die den Schlafsack ausfüllte.
Dann hörte ich plötzlich einen kurzen Schrei. Ich öffnete die Augen und sah eine große Möwe, die sich auf

eine Steinplatte schräg oberhalb von uns gesetzt hatte. Jens hatte meine Jeans aufgeknöpft und war gerade dabei sie mir auszuziehen. Die Möwe war nur ein paar Meter von uns entfernt, so aus der Nähe kam sie einem riesig vor. Sie sah uns an, und ich konnte im Dunkel ihren Blick sehen, der mir sehr fremd schien. Da war nichts von dem ruhigen braunen Dunkel wie in den Augen von Hunden und Pferden, nichts von der grellgrünen Rätselhaftigkeit wie in den Augen von Katzen oder dem wachen Glitzern wie in den schwarzen Knopfaugen von Mäusen und Hamstern. Der Blick in den wäßrigen Augen war eiskalt, ein Blick, der einem böse vorkommen konnte, jedoch jenseits von Böse war, jenseits von allem Menschlichen und Verstehbaren. Ein Fenster in leere, einsame Räume.

Die Möwe öffnete den Schnabel, hob den Kopf und schrie erneut. Und dieser Schrei hob mich, zog mich gleichsam aus diesem gemeinsamen Sirupkörper – und ich hatte das Gefühl, neben uns zu stehen und das Paar im Schlafsack zu betrachten. Die beiden kamen mir lächerlich vor, mit denen wollte ich nichts zu tun haben.

»Was ist denn?« fragte Jens an meinem Hals. »Sind es schon wieder die Vögel?«

Mit einem Mal war es unangenehm warm und eng im Schlafsack. Mein Körper gehörte wieder mir. Ich zog den Reißverschluß auf, so daß ich herausschlüpfen konnte. Die Nachtluft kühlte meinen nackten Unterkörper und ich zog rasch Slip und Jeans hoch.

Die Möwe flatterte auf und ließ sich ein paar Meter weiter nieder.

Ich saß auf der Klippe und schaute übers Meer.

»Es wird schon wieder hell«, sagte ich.

Bei den Zelten auf der anderen Seite der Insel war es jetzt still. In diesem Augenblick wurde ich gewahr, daß wir die ganze Zeit Geräusche von dort gehört hatten, Lachen Rufe, Transistormusik. Auch die Vögel waren still.
Der Tag graute, und ich saß da und beobachtete, wie die Welt langsam nicht vom Dunkeln ins Helle überging, sondern von Schwarzweiß in Farbe, von matt nach glänzend. Das Meer bekam wieder sein Glitzern, die Klippen wurden wieder rosa und aprikosenfarben. Die Seeschwalben, die in einer kleinen aufgeplusterten Schar auf dem Wasser lagen, hatten blutrote Schnäbel, Schnäbel, die endlich geschlossen waren, still.
Jens war eingeschlafen. Ich kroch neben ihn in den Schlafsack und da, eng an seinen Rücken geschmiegt, die Arme um seinen Bauch gelegt, in einer Welt, die die Farbe aus der Luft sog, schlief ich ein.

Ich erwachte, weil ich Lachen und Schreien hörte. Unterhalb von uns badeten ein paar Mädchen nackt. Ihre Körper machten auf dem Wasser Kreise, die sie wie Zielscheiben auf der stillen Wasseroberfläche umringten. Ich beobachtete sie schläfrig und muß noch einmal eingenickt sein, denn als ich wieder aufwachte, waren die Mädchen weg, und es war viel wärmer. Der Platz, an dem wir schliefen, lag in der prallen Sonne, unsere Körper klebten vor Schweiß.
Im Zeltlager schlenderten Leute umher, verkatert und müde. Mårten und der Junge, den eine Möwe angegriffen hatte, saßen vor Jens' Zelt, tranken abgestandene Cola und aßen Vanillewaffeln. Jens setzte sich zu ihnen und beteiligte sich an ihrem ekligen Frühstück.

Ich suchte Anne-Marie und fand sie in unserem Zelt. Sie schlief im roten Licht, lag zusammengerollt auf der Seite und hatte nur einen Slip an. Die Warzen ihrer winzigen Brüste sahen aus wie Rosenknospen aus Marzipan. Die Haare waren zerzaust. Das ganze Zelt stank nach Bier, Schweiß und schlechtem Atem.
Ich kroch rückwärts wieder hinaus, verhedderte mich jedoch in der Öffnung, so daß das ganze Zelt wackelte und sie aufwachte.
»Wo warst du denn?« fragte sie blinzelnd.
»Ich habe draußen geschlafen. Am äußeren Strand, direkt am Meer. Ist Maja schon wach?«
»Ich weiß nicht. Ich denke schon.« Anne-Marie zog ein Hemd an und kroch nach draußen.
Stefan kniete vor seinem Zelt und kochte auf einem Spirituskocher Teewasser. Als Lis uns sah, richtete sie zwei Plastikbecher mit Teebeuteln und reichte sie uns. Sie sah ganz munter aus, die dicken, braunen Haare hatte sie im Nacken zu einem Schwanz gebunden. Stefan schien auch gutgelaunt zu sein. Sie tranken nicht mehr so unkontrolliert wie die Teenies. Seit sie sich kannten, tranken sie wie erwachsene Menschen, ein, zwei Bier am Abend, mehr nicht.
»Das Wasser ist gleich heiß«, sagte sie. »Ihr könnt Maja wecken. Ich habe unten am Wasser einen Orangensaft für sie kühl gelegt.«
»Schläft sie denn noch?«
Anne-Marie schob den Stoff von Lis' und Stefans Zelt beiseite und sah hinein.
»Sie ist nicht da«, konstatierte sie. »Sie ist schon draußen.«
Lis drehte sich um, den Griff des Wassertopfes aus

Aluminium in der Hand, und betrachtete Anne-Marie mit schmaler werdenden, nachdenklichen Augen, die eine merkwürdige Farbe hatten, Grünbraun, wie Algen. Nach einer Pause sagte sie:

»Warum sollte sie in unserem Zelt sein? Sie hat doch in eurem Zelt geschlafen, oder nicht?«

Wieder entstand eine Pause. Aus dem Wassertopf dampfte es. Lis merkte plötzlich, daß jetzt auch der Griff heiß wurde und stellte den Topf schnell auf den Boden. Anne-Marie blickte jeden von uns nacheinander an, als suchte sie Hilfe.

»Nein«, sagte sie schließlich. »Nein, sie hat nicht in unserem Zelt geschlafen.«

»Jens«, rief Lis. »Hat Maja in eurem Zelt geschlafen?«

Jens zuckte die Schultern, er hatte den Mund voller Kekse.

»Hat sie?« fragte er an Mårten gewandt.

»Nein, nicht daß ich wüßte«, sagte Mårten. »Björn, hast du das kleine dunkle Mädchen gesehen?«

Björn hieß der Junge, dem der Vogel auf den Kopf gehackt hatten. Auch er zuckte mit den Schultern. Er war noch nicht richtig wach und schien nicht zu verstehen, wovon wir sprachen.

»Aber wo hat sie dann geschlafen? Wo ist sie?« fragte Lis und lief erst einmal um die Zelte und auf den nächsten Hügel.

»Anne-Marie«, sagte Stefan ruhig. »Denk mal nach. Maja hat doch bei dir geschlafen, oder?«

»Ich glaube nicht.« Anne-Maries Stimme klang schwach und angestrengt, als wäre sie es nicht gewohnt zu reden.

»Ulrika. Sie hat doch in eurem Zelt geschlafen. Oder?«

»Ich weiß nicht«, antwortete ich. »Ich habe ja selbst nicht da geschlafen. Ich habe im Freien geschlafen.«
Lis kam außer Atem und ohne Maja zurück.
»Okay«, sagte sie beherrscht. »Jetzt müssen wir gründlich suchen. Wo war sie denn zuletzt?«
»Sie lief zwischen den Zelten umher«, sagte Stefan.
»Hat jemand sie noch woanders gesehen?« fragte Lis.
Niemand hatte sie gesehen.
»Ich habe ihr den Velouroverall angezogen. Das war schon ziemlich spät«, sagte Anne-Marie. »Wir sind ins Zelt, und ich habe ihr den Overall angezogen, dann ist sie wieder rausgelaufen.«
»Wir schauen in allen Zelten nach. Los jetzt. Fragt alle, wo sie Maja zuletzt gesehen haben.«
Innerhalb weniger Minuten schlug die Stimmung im Zeltlager von dösiger Katerstimmung in volle Aktivität um.
Sehr schnell war klar, daß Maja in keinem der Zelte war. Alle erinnerten sich an das kleine Mädchen, das sich zwischen den Zelten herumgetrieben hatte. Niemand erinnerte sich, wann sie verschwunden war, sie schien die ganze Nacht da gewesen zu sein, so lange jemand wach war. Aber niemand konnte sagen, in welches Zelt sie sich zum Schlafen gelegt hatte.
Lis versammelte alle am Strand und gab Anweisungen.
»Wir verteilen uns über die Insel und suchen. Schaut in alle Felsspalten. Macht euch keine Gedanken, daß sie nicht antwortet, wenn man ruft. Maja antwortet nie, wenn man ruft.«
Wir liefen kreuz und quer über die Insel, ungefähr dreißig junge Leute. Der Vormittag war heiß und

windstill. Wir suchten in jeder Felsspalte, unter jedem Busch, hinter jedem Stein.
Allmählich entstand eine Art Hektik. Die Ungewißheit war unerträglich, und wir beschleunigten unsere Suche. Wir liefen schneller. Wir rannten durch eine Landschaft mit einer unbarmherzig grellen Farbskala, die sich der Hitze und der Panik verdankte. Die Sonne flimmerte in weißglühender Hitze, der Himmel brannte blau wie eine Gasflamme, die Krähenbeere leuchtete giftgrün, das Heidekraut schreiend lila. Wir schwitzten wie verrückt, tranken hastig aus lauwarmen Limoflaschen, liefen ins Wasser, um das Gesicht zu kühlen, und suchten weiter.
Wir suchten Stunde um Stunde, bis wir die Wahrheit akzeptieren mußten. Die kleine Insel war abgesucht, nicht nur einmal, sondern zehnmal, zwanzigmal. Es gab keine Verstecke mehr, Maja war nicht auf der Insel. Einer nach dem anderen sanken wir am Strand neben den hochgezogenen Booten in den Sand. Wir schauten übers Meer. Ohne daß wir es aussprachen, war uns klar, daß sie dort sein mußte.
Irgendwann im Lauf der Nacht war Maja vom Zeltlager weggelaufen. Vielleicht war sie auf einer Felsplatte ausgerutscht und ins Wasser gefallen. Vielleicht war sie ans Ufer gegangen, um zu baden, und dann zu weit hinaus gelaufen. Hatte sie geschrien? Maja rief nie um Hilfe. Manchmal schrie sie aus Wut, ganz selten vor Schmerz. Noch nie hatte sie jemand aus Angst schreien hören. Sie biß die Zähne zusammen, kämpfte lautlos. Hatte sie das auch diesmal gemacht? Und wenn sie geschrien hätte, wäre sie gehört worden? Im Lärm dieser betrunkenen, lauten jungen Leute, der plärrenden

Radios, der schreienden Vögel. Nein, wir hätten sie nicht gehört.
Und keine von uns war ihre Mutter. Denn ihre Mutter hätte, auch im Rausch, ihrer Geilheit, ihrer Freude, Trauer oder Wut, doch an sie gedacht und sich gefragt, wo sie war. Der Mutterinstinkt hätte sich wie ein Suchradar gedreht, jede Bewegung der Kleinen registriert. So funktioniert das, wie ich jetzt weiß, da ich selbst Kinder habe. Das Kind ist immer da, im Augenwinkel, in den Gedanken, selbst im Schlaf. Wenn man sich entspannen will und weiß, daß das Kind bei jemand anderem sicher aufgehoben ist, dreht sich das Radar dennoch. Man kann es nicht abstellen. Das ist die verdammte Unfreiheit.
Aber wir – wir waren noch frei, kinderlos und wie die meisten Jugendlichen vollauf mit uns selbst beschäftigt. Unser Verliebtsein, unsere Enttäuschungen, unsere neuen Erfahrungen, unsere Musik, unsere dicken Oberschenkel, zu großen oder zu kleinen Brüste, Pikkel, Fettpölsterchen, damit war unsere Welt ausgefüllt.
Es war absolut windstill. Draußen auf dem Meer lagen die Segelboote mit schlaffen Segeln, unbeweglich, als seien sie im Eis eingefroren. Das Meer war glatt und geheimnisvoll und gab nicht preis, was es unter der glitzernden Oberfläche verbarg.
Gegen fünf Uhr bauten wir schweigend die Zelte ab. Ein Boot nach dem anderen verließ den Strand. Gattmanns Kahn verließ als letzter Kannholmen. Wir fuhren nach Hause, um die Küstenwache zu alarmieren. Aber auf welche Rettung konnte man denn noch hoffen?
Ich weiß noch, daß Anne-Marie und ich uns auf der

Heimfahrt gegenübersaßen. Sie sah über meine Schulter in die Ferne. Ich sah zu Boden, auf die Bretter, wo der Lack abblätterte und sich Blasen bildete. Mein Blick wanderte über das Durcheinander aus Füßen, Plastiktüten, Zelten und Schlafsäcken. Direkt neben Anne-Maries Füßen, halb unter der Bank, lag Majas orangefarbene Schwimmweste. Anne-Marie muß eine Bewegung in meinem Gesicht bemerkt haben, sie folgte meinem Blick. Schnell und intuitiv gab sie der Schwimmweste einen Tritt, so daß sie ganz unter der Bank verschwand.

Ich hätte natürlich nach Hause fahren müssen. Aber in den ersten Tagen schien überhaupt keiner zu bemerken, daß ich da war. Es herrschte ein einziges Chaos. Hubschrauber knatterten über den kobaltblauen Himmel. Telefone klingelten. Die Männer vom Rettungsdienst schüttelten nur die Köpfe. Die Nachbarn fuhren mit ihren kleinen Booten hinaus und kehrten mit bedauernden Gesichtern zurück. Anne-Marie lag in unserem gemeinsamen Zimmer auf dem Bett, den Rücken meinem Bett zugewandt, das Gesicht im Kissen, gelähmt von Schuldgefühlen und Verzweiflung. Ich versuchte, mich klein zu machen und so wenig wie möglich aufzufallen.

Karin und Åke Gattmann waren öffentliche Personen. Auch Maja war so etwas wie eine öffentliche Person. Durch Karins Artikel in Dagens Nyheter und eine Dokumentation im Fernsehen war sie eine Art Adoptivkind des ganzen Landes geworden, was man im letzten Jahr noch ein wenig heruntergespielt hatte.

Am ersten Tag waren die Journalisten noch zurückhaltend. Die Nachricht, daß ein vierjähriges Mädchen von einer Insel vor Hallvikshamn verschwunden war, brachte mittelgroße Schlagzeilen, und im Radio und Fernsehen wurde sie überhaupt nicht erwähnt.
Am zweiten Tag beschlossen die Lokalzeitungen, die Namen des Mädchens und der Eltern zu veröffentlichen, und kurze Zeit später war die Boulevardpresse vor Ort. Karin wurde auf dem Steg fotografiert, die Hand über den Augen, aufs Wasser blickend – wie das Denkmal der wartenden Seemannsfrau. Das Bild zierte am nächsten Tag die erste Seite. Bei der Konkurrenz waren es Lis und Stefan, die sich weinend in den Armen lagen. In der Mitte der Zeitung war ein großes Bild von einem abgenutzten Teddy, der auf dem Boden vor Gattmanns Haus lag, mit seinen runden Knopfaugen ins Leere starrte und die Arme pathetisch in die Luft reckte. Ich erkannte sofort Anne-Maries alten Brumle und bekam so die Erklärung für den merkwürdigen Besuch eines Mannes mit großer Schultertasche, der am Tag zuvor in der Küche aufgetaucht war und darum gebeten hatte, Majas Spielsachen sehen zu dürfen. Da Maja nie mit Spielsachen spielte, hatte ich ihm nicht helfen können, aber er hatte selbst die Kiste mit den alten Spielsachen der großen Kinder gefunden und sehr höflich gebeten, ein paar Sachen für eine Weile ausleihen zu dürfen, was ich ihm gestattete. Brumle war offenbar genau das, was der Fotograf brauchte. Nun lag er da, aus einem vieljährigen Schlaf in der Kiste erweckt, und streckte seine abgewetzten Arme nach einem kleinen Mädchen, das ihn nie auch nur eines Blickes gewürdigt hatte.

Am dritten Tag veränderte sich die Suche. Niemand sprach es aus, alle wußten es: Man suchte nicht mehr nach einem lebendigen Kind. Man suchte nach einem toten Körper.
Und dann wurde auch diese Suche abgebrochen. Kannholmen liegt am äußeren Rand der Schären zum offenen Meer hin, wo starke Strömungen herrschen. Man mußte konstatieren, daß das kleine Mädchen trotz eifriger Suche nicht gefunden werden konnte, weder tot noch lebendig. Sie war ganz einfach weg.
Die Familienmitglieder zogen sich zurück. Åke schloß sich in seiner Schreibstube ein, ohne daß jedoch Schreibmaschinengeklapper zu hören war. Ab und zu kam er in die Küche und holte eine neue Flasche Wein. Seine Eltern, Tor und Sigrid, blieben in ihren Zimmern im ersten Stock. Karin saß auf einem Liegestuhl unten auf dem Steg und sah übers Meer, Stunde um Stunde. Lis war meistens bei Stefan. Jens verschwand auf seinem Moped und war irgendwo bei einem Freund. Anne-Marie lag auf ihrem Bett.
Einmal, ein einziges Mal, stieß Karin Anschuldigungen gegen uns hervor. Sie hatte sich über einen unsensiblen Zeitungsartikel geärgert, und die Worte kamen ungezügelt über ihre Lippen.
»Wie konntet ihr nur? Wie konntet ihr sie vergessen?« schluchzte sie.
Es war früh am Morgen, nach einer durchwachten Nacht, wir saßen mit unseren Teebechern auf der Treppe, Anne-Marie, Jens und ich. Überall lag Tau. Karin stand auf der obersten Treppenstufe, und wir sahen zu ihr hoch, ihr Gesicht war fast nicht wiederzuerkennen, nachdem sie mehrere Tage geweint hatte, es war ge-

schwollen, rot, faltig. Es war ein fürchterliches Gefühl, sie die Anschuldigungen aussprechen zu hören, gerade weil sie so lange geschwiegen hatte. Wir duckten uns, rückten zueinander wie schuldbewußte Hundewelpen. Jens, der neben mir saß, legte seinen Arm um meine Schultern, und Anne-Marie, eine Stufe tiefer, lehnte sich an meine Knie.

Mein Vater kam. Er parkte sein Auto unter der Eiche, ging die Holztreppe hoch und klopfte an. Sein Klopfen war so vorsichtig und diskret, daß niemand ihn hörte. Ich stieß ihn fast um, als ich zufällig die Tür öffnete, um hinauszugehen.
Ich erkannte ihn nicht. Es war drei Wochen her, daß ich ihn zuletzt gesehen hatte, und es war so viel geschehen. Außerdem war ich in keiner Weise darauf vorbereitet, ihn da auf der Treppe stehen zu sehen. Er konnte seine Ankunft nicht ankündigen, weil die Familie Gattmann das Telefon aus der Steckdose gezogen hatte und es nur einsteckte, wenn Karin ihren täglichen Anruf beim Rettungsdienst machte. Erst hielt ich ihn für einen Journalisten oder einen freiwilligen Helfer, den ich gerade mit einer der höflichen, kühlen Redewendungen, die ich in der vergangenen Woche gelernt hatte, abweisen wollte – da erkannte ich ihn. Mir wurde für einen Moment schwindlig. Ich hatte mich so mit der Familie Gattmann vereint, daß ich beim Anblick meines Vaters nicht genau wußte, wohin ich gehörte. Meine eigene Familie, mein Vater, meine Mutter, das kleine Sommerhäuschen, das Haus in der Stadt, alles war in wenigen Wochen verblichen.
»Ich habe dich telefonisch nicht erreicht. Ich verstehe,

daß sie keine Anrufe wollen. Du möchtest bestimmt nach Hause kommen. Es ist nicht in Ordnung, daß du hier bist, wo das alles passiert ist.«
Sein kurzärmeliges Hemd hatte große Schweißflecke unter den Armen. Ich sah, wie bleich seine Arme, verglichen mit meinen, waren. Ich ließ ihn eintreten und führte ihn durchs Haus auf die Veranda. Ich bat ihn, sich zu setzen, und holte aus dem Kühlschrank kalten Saft. Wir saßen nebeneinander unter dem gelben Sonnenschirm und tranken Schlehensaft aus der letztjährigen Ernte.
»Es muß schrecklich sein für sie. Und für dich auch«, sagte mein Vater und rührte mit dem langstieligen Löffel, so daß die Eiswürfel klirrten. »Ich habe in der Zeitung etwas gelesen, was du gesagt hast.«
»Ja?« sagte ich erstaunt.
Ich wußte nicht, was ich laut einer Zeitung gesagt haben soll. Ich hatte mit so vielen Journalisten geredet, natürlich hatte jemand mich zitiert.
»Ja, du sagtest, das sei der schlimmste Tag deines Lebens gewesen, der Tag, an dem ihr draußen auf der Insel gesucht habt.«
»Ja«, sagte ich, »das stimmt. Das war der schlimmste Tag.«
»Ich kann dich gut verstehen«, sagte meine Vater. »Wo sind denn die anderen. Sind sie nicht zu Hause?«
Ich mußte nachdenken. In den letzten Tagen hatte ich mich daran gewöhnt, allein zu sein, die anderen schlossen sich ein oder verschwanden irgendwohin. Wir nahmen keine gemeinsamen Mahlzeiten mehr ein. Jeder nahm sich etwas in der Küche, wie es sich gerade ergab.

»Sie wollen in Ruhe gelassen werden«, sagte ich.
Mein Vater nickte und nahm einen großen Schluck Saft.
»Diese Familie trägt Trauer«, sagte er. »Du solltest nicht hierbleiben. Wir packen deine Sachen und verabschieden uns. Dann fahren wir.«
»Ich weiß nicht«, murmelte ich und schaute in den gelben Sonnenschirm. Ich versuchte nachzudenken. »Irgendwie kommt es mir nicht richtig vor. Als wollte ich mich drücken.«
»Drücken?« wiederholte er erstaunt. »Wovor denn?«
Vor der Schuld, dachte ich. Erst hatte ich mich vor der Verantwortung gedrückt. Wir alle hatten uns vor der Verantwortung gedrückt. Und was dann geschehen war, hatte mich an diese Familie gebunden. Ich gehörte jetzt zu ihr. Ja, erstmals war ich wirklich Mitglied einer Familie, wie ich es mir lange gewünscht hatte.
Ich antwortete nicht. Schweigend saßen wir nebeneinander in dem kleinen Stück Schatten unter dem Sonnenschirm und blickten über den Fjord, wo Segelboote in allen Größen vorbeifuhren. Eine leichte Brise spielte mit den Fransen des Sonnenschirms, und durch die offene Tür wehte der Zitronenduft der Rosengeranie auf dem Küchentisch.
»Tja, vielleicht ist es besser, wenn du jetzt packst, Ulrika. Ich würde gerne ein paar Worte mit Karin und Åke sprechen, aber wenn du meinst, daß es jetzt nicht recht ist ... Ich rufe sie später an. Du kannst dich ja verabschieden. Ich warte im Auto auf dich«, sagte mein Vater, stand auf und ging hinein.
Nachdem ich auf der sonnigen Veranda gesessen hatte, kam mir das Haus völlig dunkel vor. Ich war wie ge-

blendet und sah deshalb nicht, daß im Gang zwischen Garderobe und Küche jemand stand. Ich schrie auf vor Schreck, als ich den harten Griff am Oberarm spürte. Ich erkannte Anne-Marie nicht sofort.
»Fahr nicht. Bitte, fahr nicht. Ich weiß nicht, was ich mache, wenn du fährst«, flüsterte sie.
Jetzt sah ich sie deutlicher. Sie war ungeschminkt, hatte zerzauste Haare und nur einen Slip und ein fleckiges Hemdchen an. Sie sah wie ein sehr viel jüngeres Mädchen aus. Offenbar hatte sie in der Dunkelheit gestanden und mir und meinem Vater durch die offene Verandatür zugehört. Ich umarmte sie und strich ihr über die langen zerzausten Haare.
»Wenn du willst, bleibe ich«, sagte ich.
Mein Vater zog sich vorsichtig aus dem Flur zurück. Über Anne-Maries Schulter konnte ich ihn im matten Licht, das durch das Rollo hereinschien, sehen. Er spannte die Halsmuskeln an und betrachtete seinen Daumennagel. Ich ging zu ihm.
»Ich kann jetzt nicht fahren«, sagte ich.
Er nickte.
»Nein, nein, wie du meinst. Du kannst ja anrufen, wenn du es dir anders überlegt hast.«
Er wandte sich Anne-Marie zu und wollte etwas sagen. »Herzliches Beileid« war nicht richtig, und alles, was mit Hoffnung zu tun hatte, war auch falsch.
»Wenn Ulrika euch zur Last fällt, könnt ihr sie nach Hause schicken. Grüß deine Eltern von mir. Ich weiß, wie euch zumute ist«, fügte er hinzu, obwohl er das natürlich nicht wissen konnte.
Anne-Marie und ich standen nebeneinander in der dunklen Halle und hörten das Auto starten und weg-

fahren. Dann gingen wir zusammen ins Dachgeschoß und legten uns eng umschlungen auf Anne-Maries ungemachtes Bett. Wir schliefen in der stickigen warmen Luft, und im Moment des Einschlafens spürte ich, daß Anne-Maries Wange an meiner lag und ihr blondes Haar über meine Stirn hing und mir ins Gesicht fiel.

Der Juli war in diesem Jahr sehr heiß. Vor allen Fenstern waren die verblichenen Rollos heruntergezogen. Die Bewohner bewegten sich durch eine sirupgelbe Dämmerung, glitten ohne zu sprechen aneinander vorbei, wie Fische in einem trüben Aquarium. Vom Meer hörte man die Motoren der Boote.
Nichts passierte. Der Rettungsdienst meldete sich nicht mehr. Die Zeitungen hatten das Interesse verloren. Maja war weg. Nicht tot. Nicht lebendig. Nur weg. Wir befanden uns in einem Vakuum. Wir konnten nicht trauern, uns nicht freuen. Wir schalteten uns aus, liefen auf Sparflamme, schoben unsere Gefühle auf. Der säuerliche Geruch der Rosengeranie erfüllte das Untergeschoß und mischte sich mit dem Gestank verdorbener Essensreste. Überall standen ungespülte Gläser und Teller, leere Bierdosen und Limoflaschen herum.
Karin saß im Schaukelstuhl und hatte die Arme um sich geschlungen. An der Wand über ihr hing, schwarzweiß vergrößert, Maja mit dem Mittsommerkranz auf dem Kopf. Åke schloß sich in seine Schreibstube ein und trank. Lis verbrachte die meiste Zeit bei Stefan. Manchmal kamen sie mit dem Auto von Stefans Vater und brachten Lebensmittel aus dem Supermarkt

in Hallvikshamn, fertiggegrillte Spare-ribs und Hähnchen, Erdbeeren, Schinken, Gemüse für Salat, Essen, das keiner großen Anstrengung bedurfte. Jens verschwand auf seinem Moped und kam nachts oder am nächsten Tag wieder.

Tor und Sigrid, Åkes Eltern, hielten sich hauptsächlich im ersten Stock auf. Wenn sie die knarrende Treppe herunterkamen, um sich regelmäßig ihre Mahlzeiten zu bereiten, waren sie immer zu zweit. Wenn ich dann in die Küche kam, boten sie mir an, mit ihnen zu essen, was ich immer dankend ablehnte. Die beiden Alten aßen als einzige normal. Sie schälten Kartoffeln, nahmen ihr Essen zu sich, spülten und kehrten, machten ihre Verrichtungen gemeinsam und sprachen leise miteinander. Dann gingen sie wieder zusammen die Treppe hinauf und schlossen leise die Tür zu ihrem Schlafzimmer. Ich hatte das Gefühl, daß diese beiden dem Haus Gewicht und Stabilität gaben. Ohne ihre stille Gegenwart hätte alles sich längst aufgelöst und wäre in Unwirklichkeit zerflossen.

In dem Raum unter der Bodentreppe hatte Anne-Marie stapelweise alte Jahrgänge von Superman und anderen Comics gefunden und sie in unser Zimmer geschleppt. Sie verbrachte die Tage auf ihrem Bett liegend, im Slip und ihrem fleckigen Hemdchen, sie las ständig, und hatte die Heftchen um sie herum auf der Matratze verteilt. Sie kroch in die Geschichten der Serien wie in eine schützende Höhle, und wenn sie ein Heft zu Ende gelesen hatte und wieder in ihre Welt gezwungen wurde, griff sie, ohne aufzuschauen, mit einer Hand nach einem neuen und legte mit der anderen das alte weg. Für mein Gefühl hatte sie alle Hefte oft gelesen. Inzwischen hatten wir die Betten zu einem Doppelbett zusammengeschoben. Nachts klebten die Seiten der Comics an meinem schweißnassen Körper fest. Manchmal kroch Anne-Marie zu mir und klammerte sich an mich, fest und angsterfüllt.

Eines Abends lagen wir, ohne miteinander zu sprechen, auf unseren Betten. Es dämmerte, aber niemand machte mehr Licht. Tagsüber schlossen wir die Sonne aus, und wenn abends die Dunkelheit kam, war sie willkommen und ersehnt. Wenn man die Buchstaben in den Sprechblasen nicht mehr entziffern konnte, legte Anne-Marie das Heftchen weg, schloß die Augen und ließ die Dämmerung die Konturen auflösen.

Die Speichertreppe knarrte, und ein leises Klopfen war an der Tür zu hören, die kurz darauf aufglitt. Jens stand da, kam aber nicht sofort herein, sondern blieb einen Moment im Dunkel des Speichers stehen.

»Störe ich?« fragte er leise.

»Nein, komm rein«, sagte Anne-Marie.

Er schloß vorsichtig, fast lautlos die Tür hinter sich und setzte sich auf einen der beiden Stühle an der Wand. Dann holte er seine Mundharmonika heraus und spielte einen Blues. Die Harmonika klagte und heulte, suhlte sich im Schmerz, sein Fuß schlug den Takt auf den Bodenbrettern. Anne-Marie lag halb auf ihrem Kissen, hatte die Augen geschlossen und schwieg, Arme und Beine ausgestreckt, als sei sie tot. Nur ihre rechte Handfläche war am Leben und schlug fast unmerklich den gleichen Takt auf ihren Oberschenkel wie der Fuß auf den Boden.

Nach einem letzten, vibrierenden Ton legte Jens die Mundharmonika auf den Sekretär. Er drehte eine Zigarette, und zündete sie an. Er setzte sich auf die Bettkante, zog und reichte Anne-Marie die Zigarette. Sie hob den Kopf vom Kissen, nahm einen Zug, reichte mir dann die Zigarette weiter und blinzelte in den würzigen Rauch hinein.

»Beim ersten Mal merkst du nichts«, sagte Jens, als ich zögerte. »Es dauert, bis man diese Gefühle in sich findet.«

Ich führte die Zigarette zum Mund, dann wanderte sie weiter. Jedesmal, wenn einer von uns zog, glühte die Zigarette wie ein rotes, blinzelndes Auge in der Dunkelheit. Als sie wieder zu Anne-Marie kam und sie den Kopf schüttelte, fand ich es auch besser, den Kopf zu schütteln, obwohl ich nichts spürte.

»Ist es nicht merkwürdig, daß wir die gleiche Familie sind wie die, bevor Maja kam«, sagte Anne-Marie plötzlich. »Ich finde, wir haben uns total verändert, wir sind eine komplett andere Familie. So eine, über die man liest oder wie man sie im Film sieht.«

»Ich finde, ihr wart schon immer so eine Familie, über die man liest oder die man im Film sieht«, sagte ich. »Allerdings ist der Film jetzt ein anderer.«

Ein Film, in dem ich vorkomme, dachte ich.

Das Fenster war offen, und die Nachtfalter flogen weich und raschelnd gegen die Außenseite des Rollos. Die Zigarette in Jens' Hand war jetzt so heruntergebrannt, daß er sie nicht mehr halten konnte. Er nahm einen letzten Zug und drückte sie an der Schuhsohle aus. Dann zog er die Schuhe und den Pulli aus, rollte den Pulli zu einem Kissen und legte sich neben uns ins Bett. Wir lagen schweigend da. Hin und wieder hörten wir ein Motorboot draußen auf dem Meer brummen, dumpf und eintönig wie eine Hummel.

»Ich habe über diese Nacht nachgedacht, die Mittsommernacht«, sagte Jens nach einer Weile. »Irgend etwas war merkwürdig mit den Vögeln, oder nicht?«
»Es ist schließlich eine Vogelinsel«, sagte ich. »Die Vögel sind nicht an die Menschen gewöhnt. Darf man da wirklich zelten?«
»Vermutlich nicht. Aber es ist ja nur einmal im Jahr. Wir stören ja auch keine Nester oder so. Und ich war schon öfter dort, und da schienen sie es nicht so übelzunehmen. Sie flogen nur weg. Aber diesmal war etwas merkwürdig mit ihnen. Sie blieben und beobachteten uns. Griffen uns sogar an.«
»Weil wir auf der Außenseite waren. Sie haben dort ihre Nester, das hast du selbst gesagt«, sagte ich.
»Bei den Zelten war es genauso«, sagte Anne-Marie. »Obwohl wir darüber nicht nachdachten. Überall auf den Felsen saßen Vögel. Ich erinnere mich jetzt daran.«
»Aber machen sie das nicht immer?« fragte ich. »Sind denn nicht immer Vögel in der Nähe? Seeschwalben in der Luft, Möwen auf den Klippen, Enten, die neben Booten und Stegen schwimmen? Sie sind doch immer um uns, oder nicht?«
»Ja, das stimmt«, sagte Jens. »Vögel sind die perfekten Spione. Man hat sie immer um sich, aber man denkt nicht darüber nach, daß sie da sind. Deshalb hatte Odin zwei Raben als Späher.«
Ich mußte an die Möwe denken, die auf der Klippe saß, als Jens und ich im Schlafsack lagen. Ich sah sie ganz deutlich vor mir, und ich war nicht sicher, ob es wirklich eine Erinnerung oder etwas anderes war. Das eiskalte helle Auge, das mich fixierte. Der Schrei, der mir das Gefühl gab, zu steigen. Mit einem Mal merkte

ich, daß das gleiche passierte, als ich jetzt daran dachte. Auf merkwürdige Art war ich ein bißchen höher.
»Man kommt irgendwie in die Höhe«, sagte ich erstaunt.
»Das kann man sagen«, bemerkte Jens lachend.
»Deswegen heißt es doch, daß man high ist«, sagte Anne-Marie.
Jens setzte sich auf und spielte wieder auf der Mundharmonika, und wir lagen in der Dunkelheit und hörten zu. Ich spürte, wie die Töne sich wie ein Werkzeug aus einem bestimmten Material durch meine Gedanken bewegten und etwas mit ihnen machten, etwas Reelles, das man fast anfassen konnte. Eine Weile dachte ich, daß wir drei miteinander redeten, daß wir ein sehr gutes Gespräch hatten, und ich wollte etwas Wichtiges sagen, aber als ich die Worte suchte, stellte ich fest, daß wir überhaupt nicht miteinander sprachen. Nur die Musik wanderte in mich hinein und dann wieder heraus. Anne-Marie schlief neben mir, Jens war gegangen, aber die Musik lebte in meinem Kopf weiter.
Ich schlief dann ein und träumte wunderbar in Gelb und Rosa, Anne-Marie und ich saßen dicht beieinander im Bug eines Bootes und hatten die Beine über die Reling gehängt. Wir sausten über ein Sonnenuntergangsmeer, schnell aber geräuschlos, die Füße in einer Kaskade aus rosarotem Wasser.
Ich wurde nachts wach und sah, daß Anne-Marie mit der Hand unter dem Kinn schlief. Die Stimmung des Traums war noch da. Ein Gefühl von Bewegung, als würden wir vorwärtsgeschoben, von einer lautlosen Kraft getrieben.

Als ich das nächste Mal aufwachte, war es gräulich hell im Zimmer. Alles war traurig und völlig bewegungslos.

Am nächsten Tag kam Eva aus Israel zurück. Sie kam von draußen her, in das Haus mit den heruntergelassenen Rollos. Da stand sie mit ihrem Rucksack neben sich, sonnengebräunt, sommersprossig und mit einem Schnupftuch in den braunen Haaren. Sie hatte ein Haus verlassen, wo Fenster und Türen meist offen standen, wo die Treppe ständig unter raschen Schritten knarrte und wo Gäste kamen und gingen. Sie kehrte in ein Haus zurück, in dem alles stillstand, wo die Menschen unbeweglich in einem gelblichen Halbdunkel saßen, wie prähistorische Insekten im Bernstein. Als sie ihr und Lis' Zimmer verlassen hatte, war es aufgeräumt und sauber, mit frischen Blumen und blauweißen, porzellangemusterten Tagesdecken auf den Betten, und als sie zurückkehrte, traf sie ein Inferno aus zusammengeknäulter, schmutziger Bettwäsche, Comicheftchen, Coladosen und Folientüten mit halbgegessenen, schimmelnden Spare-ribs an. Daran mußte ich zuerst denken, als sie da unten stand und uns rief. Ich setzte mich im Bett auf, sah den ganzen Müll und dachte: »Mein Gott, wir haben ihr Mädchenzimmer zerstört.«
Aber Eva betrat nicht einmal das Zimmer, das einmal ihres und Lis' Zimmer war und das nun von Anne-Marie und mir bewohnt wurde. Sie installierte sich im Gästehäuschen. Trug ihren Rucksack hin und rollte ihren Schlafsack auf dem Bett aus, als ob sie immer noch Kibbuzvolontärin wäre.

Dann versuchte sie, mit Åke zu reden. Ich hörte, daß sie eine ganze Weile an die Tür seiner Schreibstube klopfte. Ob er zu betrunken war, um seiner Tochter gegenübertreten zu wollen, oder ob er einfach schlief, weiß ich nicht, aber Åke öffnete ihr nicht. Ich stand am Fenster der Dachkammer und sah, daß sie vor seiner Stube wartete und irgendwann aufgab, sich dann auf einen Stein setzte und verzweifelt Gras aus dem Boden rupfte, eine Fremde in der eigenen Familie. Es muß merkwürdig sein: Man verreist für ein paar Wochen, und bei der Rückkehr ist alles anders. Eine Schwester ist weg und eine andere dazugekommen.
Aber irgendwie brachte sie auch Kraft mit. Eva kochte und versammelte uns alle zu einer gemeinsamen Mahlzeit auf der Veranda. Sie erzählte von ihrer Arbeit im Kibbuz, von riesigem Unkraut auf den Baumwollfeldern, und wie sie und eine englische Freundin nach Elat getrampt waren, und es gelang ihr tatsächlich, eine Art Gespräch in Gang zu bekommen. Aber sie zerstörte auch alles wieder, indem sie vorschlug, nach Kannholmen zu fahren und eine Art Gedenkstunde für Maja abzuhalten. Niemand wollte an so etwas teilnehmen. Åke verließ den Raum, und Karin tat so, als hätte sie es nicht gehört.
Wir rauchten den ganzen Sommer Marihuanazigaretten, Jens, Anne-Marie und ich. Ich weiß nicht, woher Jens das Zeug hatte. Es waren immer nur wir drei, und wir ließen niemand anderen daran teilhaben.

Am Freitag, dem 4. August, wurde Maja gefunden. Rolf und Ulla Magnusson waren an einem stillen, schönen Abend zusammen mit ihrem ältesten Sohn Reine im Boot hinausgefahren, um Netze auszulegen. Kurz vor acht waren sie von zu Hause aufgebrochen und etwa Viertel nach acht zum ersten Mal am Muschelstrand vorbeigefahren. Ihnen war dabei nichts aufgefallen, aber sie hatten auch hauptsächlich nach vorne in die nächste Bucht geschaut, wo sie ihr Netz auslegen wollten, und sich dabei ziemlich lebhaft unterhalten. Vielleicht fiel das Licht auch anders, es ändert sich ja ziemlich schnell vor Sonnenuntergang. Sie legten ihre Netze dort aus, wo sie sie immer auslegten, und erst auf dem Heimweg, als sie wieder am Muschelstrand vorbeifuhren, entdeckten sie sie.

Am Ende des Strandes, wo die Felsen fast senkrecht ins Meer stürzen, stand auf einem Felsvorsprung ein Kind. Wenn die letzten Strahlen der Sonne nicht gerade da hingefallen wären, hätten sie es vielleicht gar nicht bemerkt. Mit ihrer dunklen Haut, ihren schwarzen Haaren und dem braunen Overall verschmolz das Kind fast mit dem Felsen.

Ulla Magnusson entdeckte sie. Sie dachte, sie sähe nicht richtig.

»Da konnte doch niemand stehen, weder ein Kind noch ein Erwachsener«, sagte sie, als sie später berichtete, wie sie reagiert hatte. Von ihrem Aussichtspunkt im Boot aus war das ein Ort, auf dem sich unmöglich ein Mensch aufhalten konnte. Der Fels schien glatt wie eine Wand zu sein, und sie hatte den Eindruck, daß die Füße des Mädchens keinerlei Halt hatten, daß sie vielmehr vor dem Felsen schwebte. Aber als sie ihren

Mann auf ihre Beobachtung aufmerksam gemacht hatte und sie näher heranfuhren, sahen sie, daß das Mädchen auf einem Felsabsatz stand, der gerade breit genug war für ihre kleinen Füße. Niemand sonst tauchte in der Nähe auf, weder am Strand, noch auf dem Berg oder in einem Boot.

»Es war schrecklich, ein so kleines Kind in einer so gefährlichen Situation zu sehen. Ein falscher Schritt, eine unvorsichtige Bewegung, und sie wäre ins Meer gestürzt. Ja, damit haben wir gerechnet. Ins Wasser zu springen und sie vor dem Ertrinken zu retten, davon sprachen wir, als wir da im Boot saßen. Wir dachten, sie würde jeden Moment herunterfallen«, sagte Ulla.

Aber das Mädchen fiel nicht. Es stand still, absolut still, auf eine Art, die sehr ungewöhnlich für kleine Kinder ist. Sie lehnte sich an den Fels und schaute auf die Familie im Boot herunter.

Rolf machte den Motor des kleinen Außenborders aus, und schon schaukelte das Boot neben der Felswand. Die drei im Boot riefen, um die Eltern des Mädchens auf die Gefahr aufmerksam zu machen, falls die sich in Rufweite befanden. Aber kein Mensch zeigte sich, und ihnen wurde klar, daß sie das Mädchen retten mußten. Da begriffen sie, daß die Situation wirklich unmöglich war. Es gab keinen Weg zu dem Vorsprung, wo das Mädchen stand. Der Fels fiel unter ihr genauso steil ab wie über ihr. Wie war sie nur dort hingekommen? War sie ganz über den Rand gefallen und durch ein märchenhaftes Glück auf dem Absatz gelandet? Auch das schien unwahrscheinlich, der Absatz war dafür viel zu schmal.

Der Sohn Reine ging an Land. Vom Bug sprang er ins

seichte Wasser an der Muschelbank und lief über den Strand, durch die Wacholderbüsche und dann weiter den Berg hoch. Vorsichtig näherte er sich dem Felsrand, untersuchte die steile Wand, die ihn von dem Mädchen weiter unten trennte und mußte feststellen, daß der Felsvorsprung so unzugänglich war, wie es von unten ausgesehen hatte.
Inzwischen hatten Rolf und Ulla ein vorbeifahrendes größeres Motorboot mit Funkverbindung an Bord herbeigerufen. Die Rettungsmannschaft war schnell vor Ort, aber auch für sie war es schwierig, das Mädchen zu erreichen, und als es dunkel wurde, stand das Kind immer noch auf dem Felsabsatz. Eine ganze Armada von größeren und kleineren Booten hatte sich inzwischen in der Bucht vor dem Muschelstrand versammelt, sie lagen da vor Anker oder fuhren in kleinen Kreisen, um das Drama am Berg zu verfolgen. Die Laternen spiegelten sich im schwarzen Wasser. Die Motoren brummten und rührten Wirbel und Wellen auf. Die Menschen riefen einander und dem kleinen Mädchen etwas zu, es stand wie gelähmt da, wie von den starken Scheinwerfern an den Fels gepreßt.

Oben auf dem Berg standen viele Menschen – das Gerücht, daß am Muschelstrand ein Kind gefunden worden war, hatte sich schnell verbreitet. Ich war mit der Familie Gattmann herbeigeeilt und drängte mich mit den anderen im Heidekraut. Im Schein der Taschenlampen erkannte ich viele bekannte Gesichter: die gleichen Menschen, die man auch beim Mittsommerbaum auf dem Tanzboden sah und beim Hochsommerfest Ende Juli in der Schule. Die gleiche lächerlich heterogene Gruppe aus Sommergästen und Einheimischen, an einem Abend vereint, das gleiche Gefühl aus Gemeinschaft und Erwartung und Feststimmung. Es war absurd.

Alle hielten den Atem an, als es endlich gelang, einen Feuerwehrmann auf den Absatz herabzulassen. Mit dem Mädchen im Arm wurde er dann auf den Berggipfel hochgezogen. Als sie beide über den Rand kamen, brach Jubel los, bei den Menschen auf dem Berg, am Strand und in den Booten.

Karin umarmte Maja, weinend und zitternd, dann hielt sie das Mädchen auf Armeslänge von sich, um sie anzuschauen. Sie blickte wieder und wieder dieses Kind an, als ob sie ihren Augen nicht traute.

Das Wunder, um das sie gebetet hatte, war geschehen. Sie hatte ihre Tochter von den Toten wiederbekommen, heil und gesund. Sie streichelte über den kleinen Körper, das dunkle Gesicht, die Hände, die Haare, als ob das Zeugnis ihrer Augen nicht genügen würde und sie sich auch mit den Fingern vergewissern müßte.

»Bist du es, Maja?« fragte sie immer wieder.

Aber natürlich war es Maja. Es bestand kein Zweifel. Sie sah aus wie immer. Vielleicht zweifelte Karin gerade deshalb. Wenn ein Kind von einer Insel weit draußen im Meer verschwindet und sechs Wochen später auf einem unzugänglichen Felsvorsprung am Festland wiedergefunden wird, erwartet man doch eine Veränderung an diesem Kind. Daß es schmutzig, hungrig, verletzt, geschockt ist – gleichwie, nur nicht: daß das Kind völlig unverändert ist.

Mitten in diesem Chaos aus Feuerwehrleuten und Polizisten, Sommergästen und Einheimischen, knatternden Bootsmotoren, schreienden Stimmen und geschwenkten Taschenlampen stand Maja, ruhig und schweigsam. Sie trug den gleichen braunen Velouroverall, den sie angehabt hatte, als sie verschwand. Er war sauber, ohne einen Fleck. Genau wie an Mittsommer war sie barfuß. Ihre Haare waren zu zwei Schwänzchen über den Ohren gebunden. Das Haar am Hinterkopf war ein wenig zerzaust, weil sie sich an den Felsen gelehnt hatte, aber der Scheitel war ganz gerade. Sie war nicht dünner geworden und hatte keine Wunden oder Verletzungen. Sie sah genau so aus, wie wir sie zuletzt gesehen hatten.

Und obwohl Karin genau darum gebetet hatte – »Oh Gott, gib mir mein Kind zurück, unberührt und unverletzt« –, schien ihr Kopf nicht zu begreifen, daß ihr Gebet erhört worden war. Die ganze Zeit fuhren ihre Hände über Majas Körper. Sie zog den Reißverschluß auf und den Overall herunter, um eventuelle Verletzungen zu finden. Sie rieb ihre Hände und schaute tief in Majas schwarze Augen. Sie suchte nach etwas, das anders war, nach einem Zeichen, das es vorher nicht gegeben hatte.

Und endlich fand sie etwas. Über der kirschroten Kugel des linken Schwänzchens im Haar steckte eine kleine, schneeweiße Daune. Das war alles.

Wir versammelten uns in der Küche, um schnell etwas Eßbares für Maja zu suchen. Wir fanden Käsechips, Schokoladenkekse, Yoghurt und ein halbes Paket Eis. Karin tischte alles auf, und wir setzten uns um den Tisch und schauten zu, wie Maja aß. Sie nahm

pflichtschuldig von allem etwas, aber schien nicht hungrig zu sein. Åke trug sie ins Schlafzimmer und legte sie in sein und Karins Bett.
Die Geschwister Gattmann und ich saßen noch eine Weile am Küchentisch und sprachen miteinander. Alles war so überwältigend. Wir konnten es einfach nicht glauben. Daß sie zurückgekommen war. Anne-Marie gestand, sie habe Abend für Abend zu Gott gebetet, und dies, fand sie, sei der Beweis dafür, daß es Gott wirklich gab und er unsere Gebete erhörte.
Es wurde schon wieder hell, als wir endlich schlafen gingen. Ich wollte gerade im Dachzimmer neben Anne-Marie ins Bett kriechen, da hörte ich, daß unten die offene Verandatür im Morgenwind schlug, und ich eilte hinunter, um sie zu schließen.
Die Vögel hatten schon ihr Morgenkonzert begonnen, und die Berge auf der anderen Seite des Fjords leuchteten rosafarben. Ich ging durchs Wohnzimmer zurück und sah, daß die Tür zu Åkes und Karins Zimmer offen stand. Sie lagen eng aneinandergeschmiegt im Doppelbett, mit Maja zwischen sich. Sie hatten die Decken mit den großgemusterten Marimekkobezügen hochgezogen und schützend um sich gewickelt. Die Körper der beiden Erwachsenen hoben sich schwach in einem ruhigen Rhythmus. Aber in der Morgendämmerung konnte ich das dunkle Gesicht auf dem Kissen und das Weiße in Majas Augen leuchten sehen. Sie lag wach, unbeweglich und still, und starrte ins Zimmer.
Als ich in die Dachkammer kam, hatte Anne-Marie unsere Betten auseinandergezogen, die nun beide wieder an der Wand standen.

Ein paar Stunden später hörte ich Tor und Sigrid. Sie wachten immer zuerst auf und machten sich ihr Frühstück, das sie auf der Veranda einnahmen. Sie hatten während des nächtlichen Tumults geschlafen, und niemand hatte sie geweckt, sie hatten also keine Ahnung, daß Maja wieder da war.

Ich stelle mir vor, wie sie unter dem gelben Sonnenschirm in der Morgensonne saßen. Tor mit seinem Strohhut, Sigrid in einem ihrer weiten Batikkleider. Während wir anderen noch tief schliefen, rührten sie in ihren Teetassen, köpften ihre weichen Eier und entgräteten die Sardinen. Tor brockte kleine Stücke von seinem Brot ab und warf sie über das Verandageländer auf die Steinplatte, wo sie von den Möwen aufgefangen wurden. Sigrid mochte das nicht, und er versuchte auch, es bleibenzulassen, aber wenn er in Gedanken war, machte er es doch.

»Hast du die Zeitung geholt?« fragte Sigrid.

Normalerweise ging Tor zu den Briefkästen und holte die Zeitung, während Sigrid das Frühstück richtete. Das war eine Gewohnheit, die seit Majas Verschwinden zu den übrigen Gewohnheiten dazugekommen war. Davor hatte meistens Maja die Zeitung geholt.

»Nein, möchtest du sie?«

Er stand auf, aber Sigrid legte ihre Hand auf seinen Arm.

»Bleib sitzen. Du kannst sie später holen.«

In dem Moment kam Maja mit der Zeitung in der Hand auf die Veranda. Sie legte sie neben Tors Teetasse auf den Tisch und sah ihn mit ihrem ausdruckslosen, merkwürdigen Blick an.

Tor sah sie auch an, machte einen zitternden Versuch

aufzustehen und sank wieder in den Stuhl zurück, schwer und unbeholfen. Dabei griff er so heftig nach der Tischkante, daß die Teetasse umfiel und der Tee über die Zeitung, seine Bermudashorts und die blauädrigen Beine lief. Maja bekam Angst und lief ins Haus und die Treppe hinauf unters Dach.

Als ich aufwachte, saß sie zusammengekauert am Fußende von Anne-Maries Bett. Sie hopste ein wenig, damit das Schaukeln der Federn Anne-Marie weckte, und als ihr das gelungen war, sprang sie rasch vom Bett und wartete.

Sigrid und Karin sprachen unten in der Halle leise und intensiv miteinander. Tor saß immer noch auf seinem Stuhl auf der Veranda, und als wir hinaustraten, war er über dem Tisch zusammengesunken. Der Strohhut war vom Kopf gefallen, und sein Gesicht lag in der aufgeweichten Zeitung. Seine Augen waren offen, aber sein Blick war sonderbar, und er antwortete nicht, als wir ihn ansprachen.

Karin rief einen Krankenwagen. Åke und Sigrid fuhren mit ins Krankenhaus nach Uddevalla. Gegen Mittag rief Åke an und sagte, daß Tor dort bleiben müsse. Er hatte einen Gehirnschlag.

Karin machte sich Vorwürfe, daß sie Tor und Sigrid nicht vorbereitet hatte. Aber als wir spät am Abend die Nachricht von einem Kind auf dem Felsabsatz bekamen, glaubte niemand im Ernst daran, daß es sich um Maja handelte. Karin und Åke wollten bei den beiden alten Leutchen keine falschen Hoffnungen wecken. Und als wir dann mit Maja kamen, war es mitten in der Nacht, und alle waren aufgeregt und müde. Wir hatten gedacht, daß Maja erschöpft war und genauso lange

schlafen würde wie wir. Wir hatten vergessen, daß sie kaum Schlaf brauchte und immer, egal wie lange sie aufblieb, bei Sonnenaufgang aufwachte und ins Freie lief. Ich erinnerte mich an ihre leuchtenden Augen im Morgendunkel und dachte, daß sie vermutlich die ganze Nacht nicht geschlafen hatte. Wahrscheinlich hatte sie unbeweglich zwischen Åke und Karin gelegen und nur darauf gewartet, die Treppe unter den Schritten der Großeltern knarren zu hören.
Einige Tage später wurde Tor ins Krankenhaus nach Stockholm verlegt, und Sigrid reiste nach Hause in die Wohnung am Valhallavägen, um ihn täglich besuchen zu können. Er war rechtsseitig gelähmt und konnte nicht mehr sprechen. Der behandelnde Arzt war der Sohn eines Freundes von Tor und Sigrid. In einem langen Gespräch mit Åke erklärte er, daß Tor eventuell wieder gesund werden könnte, aber in seinem Alter, mit zweiundachtzig, durfte man keine allzu großen Hoffnungen haben.

Majas Rückkehr wurde nicht der Leckerbissen für die Zeitungen, wie man hätte vermuten können. Karin und Åke hatten aus der Invasion bei Majas Verschwinden gelernt. Karin, die ihr ganzes Berufsleben lang für eine Tageszeitung gearbeitet hatte, erlebte erstmals, wie anders die Boulevardpresse arbeitete, und war von deren Methoden kalt erwischt worden. Diesmal war sie auf der Hut. Die Türen blieben verschlossen, das Telefon wurde herausgezogen, und alle mußten versprechen, nicht mit Journalisten zu reden.
Die Polizei war sehr sparsam mit ihren Kommentaren. Die Informationen waren zu knapp und undrama-

tisch, um für eine erste Seite zu taugen. Es gab nur kleine Artikel im Inneren, wo einfach mitgeteilt wurde, daß Maja wohlbehalten wiedergefunden und die Suche abgeblasen worden war. Nichts darüber, wo oder wie sie gefunden wurde.
Irgendwie nahm diese Nachricht dem Verschwinden etwas von seiner Dramatik. Ich glaube, die Leute dachten, die Zeitungen hätten übertrieben: Maja sei eigentlich nie richtig verschwunden gewesen, es habe sich vielmehr um einen Sorgerechtsstreit gehandelt, einen Ehe- oder Familienkrach, in dem ein Kind eine Rolle gespielt habe.

Der Sommer dauerte an. Bei einer ärztlichen Untersuchung wurde festgestellt, daß Maja nicht verletzt und auch keinerlei sexuellen Übergriffen ausgesetzt gewesen war. Sie blieb aber stumm, unzugänglich, auf merkwürdige Art ausweichend und aufdringlich zugleich, also genau wie immer. Vielleicht war sie ein bißchen trauriger, nachdenklicher.
Am Anfang beschäftigte sich Karin sehr viel mit ihr. Sie saß auf dem blauweißen Sofa im Wohnzimmer, und Maja stand vor ihr. Karin fragte, tröstete, streichelte ihr die Wangen, umarmte sie. Und Maja blieb stehen und ließ sich umarmen, wartete mit leerem, in die Ferne gerichtetem Blick, bis Karin fertig war. Und wenn Karin nicht mehr konnte und sich erschöpft mit einem Lächeln und einem Seufzer zurücklehnte, lief Maja sofort davon, entweder hinaus ins Freie oder hinauf zu Anne-Marie.
»Wie soll ich sie denn trösten, wenn ich nicht weiß, was ihr zugestoßen ist?« sagte Karin.
Wir saßen in der Küche und tranken Tee. Karin

hatte Maja in ihr eigenes Bett in ihr und Åkes Zimmer gelegt.

»Sie braucht nicht getröstet zu werden. Maja hat noch nie Trost gewollt«, sagte Jens.

»Sie war bei jemandem, so viel ist sicher«, fuhr Karin fort. »Bei jemandem, der ihr zu essen gegeben hat, sie gekämmt und ihre Kleider gewaschen hat.«

»Jemand, der sie auf einen Felsvorsprung fünfzehn Meter über dem Wasser gestellt hat und abgehauen ist«, sagte Åke. »Ein Wahnsinniger. Alle Zeitungen hatten ihr Foto auf der ersten Seite. Dieser Mensch muß doch gewußt haben, daß wir sie suchen.«

»Wer immer es war, er oder sie hat sie auf jeden Fall gut behandelt«, murmelte Karin.

Sie nahm die große gefütterte Haube von der Teekanne und schenkte nach. Dabei bemerkte Lis ein zusammengefaltetes Papier auf dem Tisch. Niemand hatte es gesehen, weil die Teekanne darauf gestanden hatte.

»Ich habe den Korkuntersetzer nicht gefunden«, sagte Eva entschuldigend.

Lis wickelte das teefleckige Papier auf und betrachtete es mit gerunzelter Stirn. Karin beugte sich zu ihr und schob die Brille auf der Nase zurecht.

»Eine Zeichnung von Maja«, sagte Karin. »Sie zeichnet immer noch. Ein gutes Zeichen, finde ich. Sie saß heute lange auf der Treppe und hat gezeichnet. Hm. Winzigklein, wie immer.«

Wir beugten uns alle über den Tisch, um das Blatt, das Lis unter die Lampe hielt, zu sehen.

»Was ist es denn?« fragte ich.

»Es sind Vögel«, sagte Jens. »Seht ihr das nicht? Schnäbel, Flügel. Fliegende Vögel.«

»Wie merkwürdig. Wartet, ich schau mal nach, ob die anderen Blätter noch auf der Treppe liegen.«
Karin ging in die Halle und kam mit einer ganzen Menge zerknüllter Papierbälle wieder.
»Ich habe sie gefunden. Sie hat sie zwischen das Treppengeländer und die Wand gestopft.«
Karin schob die Teetassen zur Seite, legte die Papierbälle auf den Tisch und strich sie glatt. Auf allen war das gleiche zu sehen: Kleine Vogelfiguren, ein oder zwei Zentimeter groß, in Reihen, die von links nach rechts auf dem Papier nach oben wanderten. Manchmal verließen sie ihre Reihen, knäulten sich, versammelten sich zu einem Wirrwarr aus ausgebreiteten Flügeln und Schnäbeln.
»Wartet«, sagte Karin. »Sie hat noch mehr Blätter unter ihrem Bett.«
Sie schlich ins Schlafzimmer und kam mit Stapeln von staubigen Blättern wieder.
»Mein Schreibmaschinenpapier. Wie ist sie denn da drangekommen?« fragte Åke.
Karin breitete alles auf dem Tisch aus. Jedes Blatt war mit den gleichen Tintenfiguren bedeckt. Stehende Vögel, nistende Vögel, fliegende Vögel. Vögel in wirbelnden Scharen. Tausende von Vögeln.

Kristina

Es war Ende April, das Meer lag still und glatt vor ihr. Sie war auf Schatzsuche. Sie ging mit ihrem Korb am Arm langsam den Strand entlang. Es war nichts darin.

Als sie vor einem Jahr mit dem Sammeln begann, füllte der Korb sich schnell. Sie sah so viel Schönes und Besonderes und nahm alles mit. Inzwischen war sie wählerischer geworden. Sie drehte eine Muschel um und ließ sie liegen. Eine große Krabbenklaue bewegte sie mit der Spitze ihres Turnschuhs. Nein, nicht alles, was besonders aussah, war auch besonders. Und viele Sachen am Strand waren schön, wurden aber uninteressant, wenn sie in ihre Hütte kamen.

Sie suchte nach Dingen, in denen der Geist des Tieres oder der Pflanze noch vorhanden war. Diese Dinge hatten eine Stimme. Wenn sie so etwas in der Hand hielt und umdrehte, sprach es manchmal zu ihr. Auch Steine konnten einen Geist haben, auch sie konnten sprechen – das hatte sie erst kürzlich entdeckt. Deren Stimmen waren leise und murmelnd und legten sich so tief in ihre Seele, daß man ganz rein von Gedanken und Gefühlen sein mußte, um sie zu vernehmen.

Die Gegenstände, die sie gesammelt hatte, besaßen kein eigenes Leben mehr. Es waren Reste, Erinnerungen. Sie hatten nur ihre Stimmen. Und die Stimmen wollten, daß sie etwas mit ihnen machte. Wollten, daß sie die Dinge zusammenfügte, sie bemalte, damit ein neuer Zusammenhang entstand. Sie erschuf sie zu Wesen, und das neue Leben war still, geheimnisvoll und

konzentriert. Die Wesen liebten sie, weil sie deren Schöpferin war, und sie liebte die Wesen, weil sie ihre Geschöpfe waren.
Aber heute war alles still und ihr Korb leer. Sie war an den Fels am Ende des Strandes gekommen. Sie setzte sich auf einen Stein, umgeben von Strandroggen, und schaute auf die Inseln weiter draußen. Sie fand es schade, daß sie dort nicht hin konnte. Da gab es Strände und Klippen, die sie noch nie besucht hatte, Gegenstände, die sprachen, ohne daß sie hören konnte. Und hinter den Inseln lag wohl das offene Meer.
Da kam ein Junge in einem Kajak angepaddelt. Ganz plötzlich tauchte er hinter der Landzunge auf, völlig geräuschlos, als ob er nicht menschlich wäre. Man hört Menschen immer, die sich nähern. Man hört ihre Schritte, ihre Stimmen, ihre Atemzüge, das Rascheln ihrer Kleider. Es nützt nichts, wenn sie leise zu sein versuchen, die Umgebung verrät sie. Man hört es an den Vögeln, den Bäumen, am Gras. Alles in der Natur verändert sich, wenn ein Mensch kommt. Aber dieser Junge tauchte einfach auf, wie eine neue Gestalt, die plötzlich auf einem Gemälde erscheint. Er hatte etwas fast Unwirkliches.
Der Junge hielt aufs Ufer zu. Er paddelte kräftig, zerschnitt die Wasseroberfläche in einer Linie auf sie zu, das Wasser verdoppelte sein Bild. Und schon stieß das Kajak auf den Grund. Er kletterte heraus und zog es auf den Strand. Sie saß so still zwischen dem Strandroggen, daß er sie nicht sah. Aufmerksam betrachtete sie das schmale, weiße Fahrzeug. Nur eine dünne Schale, wie eine leere Samenhülse. Daß man sich in etwas so Einfachem übers Wasser bewegen konnte.

Sobald er aus dem Kajak geklettert war, wurde er wieder Mensch. Seine Schritte knirschten im Sand, er wischte sich den Schweiß aus der Stirn, zog die Nase hoch. Aber sein lautloses Auftauchen hatte ihn zu etwas Besonderem gemacht. Sie ängstigte sich nicht vor ihm.
Sie sprach ihn an, da bemerkte er sie und zuckte zusammen. Er war vielleicht siebzehn oder achtzehn Jahre alt. Er trug eine rote Schwimmweste. Sie fragte ihn nach dem Kajak. Ob Paddeln schwierig sei, ob ein Kajak teuer sei und wo man eines kaufen könne.
Er antwortete, es sei nicht schwer, wenn man es einmal gelernt habe. Wenn sie interessiert sei, könne sie dieses kaufen. Er wolle verreisen und brauche Geld.
»Wieviel kostet es?« fragte sie.
Er verzog das Gesicht, als würde er sich auf eine schwierige Rechnung konzentrieren. Dann öffnete er die Hände und schlug eine Summe vor.
Wie ein Blitz war Kristina von ihrem Stein aufgestanden und lief nun den Strand entlang. Den Korb ließ sie liegen.
»Warte hier!« rief sie ihm zu.
Fünf Minuten später war sie mit der verlangten Summe zurück.
Er zeigte ihr, wie man paddelte, und sie erklärte ihm den Weg zur Bushaltestelle. Er nahm das Geld und ging auf die Klippen zu. Als er ein Stück gegangen war, zog er die Schwimmweste aus und sagte, daß sie im Preis inbegriffen sei. Beide lachten, erstaunt darüber, wie leicht das Geschäft gelaufen war.

Paddeln war schwieriger, als sie gedacht hatte. Schon allein in die Öffnung des Kajaks zu kommen war anfangs fast unmöglich. Immer wieder landete sie im kalten Wasser, so daß sie beschloß, mit dem Training bis Juni zu warten. Aber dann kam plötzlich eine Hitzewelle, und das Wasser erwärmte sich langsam. Sie trainierte in der Bucht.

Als es Sommer wurde, begab sie sich allmählich auf längere Fahrten. Sie änderte ihren Tagesrhythmus und stand in der Morgendämmerung auf. Sie hielt sich immer nah an der Küste, fuhr dicht an den Klippen entlang.

Sie überraschte die Tiere wie nie zuvor. Sie tauchte direkt neben dem Reiher auf, der jeden Morgen auf dem gleichen Felsabsatz saß. Er streckte seinen schlangenartigen Hals und sah sie erstaunt an, und ehe er Angst bekommen und die Flucht ergreifen konnte, war sie schon vorbei. Für den Reiher war sie genauso unwirklich, wie der Junge es damals für sie gewesen war. Sie überraschte auch Menschen, die ihre Boote in kleine, unzugängliche Buchten gelegt hatten und sich allein auf der Welt dünkten. Sie sonnten sich nackt, pinkelten und liebten sich.

Eines Tages sah sie einen Nerz, der nur einen Meter neben dem Kajak schwamm. Er schaute mit seinen schwarzen, glänzenden Augen schräg zu ihr auf. Sie ließ das Paddel ruhen, und so trieben sie eine Weile nebeneinander her, der Nerz sah sie die ganze Zeit an und schwamm mit wirbelnden Pfoten geradeaus. Plötzlich war er verschwunden, wie nie dagewesen.

Sie fuhr jetzt mit dem Kajak statt mit dem Fahrrad zum Laden. Die Waren verstaute sie vorne neben den Beinen, obschon es eigentlich keinen Platz für Lasten gab.

Sie fuhr die Küste herauf und herunter, fand neue Strände, neue Wiesen, neue Berge, und wenn sie nach

Hause kam, hatte sie oft Schätze dabei. Die Schwimmweste ließ sie zu Hause. Sie hatte sie am Anfang verwendet, weil der Junge sie beim Paddeln getragen hatte, aber nun hatte sie das Gefühl, es auf ihre Art machen zu wollen. Sie hatte sich mehrmals die Situation vorgestellt, zu kentern, ins Wasser zu fallen und das Kajak zu verlieren. Sie fand den Gedanken nicht erschreckend. Gegen die Wellen und die Kälte zu kämpfen, zu ermatten und schließlich zu ertrinken, nein, davor hatte sie keine Angst. Das wäre eine gute Art zu sterben, vielleicht die allerbeste.

Sie ließ die Küste hinter sich und überquerte das offene Wasser zur nächstgelegenen Insel. Sie umrundete sie, und dabei sah sie, wie das Meer sich öffnete und sich mit dem Himmel vereinte. Weit draußen konnte sie noch kleine Inseln und Schären erkennen.

An einem richtig heißen Hochsommertag, als die Hitze über dem Wasser flimmerte und nicht das kleinste Windchen die Oberfläche kräuselte, zog sie ihren Bikini an und machte sich auf den Weg. Sie paddelte zu den Inseln hinüber, fuhr an ihnen vorbei und dann geradewegs hinaus auf die kleine Schäre zu. Schon von weitem konnte sie die Vogelschreie hören. Als sie die Schäre erreichte, sah sie, daß man an den abschüssigen Felsplatten leicht an Land gehen konnte.

Die Schäre wurde ihr Lieblingsplatz, auch wenn es nicht oft so windstill war, daß sie hinausfahren konnte. Menschen waren hier nie, nur Vögel. Da draußen hatten sie ihre Nester, und dort konnte sie Eiderdaunen finden, die sie in Tüten sammelte. Wenn sie nach so einer Fahrt nach Hause kam, mußte sie das Kajak vom Vogelkot säubern.

Der Sommer ging zu Ende, der September war windig, aber Anfang Oktober kamen noch ein paar klare Tage, das Meer war wie dunkles Glas, und die Sonne verbreitete goldene Strahlen, die nicht mehr wärmten. Sie nutzte die Tage, so gut sie konnte. Stand in der Dämmerung auf, nahm sich Brote und Tee mit und paddelte hinaus.
Sie erlebte ein fast überirdisches Glück. Sie genoß ihren schlanken, speerartigen Unterleib, die Nähe des Meeres und den Rhythmus der Paddel. Sie konnte sich nicht vorstellen, daß es einmal eine Zeit gegeben hatte, da sie das Kajak noch nicht hatte. Eine Zeit, in der sie immer zu Fuß ging, auf schweren Füßen über harte Erde wanderte. Sie fürchtete sich jetzt vor dem Winter, weil er sie dieser neuen Art, sich fortzubewegen, berauben würde. Oder konnte sie vielleicht auch dann noch paddeln? Die Eskimos verwendeten dieses Fahrzeug schließlich im arktischen Klima. Der letzte Winter war eisfrei gewesen, und vielleicht würde es ja wieder so.
Nach den klaren Tagen aber kamen die Herbststürme. Und als die sich gelegt hatten, war es so kalt und regnerisch und unwirtlich, daß sie nur noch ein paar kleinere Touren an den Stränden entlang machte, um dann ihr Fahrzeug zu ihrem Grundstück hinaufzutragen, es auf zwei Hölzer an die Wand zu stellen und mit einer Plane abzudecken.
An den Wintertagen hatte sie nun reichlich Zeit, ihre Sammlungen zu ordnen. Ihre Hütte glich mehr und mehr einer Werkstatt mit einem Lager für Arbeitsmaterial.
An allen Wänden standen selbstgeschreinerte Regale, auf denen sie teilweise ihre Funde aufbewahrte. In

Schachteln sortiert, lagen Skeletteile, Zähne und Hörner von verschiedenen Tieren, Pelzstücke von Hasen, Wolle von Schafen und Roßhaar. Schnecken und Muscheln. Getrocknete Seesterne und Seeigel. Klauen und Panzer von Schalentieren. Federn und Daunen. Eierschalen. Auch Treibholz, Zweige, Wurzeln, Eicheln, Steine. Getrocknete Pflanzen und Pilze. Tote Käfer und Schmetterlinge. Vogel- und Wespennester.

Alles war an seinem Platz und sie kannte jeden Gegenstand.

Ab und zu fuhr sie in die Stadt und kaufte in verschiedenen Geschäften Material ein. Kleine Dosen mit Farbe, schwarz, rot, silber und gold im Hobbyladen. Paspeln und Fransen im Geschäft für Nähzubehör. Kupferdraht im Eisenwarengeschäft. Lederschnüre beim Schuhmacher. Aluminiumfolie im Supermarkt. Auch dieses Material bewahrte sie in Schachteln und Kartons auf.

Auf anderen Regalen stapelten sich ihre fertigen Werke. Merkwürdige Objekte mit einer makabren Ausstrahlung von Tod und Vergänglichkeit, in denen gleichzeitig ein mystisches unerreichbares Leben zu vibrieren schien.

Am Fenster standen die einzigen Möbel, die sie nicht verbrannt hatte: der Tisch und ein Stuhl. Hier saß sie an den dunklen Abenden und arbeitete. Danach kroch sie in ihr Nest aus Decken und Kissen. Bevor sie einschlief, dachte sie an das Kajak, das sein Bett so nahe an ihrem hatte. Eingehüllt in die Plane, schlummerte es auf der anderen Seite der Wand und teilte ihre Träume vom Sommer, dem Meer und den Vögeln.

Ulrika

Als Maja zurückkam, hatten wir noch zwei Wochen Sommerferien, zwei Wochen, bis mein Vater mich abholen und wir in unser Haus nach Göteborg fahren würden, zwei Wochen, bis ich aufs Gymnasium in eine ganz neue Schule mit neuen Klassenkameraden ginge. Die Familie Gattmann würde nach Stockholm zurückfahren. Maja war wieder da, und alles hätte so sein müssen wie zuvor.

Aber das war es nicht. Irgend etwas war anders. Die Familienmitglieder, die Maja bisher als Zentrum der Familie behandelt hatten, schienen einen Bogen um sie zu machen. Sie sahen sie unsicher an und berührten sie vorsichtiger. Und doch war sie wie zuvor. Manchmal hatte ich das Gefühl, daß gerade ihre Unveränderlichkeit, diese fast gespenstische Unzerstörbarkeit wie eine Glasglocke über ihr ruhte und sie nicht sichtbar, aber unerbittlich von der restlichen Familie trennte.

Immer noch hängte sie sich an Anne-Marie und mich, egal wo wir waren, und ich hatte den Eindruck, daß sie Anne-Marie ziemlich lästig war, obschon sie freundlicher als früher mit Maja umging. Sie ließ sie meistens mitkommen, und wenn sie Maja bat, uns in Ruhe zu lassen, dann tat sie das nicht mehr in kurzem Befehlston, sondern umständlich und bittend.

Eines Abends wurde ich Zeuge, wie Maja hinter Åke herging, der gerade eine Kiste Vino Tinto von seinem Auto zur Schreibstube trug. Sie ging dicht hinter ihm. Blieb er stehen, blieb sie auch stehen. Sie blickten sich wortlos an. Er ging weiter, nun schneller, und sie folgte

ihm auf den Fersen. Das letzte Stück zur Hütte lief er mit der schweren Kiste auf dem Arm. Er öffnete die Tür mit dem Ellbogen. Bevor er hineinschlüpfte und die Tür hinter sich zuschlug, warf er einen Blick zurück über die Schulter. Ich sah nur sekundenlang sein Gesicht, aber ich sehe es immer noch vor mir. Er hatte Angst vor Maja.
Karin versah sie umsichtig mit Essen, aber die fruchtlosen Zärtlichkeitsbezeugungen hatte sie eingestellt. Ein rasches Streichen über die schwarzen glänzenden Haare war schon die ganze Zärtlichkeit.
Wir anderen hatten Maja oft auf dem Schoß gehabt, wenn wir abends im Wohnzimmer saßen und miteinander redeten. Sie hatte widerspruchslos da gesessen, sich einem an die Brust gelehnt wie in einen bequemen Sessel und sich willig auf einen anderen Schoß verpflanzen lassen, wenn man aufstehen wollte. Jetzt saß sie allein auf dem blauweißen Sofa, mit einem kleinen Kreis von Leere um sich herum. Sie war wie ein Tierjunges, das zu seiner Mutter zurückgekommen war, nachdem Menschenhände es berührt hatten. Wir empfanden eine Scheu vor ihr, als sendete sie den Geruch einer fremden Art aus.
Sie trug eine Sonnenbrille mit einem Gestell aus rosa Plastik, die Jens ihr an einer Tankstelle gekauft hatte. Sie war natürlich von ganz schlechter Qualität, und das eine dunkle Plastikglas war fast umgehend aus dem Gestell gefallen und ließ sich auch nicht mehr befestigen. Aber Maja liebte sie sehr und hatte sie immer auf, bei jedem Wetter, drinnen wie draußen. Sie sah merkwürdig aus mit dieser Brille, das rechte Auge war von einem dunklen Glas bedeckt, das linke leuchtete mit dem kontrastierenden Weiß aus dem knallrosa Gestell.

Wenn Maja sich durch die Zurückhaltung der Familie verletzt fühlte, zeigte sie das ebenso wenig, wie sie ein anderes Gefühl zeigte. Sie saß in ihrer Sofaecke mit ihrer einäugigen Sonnenbrille und zeichnete ihre kleinen geflügelten Figuren.

Wenn ich behaupte, daß Maja unverändert war, dann stimmt das nicht ganz. Es gab eine Veränderung – die hätte ich fast vergessen. Vielleicht war es gar nichts Neues, vielleicht bemerkten wir es nur jetzt erst, aber wir nahmen es zum ersten Mal ein paar Tage nach ihrer Rückkehr wahr.

Wir waren unten am Strand und badeten, Anne-Marie, Maja, Jens und ich. Maja saß nackt mit ihrem Eimer und ihrem Spaten im Sand, wir anderen sprangen einer nach dem anderen vom Steg und lagen dann wassertretend im Wasser und unterhielten uns. Ab und zu schauten wir zum Strand, um ein Auge auf Maja zu haben. Plötzlich ließ sie den Spaten fallen, rannte über den Strand, auf den Steg hinaus und sprang. Sie plumpste ein paar Meter von uns entfernt ins tiefe Wasser, verschwand einen Moment, und kurz darauf tauchte ihr schwarzer Kopf wieder auf. Sie schwamm mit strampelnden, ruckartigen Bewegungen durch das tiefe Wasser, an uns vorbei und ans Ufer. Dann ging sie über den Strand, hockte sich hin und buddelte weiter, das Wasser tropfte ihr von den schwarzen Rattenschwänzchen. Das Ganze war so schnell vor sich gegangen, daß wir kaum reagieren konnten.

»Sie ist vom Steg gesprungen. Sie ist geschwommen«, sagte ich erstaunt.

Niemand hatte Maja je schwimmen gesehen.

»Was heißt hier geschwommen. Eher gestrampelt«, sagte Jens.

Während wir noch am Ufer standen und die Sache diskutierten, stand Maja auf, lief auf den Steg hinaus, und ehe jemand sie hätte hindern können, wiederholte sie das Ganze noch einmal. War vom Steg gesprungen und auf ihre merkwürdige Art zurück ans Ufer geschwommen. Von da an machte sie das immer, wenn wir badeten, und wir gewöhnten uns daran.

Es war Nachmittag und warm. Anne-Marie und ich lagen auf unseren Betten und redeten. Das Dachzimmer war wieder aufgeräumt und sauber, im Krug auf dem Sekretär standen frische Blumen. Die Betten standen an ihren alten Plätzen.

Anne-Maries lange Haare waren frisch gewaschen und gekämmt und fielen wie ein Vorhang aus Seide über ihre nackten Schultern. Sie war braungebrannt, die Lippen glänzten von Lipgloss, und sie roch kühl und frisch nach ihrem Deodorant. Man konnte sich kaum vorstellen, daß sie vor ein paar Wochen, an mich geklammert, auf dem Bett gelegen hatte, mit ungewaschenen, zerzausten Haaren, und nächtelang an meiner Schulter geweint hatte.

Die Comichefte waren verschwunden. Ich nehme an, daß Karin sie weggeworfen hatte, sie waren zu fleckig und zerfetzt, um noch jemanden zu erfreuen, und sie gehörten eigentlich auch nicht zu der Literatur, der man sich in der Familie Gattmann widmete. Die Comics waren in einer dunklen Ecke unter der Treppe verstaut und wurden nur hervorgeholt, wenn man nichts anderes lesen konnte, zum Beispiel wenn die Kinder krank waren oder wenn es lange regnete. Ich erinnere mich immer noch an die Geschichten. Die schwarzweißen Bildkästchen mit harten Schatten und überraschenden Perspektiven. Männer mit kantigen Kieferpartien und großbusige Frauen. Die Schatten der Wolkenkratzer über engen Straßenschluchten und das Dunkel des Dschungels. Eine Welt in Finsternis. Ich habe solche Heftchen nie wirklich gelesen, weder davor noch danach, und wenn sie mir zufällig einmal unter die Augen kommen, verbinde ich sie immer mit der Zeit, in der Maja verschwunden war.

Meine letzte Woche bei Gattmanns war angebrochen. Meine Mutter hatte angerufen und erzählt, daß man mich, wie erhofft, in dem Gymnasium angenommen hatte. Es war eine Schule mitten in der Stadt, und man konnte in der großen Pause in eines der Cafés auf der Aveny gehen. Ich erzählte Anne-Marie, wie sehr ich mich freute, gerade auf dieser Schule angenommen worden zu sein.

»Bist du auch auf die Schule gekommen, für die du dich angemeldet hast?« fragte ich.

»Ja«, sagte sie. »Aber ich werde nicht hingehen.«

»Was machst du statt dessen?«

»Nichts. Ich nehme ein Sabbatjahr.«

»Wie? Willst du nur zu Hause sein, oder was?«

»Nein, ich gehe vielleicht arbeiten.«

Zu jener Zeit »ging« man arbeiten.

»Oder ich gehe ins Ausland.«

»Wohin?« fragte ich verblüfft.

»Ich weiß nicht. Vielleicht nach Israel. Jobbe in einem Kibbuz wie Eva.«

»Aber sie war doch nur in den Sommerferien dort.«

»Man kann ein ganzes Jahr dort arbeiten, wenn man

will. Wir fahren vielleicht zusammen. Oder ich fahre nach England oder Frankreich und arbeite als Aupair-Mädchen. Ich weiß es noch nicht.«

»Erlauben Karin und Åke dir das?«

Sie lachte.

»Die werden mich nicht hindern können. Ach, ich habe keine Lust mehr, in die Schule zu gehen. Auf jeden Fall nicht auf den naturwissenschaftlichen Zweig wie Jens, das ist schrecklich. Immer nur lernen, lernen. Aber er hat ja nur noch ein Jahr, er wird also weitermachen.«

»Das mit dem Sabbatjahr ist vielleicht nicht so schlecht«, sagte ich nachdenklich.

Ich konnte es mir allerdings nicht vorstellen. Ein Jahr später auf dem Gymnasium anzufangen, ein Jahr älter zu sein als alle anderen. Irgenwie wäre das, als würde man nicht mitkommen. Ich hatte es eilig. Ich wollte schnell eine Ausbildung machen. Das Gymnasium und dann die Universität. Ich freute mich so auf die Universität. Ich konnte mir nicht vorstellen, mich wegen eines Sabbatjahrs zu verspäten. Ich wollte auch in die Welt hinaus, aber das mußte in den Ferien sein.

»Aber wir sehen uns doch im nächsten Sommer?« fragte ich.

»Wenn ich hier bin.«

»Wirst du nächsten Sommer nicht hier sein?«

»Woher soll ich das wissen? Vielleicht bin ich auf der anderen Seite des Globus. In Australien oder so.«

»Hast du nicht gerade von England oder Frankreich gesprochen? Und Israel?« sagte ich verwirrt.

»Ich weiß es nicht, Ulrika. Ich weiß überhaupt nichts. Es ist eigentlich auch egal. Ich will einfach weg von hier. Ich habe alles so satt.«

»Aber Tångevik ist der schönste Ort der Welt. Und niemand hat ein so schönes Haus wie ihr.«
»Ach was.«
Ihre Gleichgültigkeit verletzte mich. Ich liebte dieses Haus.
Eines Tages, als Maja verschwunden war, hatte ich allein einen Spaziergang zu unserem eigenen Sommerhaus gemacht. Ich war den ganzen Sommer noch nicht dort gewesen.
Die Familie aus Borås hatte dem Ort schon seinen Stempel aufgedrückt. Auf dem Rasen stand ein großes wassergefülltes Plastikbecken, sie hatten neue Gartenmöbel gekauft und tatsächlich einen kleinen Garten mit Gemüse angelegt. Auf dem Gartentisch erkannte ich die spanische Glasflasche, die immer in einer Ecke der Stube mit ein paar trockenen Zweigen gestanden hatten. Jetzt war sie in ein Aquarium verwandelt worden, war mit grünlichem Wasser und Tang gefüllt, und vermutlich schwammen auch irgendwelche Tiere darin.
Die Frau aus Borås, die offensichtlich schwanger war, kniete im Garten und tunkte ihren großen Bauch ins Karottengrün. Sie war so beschäftigt, daß sie mich nicht bemerkte. Man hörte Kinderstimmen, dann tauchten zwei Jungen auf. Der eine fuhr den anderen in der alten Schubkarre meines Vaters und kippte ihn lachend am Planschbecken aus.
Ich erinnerte mich, wie sehr meine Eltern versucht hatten, auf diesem Grundstück etwas zum Wachsen zu bringen. Ich erinnerte mich an die unsichtbaren Hohlräume, die eine Fuhre Erde nach der anderen verschluckt hatten. Und dann kam diese Familie und zog

Gemüse und verwendete die Schubkarre als Spielzeug. Vielleicht waren sie von einer anderen Rasse, irgendwie fruchtbarer. Vielleicht waren die Hohlräume endlich aufgefüllt, und sie waren im genau richtigen Sommer gekommen. In weniger als zwei Monaten war diese Familie hier heimischer geworden, als wir es je waren. Ich konnte mir nicht vorstellen, daß wir je wiederkommen würden.

Meine Vorahnung erwies sich als richtig. Die Arbeit meines Vaters nahm immer mehr Zeit in Anspruch, und da meine Eltern nun ein Haus mit Garten in der Stadt gekauft hatten, fanden sie, daß wir eigentlich kein Sommerhaus mehr brauchten. Im folgenden Winter verkauften sie das Häuschen an die Familie aus Borås.

Aber das wußte ich natürlich noch nicht, als ich damals am Zaun stand. Ich verspürte nur eine merkwürdige Gefühlsmischung. Wehmut über etwas Verlorenes, das ich eigentlich nie richtig besessen hatte. Und eine Art trockener Bestätigung von etwas immer schon Gewußtem: Ich gehörte nicht hierher, das war nicht mein Platz.

Ich ging zu Gattmanns zurück, und als ich das braune Haus auf dem Felsen zwischen den Eichen sah, war ich von der Wärme des Nachhausekommens erfüllt.

»Wir können uns auf jeden Fall schreiben«, sagte ich zu Anne-Marie.

»Ja. Aber du weißt, wie das bei mir ist mit dem Briefeschreiben. Nun, wir bleiben in Kontakt, das ist klar.«

Was für ein schrecklicher Ausdruck: »in Kontakt bleiben«. Ich sah Anne-Marie an, wie sie da auf ihrem Bett lag, auf dem Bauch, die Hände unterm Kinn, und wie sie lächelnd ins Kopfteil des Bettes schaute. Aber sie

sah etwas anderes, etwas, das ich nicht sehen konnte. Sie entfernte sich schon von mir.
Ein Auto bremste vor dem Haus. Es waren Lis und Stefan, die im Auto von Stefans Vater aus der Stadt kamen, wo sie eine Wohnung gesucht hatten. Und sie waren fündig geworden: eine Einzimmerwohnung in einem Abrißhaus in Gårda in Göteborg. So machte man das damals. Man fuhr in die Stadt und organisierte sich eine Wohnung oder eine Arbeit. Elende Wohnungen, langweilige und schmutzige Arbeiten, aber es gab sie. Jetzt brauchten sie Möbel und Hausrat, und Sigrid hatte ihnen erlaubt, ihre Schlafzimmerkommode zu nehmen.
Lis schaute rasch bei uns herein und sagte hallo. Sie hatte es eilig, mußte wieder in die Stadt, irgendwo einen Schlüssel holen oder abgeben. Sie hatte rosige Wangen, und ihre Augen glänzten. Wenn ich zurückdenke, dann war sie da schon schwanger gewesen, auch wenn sie es selbst noch kaum wußte.
Anne-Marie und ich lagen auf unseren Betten und hörten, wie sie im Stockwerk unter uns mit der Kommode kämpften. Als sie sie endlich die Treppe hinunter und nach draußen gebracht hatten, kam Åke aus seiner Schreibstube, um ihnen zu helfen. Sein Oberkörper war nackt, und seine Khakishorts waren eklig verschmutzt. Wir beobachteten alle drei vom offenen Fenster aus, und Anne-Marie lachte. Åke war viel zu betrunken, um eine Hilfe sein zu können. Er war dauernd im Weg und hängte sich nur an das sowieso schon schwere Möbel. Lis und Stefan hatten große Mühe, so zum Auto zu kommen. Mit vereinten Kräften stemmten sie die Kommode auf den Dachträger und schnür-

ten sie fest, während Åke die ganze Zeit lallend um sie herumhing. Sobald sie fertig waren, setzten sie sich ins Auto, winkten stürmisch und wollten davon.
In dem Moment, da das Auto anfuhr, beugte Åke sich zur Autotür, um etwas durch das offene Fenster zu sagen, wurde aber zur Seite geworfen und rollte auf die Erde. Lis und Stefan hielten nicht an. Entweder hatten sie nicht gesehen, was passiert war, oder es war ihnen egal.
Langsam kam Åke wieder auf die Füße, schmutzig und mit einer blutenden Schürfwunde am Arm. Er blieb einen Moment stehen und hielt sich an einem Eichenstamm fest. Dann sah er um sich, zielte auf die Schreibstube und machte sich torkelnd auf den Weg.
Anne-Marie lachte laut. Åke hörte sie und blieb auf dem Pfad zwischen den Felshügeln stehen. Er wandte sich in alle Richtungen, schien aber nicht zu wissen, woher das Lachen kam. Dann nahm er seinen schwankenden Gang wieder auf und verschanzte sich in seiner kleinen Hütte.
Ein paar Tage danach wurde ich von meinem Vater abgeholt.
Eine erheblich dezimierte Familie verabschiedete mich. Åke hatte einige Tage zuvor Besuch von einem guten Freund bekommen. Sie waren nach Göteborg gefahren, um in eine Kneipe zu gehen, und waren seither nicht wiedergekommen. Sigrid wachte an Tors Krankenbett. Eva suchte eine Wohnung in Stockholm, und Lis war schon ausgezogen. Karin, Jens und Anne-Marie umarmten mich vor dem Haus zum Abschied. Maja saß auf der Treppe. Sie sah mit dem rechten, unbedeckten Auge zu mir auf, und ich beugte mich über sie.

»Tschüs, Maja, hoffentlich sehen wir uns bald wieder«, sagte ich und gab ihr einen Kuß auf die Wange.
Sie zuckte zusammen, als hätte ich sie gebissen, und lief ins Haus.

Ich fuhr nach Hause – nach Göteborg – und ging aufs Gymnasium. Die Schule gefiel mir. Endlich lernten wir etwas Richtiges. Es gab keine Dummköpfe und Störenfriede mehr, die Lehrer konnten in den Stunden unterrichten und mußten nicht nur für Ordnung sorgen. Ich hatte mehr Freunde als je zuvor.
Im November kam eine Ansichtskarte von Anne-Marie. Sie war in Kalifornien und arbeitete als Au-pair-Mädchen bei einer schwedischen Familie. Da sie keine Adresse auf die Karte geschrieben hatte, konnte ich ihr nicht antworten. Einen Monat später bekam ich eine Weihnachtskarte. Da hatte sie die schwedische Familie bereits verlassen und arbeitete in einer Reinigung in Texas. Danach hörte ich nichts mehr.
Noch viele Jahre benutzte ich die Wimperntusche, die Anne-Marie verwendet hatte. Selbstverständlich glaubte ich nicht, daß ich so ihre natürlich dunklen, langen Wimpern bekommen würde, aber es war eine Art Bekräftigung unserer Zusammengehörigkeit. Ich trug auch eine Bluse, die ich von ihr geerbt hatte, ein dünnes Blüschen aus Baumwollkrepp. Sie war am schönsten, wenn sie frisch gewaschen war, weil der Stoff sich zusammenzog und die Bluse eng anlag. Sie war weinrot, eine Farbe, die noch nie in meiner Garderobe vorgekommen war, die Anne-Marie jedoch häufig trug. Diese Bluse hatte ich an, sooft es nur ging. Im

Winter, wenn es in unserer alten Schule nicht so warm war, trug ich sie direkt auf dem Körper, unter den gestrickten Pullovern oder den dicken Flanellhemden. Mir gefiel es, wie gesagt, sehr gut im Gymnasium, und ich dachte deshalb nicht mehr so oft an Anne-Marie wie sonst im Winter. Meine Sehnsucht hatte sich zurückgezogen, war fast unsichtbar geworden. Ich trug sie wie die weinrote Bluse, direkt auf der Haut, unter allem anderen.

Als der Sommer näher rückte, schlug mein Vater vor, zusammen mit der Familie nach Mallorca zu fahren. Es war das erste Mal, daß er genug Zeit und Geld für Ferien im Ausland zu haben glaubte. Er hatte zwei Jahre lang intensiv gearbeitet, tagein, tagaus, ohne einen richtigen Ruhetag. Jetzt war er fertig mit seiner Arbeit, er hatte die Anstellung, die er angestrebt hatte, und wollte sich für ein paar Ferienwochen auf seinen Lorbeeren ausruhen.

Ich betrachtete die Reise nach Mallorca mit gemischten Gefühlen. Ich war überglücklich, ins Ausland reisen zu dürfen und einen der exotischen Plätze, die ich bisher immer nur in den Reisekatalogen gesehen hatte, in Wirklichkeit zu erleben. Aber ich wollte auch nicht weg sein, falls Anne-Marie sich melden und mich bitten würde, nach Tångevik zu kommen. Außer den zwei Ansichtskarten hatte ich nichts von ihr gehört. Ich wußte nicht, ob sie wieder in Schweden oder noch in Amerika war. Natürlich hätte ich ans Telefon gehen und in Stockholm anrufen können. Aber es war ein ungeschriebenes Gesetz, uns gegenseitig nicht anzurufen. Und wenn sie zurück war und mich treffen wollte, mußte *sie* mit *mir* Kontakt aufnehmen. Ich wartete auf diesen möglichen Anruf oder Brief und zeigte deshalb nicht die Begeisterung, die man erwarten durfte, als mein Vater die Reise nach Mallorca vorschlug. Er hatte meine Gedanken gelesen.

»Wenn du an Gattmanns denkst, dann erwarte dir nicht allzu viel. Åke und Karin haben die Scheidung eingereicht. Er wohnt jetzt wohl in Göteborg, bei so einer Frau. Es ist sehr unwahrscheinlich, daß sie diesen Sommer nach Tångevik fahren. Ich glaube, augenblicklich wollen weder Karin noch Åke dorthin, und Sigrid wird kaum alleine dort sein, jetzt wo Tor nicht mehr ist.«

Tor war im Winter gestorben, das hatten wir in der Zeitung gelesen. Wir hatten auch gelesen, daß Lis und Stefan ein Kind bekommen hatten. Zusammen mit den beiden Ansichtskarten von Anne-Marie waren das die einzigen Informationen, die ich über die Familie Gattmann hatte. Die Scheidung war eine Neuigkeit, die mein Vater bisher verschwiegen hatte. (Woher wußte er davon überhaupt? Und woher wußte er das mit Åke und dieser Frau? Es sah ihm nicht ähnlich, diese Art Klatsch zu kennen.)

»Ich könnte mir denken, daß sie das große Haus verkaufen. Sie können jeden Preis dafür verlangen. Strandgrundstück und Bootssteg und alles. Sie können es natürlich auch vermieten.«

Ich flog also mit nach Mallorca, machte mit meinen Eltern Gruppenausflüge, ging mit zwei dicken Schwestern aus Falun in die Diskothek und hatte einen Schwarm hübscher spanischer Jungen hinter mir, wenn ich über den Strand spazierte. Letzteres stärkte mein Selbstvertrauen enorm, bis ich feststellte, daß

auch die beiden Dickerchen intensiv hofiert wurden, ja, sogar meine Mutter in ihrem albernen Sonnenhut und dem großblumigen Frottéekleid hatte einen Verehrer, der halb so alt war wie sie und der aufmunternde spanische Sachen rief, wenn sie an dem Café vorbeikam, wo er immer saß.
Eines Abends, als ich mit meinen Eltern in einem kleinen Restaurant mit Flamencotanz saß, hörte ich, wie sie über Majas Verschwinden sprachen. Ich hatte meinen Stuhl dem auftretenden Paar zugedreht und mich deshalb von meinem Eltern weggewandt. Das Orchester spielte, einer der Gitarristen sang, daß die Decke sich hob, und meine Eltern glaubten wohl, daß ich nicht hörte, was sie sprachen. Aber um sich gegenseitig zu verstehen, mußten sie auch ziemlich laut reden, und sie hatten eine ganze Menge Wein getrunken, weshalb sie ihre Lautstärke nicht mehr so ganz unter Kontrolle hatten. Auf jeden Fall hörte ich meine Mutter sagen, daß Majas Verschwinden doch sehr merkwürdig gewesen wäre und daß erstaunlich wenig darüber in der Zeitung gestanden hätte, als sie gefunden wurde. Mein Vater murmelte etwas, und aus dem Augenwinkel sah ich, wie er zu mir herüberschaute. Ich starrte das Flamencopaar an, als wäre ich völlig gefangen von ihrem albernen Getanze, und lauschte auf die Antwort meines Vaters. Er kam mit einer verblüffenden Theorie: Åke und Karin hätten sich schon im letzten Sommer trennen wollen und Majas Verschwinden sei die Folge eines Sorgerechtsstreit gewesen. Åke hatte sie vielleicht bei seiner Geliebten versteckt, oder Karin hatte sie bei einer Freundin untergebracht.
Das alles war so wahnsinnig, daß ich an mich halten

mußte, um mich nicht umzudrehen und laut zu lachen. Karin und Åke hatten bis zu Majas Verschwinden eine harmonische, gleichberechtigte, ganz perfekte Ehe gelebt, soweit ich das jedenfalls mit meiner beschränkten Erfahrung beurteilen konnte. Die Trauer über Majas Verschwinden war bei beiden unendlich groß gewesen, und es war völlig undenkbar, daß einer Theater gespielt hatte. Außerdem vergaß mein Vater die Umstände, unter denen Maja wiedergefunden wurde, diesen unmöglichen Felsvorsprung am Muschelstrand zum Beispiel. Sollte jemand eine so gefährliche Situation inszeniert haben? Und wozu?

Ich brauchte nichts zu sagen, denn meine Mutter kam mit den gleichen Einwänden. Aber aus den Bruchstükken, die ich hören konnte, verstand ich, daß mein Vater nicht an die Geschichte mit dem Felsvorsprung glaubte. Er hatte sie nur von mir gehört und fand offenbar, daß ich das Ganze dramatisiert hatte.

Es konnte schon erniedrigend sein, wenn einem nicht geglaubt wurde, aber mir machte das nicht so viel aus. Es war ja wirklich eine Geschichte, die man – zugegeben – kaum glauben konnte. Man mußte alles erlebt haben, die Trauer, die Schuldgefühle und den merkwürdigen Abend, als Maja von der Rettungsmannschaft hochgezogen wurde. Ich war dabei gewesen. Meine Eltern nicht. Ich nahm ihnen ihr Gespräch nicht übel.

Es war das einzige Mal, daß ich sie über Majas Verschwinden sprechen hörte.

Kristina

Kristina schiebt das Kajak ins Wasser. Vorsichtig folgt sie dann selbst über die abschüssige Felsplatte mit ihren glatten, rostroten Algen. Sie legt die Tüte mit den Daunen in die Öffnung und drückt sie nach vorn in eine Ecke. Dann klettert sie selbst hinein und stößt sich mit dem Paddel ab.
Die Wolke aus Vögeln folgt ihr ein Stück. Die Unterseiten ihrer weißen Körper färben sich orange von einer Sonne, die noch nicht zu sehen ist. Das Meer glitzert. Die Welt ist nicht mehr grau. Sie nähert sich der Gruppe von größeren Inseln, und als sie die nächstgelegene erreicht, geht die Sonne auf. Einige Seeschwalben fliegen mit weit aufgerissenen roten Schnäbeln auf sie zu. Als ob sie ein Fisch wäre, den sie verschlucken können. Sie folgt den Konturen der kleinen Insel. In der ruhigen Bucht auf der Innenseite der Insel steht ein ganzes kleines Lager von bunten Zelten, roten, blauen, orangefarbenen. Häßlich sieht das aus. Sie verabscheut so grelle Farben. Am Strand liegen hochgezogene Boote, leere Bierdosen und sandige Badetücher, das Lagerfeuer ist verkohlt. Sie liegt nun still mitten in der Bucht, treibt langsam auf dem ruhigen Wasser und betrachtet die Szenerie.
Auf dieser Insel ist sie schon oft gewesen. Es gibt hier einen hübschen kleinen Strand, wo man das Kajak gut hochziehen kann. An der Außenseite gibt es reichlich Vogelnester, wo sie schon oft Daunen, Federn und Eierschalen gesammelt hat.
Da bewegt sich das Tuch von einem der Zelte. Durch

die Öffnung kriecht etwas heraus. Ein Hund? Nein, jetzt steht es auf. Ein Kind. Ein kleines Mädchen mit dunklem Gesicht, braunen Kleidern und schwarzen, zerzausten Rattenschwänzchen. Sie kneift die Augen gegen das Morgenlicht zusammen und läuft dann zum Strand. Mit schläfrigen, ungeschickten Bewegungen zieht sie am Ring des Reißverschlusses und streift den Overall ab. Dann hockt sie sich hin und pinkelt in den Sand. Kristina liegt still in der Bucht und schaut auf diesen nackten, gebeugten Rücken.

Die Kleine steht fröstelnd auf. Der Morgen ist kühl, der Strand liegt im Schatten. Sie hat das Kajak in der Bucht noch nicht entdeckt. Mit einiger Mühe gelingt es ihr, den Overall, den sie in den Sand geworfen hat, wieder auf die richtige Seite zu wenden. Sie schüttelt den Sand heraus und zieht ihn wieder an. Sie scheint alles selbst machen zu können, obwohl sie noch so klein ist. Sie hat keinen Erwachsenen in einem der Zelte geweckt und um Hilfe gebeten.

Die Wellen haben das Kajak weiter in die Bucht getrieben. Kristina kann das Mädchen jetzt besser sehen. Der braune, weiche Anzug ist wie ein Hasenfell, ihre schwarzen, zerzausten Haare sind wie eine Mähne.

Irgendwo in Kristinas Zwerchfell beginnt sich etwas zu bewegen. Es ist wie ein Jaulen, ein langgezogenes, sehnsuchtsvolles, völlig lautloses Jaulen, das in ihr nach oben drängt. Aber es ist nur ein Gefühl. Sie sitzt völlig still, die Wellen glucksen an die Seiten des Kajaks.

Und doch muß das Mädchen es gehört haben. Sie hält auf dem Weg zu den Zelten inne, dreht sich um und sieht Kristina. Sie hebt die Hand über die Augen. Die

niedrige Sonne blendet sie. Langsam geht sie wieder zum Strand zurück.
Kristina spürt, wie etwas aus ihrem Körper gezogen wird, gedehnt wird von der Sehnsucht, wie der orangerosa Inhalt einer Miesmuschel, wenn man ihn aus der Schale zieht. Dieses weiche unförmige Fleisch mit dem kleinen festen Kern – dem Herzen –, dem einzigen, was fest genug ist, um den Angelhaken durchzustecken. Das Kind steht am Strand und beobachtet sie mit festem Blick.
»Wenn sie etwas sagt, ist es vorbei«, denkt Kristina. »Wenn sie Hallo sagt oder ihre Eltern im Zelt ruft.«
Aber das Mädchen gibt keinen Laut von sich. Das Wasser in der Bucht ist rot von der gerade aufgegangenen Sonne, und die Wellen zeichnen ein Netz aus wiegenden Schatten auf die weiße Seite des Kajaks.
Das Kajak schaukelt näher heran. Kristina und das Mädchen schauen sich an. Zwischen ihnen glitzert es.
Das Mädchen wickelt die Beine des Overalls hoch und geht ein Stück ins Wasser. Kristina bewegt ganz leicht das Paddel und gleitet ein ganz winziges Stück weiter. Jetzt sind sie direkt nebeneinander.
Das Mädchen ist schwarz und braun, nur die Kugeln an den Haargummis leuchten wie zwei hellrote Signalflecken in den zerzausten Schwänzchen. Was hat dieses dunkelbraune Tierjunge mit den Menschen in den grellen Zelten zu schaffen? Sie sind ihr egal, sie schaut sich nicht um, ruft sie nicht. Nein, sie gehört nicht hierher.
Tropfen gleiten am Blatt des Paddels entlang, zittern und fallen ins Wasser. Das Mädchen streicht mit der Hand über das Kanu und schaut zu ihr auf. Einen

Moment überlegt Kristina, wie sie die Kleine hochnehmen soll, ohne daß das Kajak kentert. Und wo soll sie sitzen? In der Öffnung ist nur für eine Platz.
Sie steigt heraus, nimmt die Kleine hoch, legt deren Arme um ihren Hals und klettert vorsichtig wieder in das Kajak. Das Mädchen ist vollkommen still und folgt ihren Bewegungen so weich, daß der schwierige Balanceakt gelingt. Das Mädchen sitzt jetzt auf Kristinas Schoß, ihr zugewandt, die Beine um ihre Hüften. Es gibt nur Platz für eine, aber es ist auch nur eine. Ein großes Wesen. Da sitzen sie, Brust an Brust, und die Herzen schlagen aneinander.
Kristina paddelt in die Bucht hinaus. Als sie die Klippe umrundet hat, dreht sie sich um und schaut an Land. Die bunten Zelte liegen still und schlafend da.
Niemand hat sie gesehen.

Ulrika

Es war Samstagmorgen. Ich mußte die Jungen erst am Montag nachmittag abholen. Wir machen das immer so: Anders fährt sie am Montag nach dem Wochenende bei ihm in die Schule, und ich hole sie am Nachmittag vom Hort ab.

Ich wurde früh wach, und mein erstes Gefühl, nachdem ich die Augen aufgeschlagen hatte, war Erstaunen. Ich wache nie von allein früh auf, und nicht einmal mit Hilfe eines Weckers stehe ich um diese Zeit auf. Ich hatte am Abend zuvor vergessen, die Rollos herunterzuziehen, und der rötliche Schein der eben aufgehenden Sonne fiel auf meine weißen Schranktüren.

Dann fiel mir der Besuch in Mickey's Inn vom Abend wieder ein, und mir wurde klar, daß ich zuviel getrunken hatte und daß das eher der Grund für mein frühes Aufwachen war als die offenen Rollos.

Nach so einem Abend schlafe ich nicht wie andere Leute bis in den Vormittag. Ich schlafe sehr leicht, werde nachts immer wieder wach, gebe es bei Sonnenaufgang auf, noch einmal einzuschlafen, und stehe auf, unverschämt munter und voller Energie. Ich räume auf, jogge, fahre ins Hallenbad und täusche alle, sogar mich selbst. Um vier, fünf Uhr nachmittags falle ich dann wie tot um und schlafe vierundzwanzig Stunden.

Jetzt war ich hellwach, weil ich eigentlich nie richtig eingeschlafen war. Das Fest ging in meinem Körper weiter, und die Träume waren nicht die sorgsam inszenierten Vorstellungen des Tiefschlafs, sondern ab-

gehackte, unzusammenhängende Sequenzen, wie Werbespots für ganz verschiedene Produkte.
Ich duschte und frühstückte. Eine leicht getoastete Scheibe Vollkornbrot mit Quark, Tomate und Basilikum, Orangensaft und Kaffee. Von der Straße hörte ich das schwere Motorengeräusch eines alten Lastwagens und hatte das Gefühl, ich sei im Ausland und so früh auf, weil ich irgendwohin unterwegs war.
Und warum nicht? Warum sollte ich nicht irgendwohin unterwegs sein? Mein Auto stand vollgetankt unten auf der Straße, ich mußte erst am Montagnachmittag wieder zurück sein. Ich konnte bis Kopenhagen und weiter fahren.
Aber ich wollte nicht nach Kopenhagen. Ich füllte in der Waschküche eine Maschine mit Wäsche und machte, während sie lief, einen langen Spaziergang im Schloßpark, aß ein ordentliches Mittagessen, während der Trockner lief, und als ich die trockene Wäsche herausnahm, wußte ich, wohin ich fahren wollte.
Die trunkenen Traumsequenzen der Nacht hatten mir den Weg gewiesen. Ich war vor kurzem mit den Jungen dort gewesen, aber im Traum war es eine andere Zeit, und das Haus, das wir neulich leer angetroffen hatten, war in meiner Traumwelt mit den Menschen bevölkert, die einmal dort gewohnt haben. Ich verspürte plötzlich eine unwiderstehliche Sehnsucht, noch einmal durch die Verandafenster zu schauen, den Blick über die blaugestrichenen Küchenschränke gleiten zu lassen, die breitgestreiften Sofas, das Bild mit dem Schiff, die Jugendstillampe und den weißen Schaukelstuhl mit dem orientalischen Kissen. Es war, als hätte ich mich beim letzten Mal nicht satt gesehen. Ich war

nicht fertig. Ich wollte es noch einmal sehen, ohne die Jungen, in aller Ruhe.
Ich hatte die Autobahn fast für mich, und ich fuhr schnell, als ob das Haus verschwinden könnte, wenn ich zu spät käme.
Ich parkte unter der großen Eiche an der Straße. Es war mild, die Bäume waren noch grün, aber man spürte schon den Herbst. Die kristallklare Luft und die scharfen Schatten machten die Welt beinahe surreal deutlich.
Auch dieses Mal stand kein Auto vor dem Haus. Ich ging die Treppenstufen aus Baumstämmen hinauf, dann ums Haus und auf die Veranda. Eine Weile stand ich still mit dem Rücken zum Haus und genoß die Aussicht über den Fjord, ein wenig überrascht, wie schön sie war, als hätte ich das nicht richtig zu schätzen gewußt, als ich jung war.
Der Blick durch das Fenster war dieses Mal nicht so überwältigend, weil ich vorbereitet war. Während ich da stand, die Nase ans Fenster gedrückt wie ein kleines Kind am Schaufenster eines Spielwarengeschäftes, mußte ich plötzlich an die Muschel denken.
Ich weiß nicht, woher der Geruch kam, dieser merkwürdige Geruch nach eingeschlossenem Meer, vermodertem Tang und altem Fisch, Teer, Feuchtigkeit und Dunkelheit, aber so hatte es immer unter Gattmanns Veranda gerochen. So roch es, als Anne-Marie und ich im allerersten Sommer auf den Steinplatten umherkrochen, als wir miteinander spielten und ich ihr Gesicht in den Lichtstreifen der Fußbodenritzen sah. So roch es, wenn wir uns versteckten, um den älteren Schwestern und ihren Freunden hinterherzuspionieren, oder

wenn wir unter die Veranda krochen, um ein Messer oder einen Stift zu holen, der zwischen die Bodenbretter gefallen war. Oder wenn das Haus, was ganz selten vorkam, abgeschlossen war und man den Ersatzschlüssel aus der riesigen Muschel hinten beim Steinfundament holen mußte. Und so roch es auch jetzt, als ich auf allen vieren auf dem kalten feuchten Fels lag und die Augen an die Dunkelheit zu gewöhnen versuchte.
Ich sah alte Reusen, einen Muschelrechen und eine Hummerreuse, die rochen natürlich nach altem Fisch. Und dort, überzogen mit einer dünnen, grünlichen Moosschicht, lag die große Muschel auf ihrem Platz. Ursprünglich stammte sie bestimmt von einem exotischem Strand. Ich nahm sie und schüttelte sie vorsichtig. Ein hohles Klirren war zu hören, und aus dem geheimnisvollen, perlmutternen Innern kam der Schlüssel gerutscht und landete in meiner Hand.
Der Schlüssel schien sehr lange nicht verwendet worden zu sein. Ich mußte eine Schicht Rost abkratzen, ehe ich ihn in die Tür an der Vorderseite des Hauses stecken konnte. Als er dann drin war, konnte man ihn leicht umdrehen. Mit der Hand auf der Klinke hielt ich einen Moment inne und lauschte. Alles war vollkommen still. Keine Motorengeräusche, weder von Autos noch von Booten. Keine Schritte oder Stimmen aus dem Innern des Hauses. Ich drückte die Klinke und trat ein.
Es war ein traumhaftes, übernatürliches Gefühl, durch diese Räume zu gehen, die genau so aussahen wie vor fünfundzwanzig Jahren. Die Erinnerungen lösten sich wie ein Duft von jedem Gegenstand. Manche waren so stark und aufdringlich, daß ich mich schützen mußte,

sie überfielen mich mit ganzen Serien von Ereignissen, Stimmen, wirbelnden Gefühlen. Andere waren schwächer, kaum wahrnehmbar, und lösten nur ein leichtes Zittern irgendwo tief in mir aus.
Nach einer Weile verschwand das Gefühl von Unwirklichkeit. Ich stellte fest, daß doch einige Dinge verändert waren. Manche Möbel fehlten, auch wenn ich nicht genau sagen konnte, welche, und all diese kleinen Dinge, die sich schnell an einem Ort, an dem Menschen leben, verteilen, fehlten auch. Es war leerer, mehr Platz in den Räumen, und mir wurde klar, daß genau das dem Haus eben noch seinen traumhaften Charakter verliehen hatte.
Im Stockwerk von Sigrid und Tor fehlte nichts, abgesehen von der Kommode, die Lis und Stefan damals hinuntergetragen hatten, und ein Bild, von dem Åke, soweit ich mich erinnere, gesagt hatte, es sei viel zu wertvoll, um in einem unbewachten Sommerhaus zu hängen.
Die kleine Dachkammer, die einmal Anne-Maries Zimmer gewesen war, stand voller Gerümpel. Aber das Zimmer der großen Mädchen, das im letzten gemeinsamen Sommer mein und Anne-Maries Zimmer gewesen war, hatte sich gegenüber damals nicht verändert. Die Bettüberwürfe mit dem blauweißen Porzellanmuster waren von der Sonne verblichen. Ich zog einen Überwurf hinten an der Wand weg, von Anne-Maries Bett. Unter ihm war das Bett mit ganz weißer Bettwäsche bezogen, von der zeitlosen Art wie oft in Hotels. Hatte es die damals schon gegeben? Ich wußte es nicht mehr. Sie sah neu aus, glänzend weiß und glatt, als ob sie noch nie jemand benutzt hätte.

Als ich jetzt da am Bett stand, merkte ich plötzlich, wie unglaublich müde ich war. Ich schaute auf meine Armbanduhr, und ja, es war zehn vor fünf, genau die Zeit, in der ich normalerweise für das Wachsein bezahlen muß, das ich auf Kredit genommen habe. Wie Schneewittchen bei den sieben Zwergen kroch ich in das fremde Bett. Ich registrierte, daß das Mobile aus Muschelschalen immer noch am Fenster hing, und schloß die Augen.
Bevor ich einschlief, hatte ich eine Vision von Anne-Marie mit dem Mund voller Kirschen. Ihr schöner Mund war verzogen, spuckte drei Steine aus und lachte. Grüne Schatten wehten über ihrer Stirn und ihren Wangen.

Kristina

Das Mädchen schien zu verstehen, daß sie ihre Bewegungen behinderte. Sie drückte sich an Kristina, legte das Gesicht an den Hals und machte sich so flach und klein wie möglich. Zunächst spürte Kristina die angespannten Muskeln der Kleinen, aber bald entspannte sie sich und folgte dem Rhythmus des Paddelns, schaukelte hin und her. Die ruhigen Atemzüge machten Kristinas Pullover warm und feucht. Sie sah auf das Gesicht unter den schwarzen Haaren. Die Lider waren geschlossen, der Mund leicht geöffnet. Das Mädchen war an ihrer Brust eingeschlafen.

Als sie mit dem schlafenden Mädchen auf dem Arm den Strand entlangging, schaute sie ihr Gesicht an. Man mußte sie von der Nähe betrachten, um ihre Gesichtszüge richtig zu erkennen. Sie war so dunkel. Die Nase war fein geschnitten, die Augenbrauen dick. Wie alt mochte sie sein? Zwei Jahre? Vielleicht drei?

Die Sonne stand jetzt hoch am Himmel, aber in der Hütte war es schattig und kühl. Alle Fenster waren mit Decken zugehängt. Kristina mochte das Sonnenglitzern auf dem Wasser und das Lichtspiel im Laub, aber im Haus wollte sie keine Sonne haben. Sie konnte mit den Dingen besser im Dunkeln oder beim Schein der Lampe arbeiten. Es war schwierig, ihnen im Sonnenlicht zu lauschen. Die Sonne beeinflußte irgendwie die Oberfläche. Die Dinge verschlossen sich, schützten sich hinter einer Haut.

Vorsichtig legte sie die Kleine auf die Decken auf dem Boden und sich selbst daneben. Das Mädchen roch nach Sonne und Salz. Es war noch Nacht gewesen, als Kristina aufgestanden war. Jetzt spürte sie, wie müde sie nach der langen Paddeltour war. Mit dem Gesicht im Haar des Mädchens schlief sie ein.

Auch im Schlaf war sie sich der Gegenwart des Mädchens bewußt. Ihrer Atemzüge, des Geruchs ihrer Haare, der zarten Haut.

Als sie aufwachte, war es heller Tag. Das scharfe Sonnenlicht zwang sich durch die Ritzen der Decken und zeichnete weiße Linien auf den Boden. Eine Fliege summte, eingesperrt zwischen Decke und Fenster. Es war warm, und Kristinas Arm, der an der Schulter des Mädchens lag, klebte vor Schweiß.

Sie war hungrig. Während das Mädchen noch schlief, machte sie etwas zu essen. Omelett, gebratene Champignons, Tomaten, Käse und Brot. Sie drehte den Stuhl mit dem Rücken zum Tisch und stellte den Teller auf den Schoß. Sie aß und sah dabei das Mädchen an.

Das Mädchen wurde wach. Das Weiße in ihren Augen leuchtete im Dunkel der Hütte. Eine ganze Weile lag sie still und schaute nur. Dann setzte sie sich auf, kratzte sich die zerzausten Haare und blickte Kristina an.

Kristina hielt mit der Gabel zwischen Teller und Mund inne. Sie hielt sich vollkommen ruhig, wie sie es immer machte, wenn ein Reh sie entdeckte. Was würde das Mädchen jetzt machen? Weinen?

Nein. Das Mädchen stand auf. Sie machte ein paar Schritte im Zimmer und schaute sich um. Ihr Blick war voller Staunen, fragend.

Langsam ließ Kristina die Gabel sinken und stellte den Teller auf den Tisch. Sie winkte das Mädchen zu sich und zeigte auf die Pfanne mit dem Omelett. Das Mädchen sah hin, kam jedoch nicht. Sie ging statt dessen mit langsamen, vorsichtigen Schritten in der Hütte umher. Zögernd ging sie an den Regalen mit Kristinas Werken entlang und schaute jeden Gegenstand lange an. Manchmal streckte sie die Hand aus, wie um etwas zu berühren, aber ihre Finger blieben in der Luft, wie gebremst durch etwas, um sich dann respektvoll zurückzuziehen.

Als sie nach einer halben Stunde mit dieser Erforschung fertig zu sein schien, ging sie zu Kristina, die aufstand und ihr den einzigen Stuhl in der Hütte überließ. Das Mädchen schien den Stuhl nicht zu bemerken. Sie nahm den Teller mit dem inzwischen kalten Omelett und Gemüse, den Kristina für sie gerichtet hatte, trug ihn zu dem Haufen mit Decken, setzte sich hin und aß mit gutem Appetit, den Blick noch immer auf Kristinas Objekte gerichtet.

Die Wanduhr über dem Kühlschrank zeigte Viertel vor drei. Kristina dachte an das Kajak. Sie hatte es nicht richtig auf den Strand gezogen, es nur provisorisch hochgeschubst, weil sie das schlafende Mädchen im Arm gehabt hatte. In ein paar Stunden würde das Wasser steigen und vielleicht das Kajak mitnehmen. Sie mußte zum Strand hinunter.

»Bleib hier«, sagte sie zu dem Mädchen. »Ich muß das Kajak auf den Strand ziehen. Ich bin gleich wieder da.«

Ihr fiel ein, daß sie eine Tüte Pfirsiche im Kühlschrank hatte. Sie legte sie in eine Schale und stellte sie neben das Mädchen auf den Boden.

»Bitteschön.«

Das Mädchen antwortete ihr nicht, und Kristina vermutete, daß sie kein Schwedisch verstand.

»Gleich wieder da«, wiederholte sie und hoffte, die Pfirsiche würden die Kleine beschäftigen.
Sie lief zum Strand, zog das Kajak auf sicheres Gelände und lief wieder zurück.
Das Mädchen saß noch, wo sie es verlassen hatte. Sie aß einen Pfirsich, der Saft lief ihr übers Kinn. Als sie das Gesicht des Mädchens mit Haushaltspapier abwischte, merkte sie, daß ihre Hände zitterten. Nach dem schnellen Lauf war sie außer Atem. Sie hatte solche Angst gehabt, das Kajak zu verlieren, aber während sie weg war, hatte sie genausoviel Angst gehabt, das Mädchen zu verlieren.
Sie holte einen Kamm, machte vorsichtig die Haargummis mit den roten Kugeln los und kämmte die Haare des Mädchens. Es dauerte lang, denn die Haare waren zerzaust, und sie hatte Angst, ihr weh zu tun. Mit kleinen Strichen von unten nach oben entwirrte sie die Haare, und das Mädchen gab keinen Laut des Protests von sich. Dann scheitelte sie die Haare und band mit den Haargummis zwei Rattenschwänzchen.
Was konnte sie tun, um sie zu behalten?
Das Mädchen war offensichtlich an den Schätzen interessiert. Kristina zeigte ihr, was sie in ihren Schachteln hatte. Sie legte eine Eierschale auf ihre Hand und bat sie, sie zu halten. Sie erzählte, daß sie von einer Schäre weit draußen im Meer stammte.
»Du kannst sie jetzt wieder zurücklegen. Nein, laß sie auf dem Regal liegen. Ich möchte sie eine Weile anschauen. Siehst du das Vogelnest mit der Wolle? Leg sie dort hin, auf die Wolle.«
Das Mädchen tat genau, was sie sagte: Sie verstand also Schwedisch.

Kristina setzte sich an den Tisch und fing an zu arbeiten. Sie ließ das Mädchen die Dinge in den Schachteln anschauen, was sie noch nie jemanden hatte machen lassen. Das Mädchen nahm vorsichtig ein Stück Knochen, eine Muschel oder eine Eierschale und betrachtete sie lange auf der Handfläche. Kristina wußte, daß sie die Stimmen hörte.
Sie verbrachten den restlichen Tag auf diese Weise, jede in ihre Beschäftigung versunken. Draußen war strahlender Sonnenschein, die Luft war erfüllt vom Lärm der Menschen. Motorboote heulten auf dem Meer, und irgendwo oben in der Luft kreiste ein knatternder Hubschrauber.
Erst als die Dämmerung kam, verließen sie die Hütte. Kristina ging entlang der Rehwechsel, und das Mädchen folgte ihr. So fanden sie die schlanken Tiere, die auf den Lichtungen grasten. Sie standen still im Dunkel der grauen Sommernacht, bis die Rehe sie bemerkten, ihnen ihre schönen Köpfe zuwandten und dann mit langen Sprüngen verschwanden.
Als sie sich auf dem Lager aus Decken wieder zur Ruhe legten, war es mitten in der Nacht. Das Mädchen schlief ein, sobald sie sich hingelegt hatte. Kristina lag wach und sah sie an.
Den ganzen Tag war sie mit dem Mädchen zusammen gewesen. Von Sonnenaufgang bis Sonnenuntergang. Das Mädchen war in der Hütte geblieben und hatte gewartet, als Kristina zum Kajak hinuntergegangen war. Sie hatte zugehört, als Kristina ihr von ihren Funden in den Schachteln erzählte, und offensichtlich alles verstanden. Sie hatte im Kajak auf ihrem Schoß gesessen, sie war ihr auf den Rehpfaden gefolgt. Sie hatte

Kristinas Essen gegessen. Sie hatte sich kämmen lassen. War neben Kristina auf das Lager aus Decken gekrochen. Hatte Kristina mit großen schwarzen Augen angesehen. Ihr zugelacht. Aber kein Wort – kein einziges Wort – hatte sie den ganzen Tag von sich gegeben.

In den nächsten Tagen blieben sie im Haus. Das Wetter war schön, das Meer ruhig, aber draußen war großer Lärm. Motorboote fuhren um die Inseln herum, und Menschen riefen und schrien sich von den Booten aus etwas zu. Ein Hubschrauber kreiste in niedriger Höhe. Er machte einen ohrenbetäubenden Lärm und kräuselte die stille Meeresoberfläche zu flirrenden, unruhigen Mustern.
Kristina verkehrte wieder einmal ihren Tagesrhythmus. Wenn die Sonne hoch am Himmel stand, schliefen sie beide auf dem Stapel aus alten Decken. Wenn die Sonne unterging, standen sie auf. Kristina machte etwas zu essen und beschäftigte sich in der Hütte, und in der Dämmerung gingen sie dann hinaus.
Sie wanderten an den Stränden entlang und über die Klippen. Die Sommernacht war hell genug. Sie paddelten in den Fjord hinein, die langen Fahrten nach draußen mußten noch warten. Müde von den nächtlichen Wanderungen saßen sie dann aneinandergelehnt auf einer Klippe und sahen, wie der Himmel rosig und neu wurde. Und wenn die ersten Sonnenstrahlen die Vögel in den alten Eichen um die Hütte weckten, zogen sie sich ins Dunkel zurück und kuschelten sich auf die Decken wie zwei zufriedene Nachttiere in ihrer Höhle.

Nach einigen Tagen kehrte draußen wieder Ruhe ein. Die Motorgeräusche auf dem Fjord waren wieder wie vorher. Das Wetter war immer noch klar und beständig. Kristina packte Proviant ein, und ehe die Sonne aufgegangen war, machten sie sich im Kajak auf den Weg, aus der Mündung des Fjords hinaus, an den Inseln vorbei, bis das Meer sich vor ihnen ausbreitete, offen, frei und gewaltig, aber immer noch ruhig. Merkwürdig ruhig. Als befänden sie sich auf einem fernen Saragossameer und nicht im windigen Bohuslän. Das Mädchen schaukelte mit in Kristinas paddelnden Bewegungen. Den stummen Mund an ihrer pochenden Brust. Der schwarze Kopf, der die Sicht begrenzte. Die Bürde, die sie von nun an immer tragen mußte.

Sie hatte sich bereits daran gewöhnt. Wenn das Mädchen im Schlaf von ihr wegrollte, wachte Kristina auf und war unruhig. Sie suchte mit der Hand, ohne zu wissen, was sie suchte. Schlief wieder ein, wenn sie den warmen Körper fand.

Sie fuhren an den Eiderenten vorbei, die auf den flachen Klippen schliefen, zusammengerollt wie braune Katzen im Dämmerungsdunkel, und erreichten dann die äußersten Schären, die so klein sind, daß keine Boote anlegen. Für Bootsmenschen sind sie nur ein paar Felsen, die aus dem Meer ragen, mit einer heimtückischen Umgebung aus unsichtbaren Unterwasserklippen, ein gefürchteter Grund, von dem man sich möglichst fernhält. Nach einer langen sonnigen und windstillen Zeit war der Wasserstand niedrig, und man sah soviel wie sonst nie von der Schäre über das Wasser ragen.

Kristina ließ das Kajak langsam über die wogenden

Tangwälder gleiten. Das Mädchen hing an ihrem einen Arm und blickte in die Unterwasserwelt. Sie sah etwas da unten, einen Fisch oder eine Krabbe, lachte und warf sich plötzlich zur Seite, um besser sehen zu können. Kristina spürte die Muskelspannung im Körper des Mädchens und ihre fest drückenden Arme, da kenterte das Kajak. Im nächsten Moment war sie unter Wasser. Das Mädchen hatte beim Fallen losgelassen. Kristina sah den Tang unter sich, das Wasser war etwa einen Meter tief – und sie konnte stehen. Aber der Grund war uneben, der Tang glatt. Sie rutschte aus, und immer wieder tauchte sie unter und schluckte Wasser. Die ganze Zeit tastete sie nach dem Mädchen, das irgendwo in der Nähe sein mußte.

Als sie auf die Füße kam, war das Mädchen nicht da. Ihre Brust schnürte sich zusammen. Sie tauchte und hielt die Augen unter Wasser offen. Alles, was sie sehen konnte, waren diese Wälder aus senfgelbem Tang. Sie kam wieder an die Oberfläche. Da entdeckte sie das Mädchen. Mit Händen und Füßen strampelnd, schwamm sie zur Schäre. Als sie dort war, krabbelte sie vorsichtig den glatten Felsen hinauf. Kristina kam mit dem Kajak hinterher. Sie hob es hoch, leerte das Wasser aus und ließ es zwischen zwei Steinen am Ufer.

Das Mädchen saß auf dem Felsen, glänzend vom Wasser wie ein Nerz. Sie schüttelte den Kopf, daß die Wassertropfen aus den Zöpfchen flogen. Aber sie weinte nicht. Sie zog sich den nassen Velouroverall und das Unterhöschen aus. Kristina wrang beides aus und legte es zum Trocknen auf die Steine. Es war gut zu wissen, daß das Mädchen schwimmen konnte. Also konnten sie auf der Schäre auf Entdeckungsreise gehen. Natürlich waren sie von Vögeln umringt, aber die waren nicht so aggressiv wie sonst. Sie machten nicht diese Sturzflüge mit offenen Schnäbeln, die Kristina am Anfang so erschreckt hatten. Jetzt schienen sie nur neugierig zu sein, nicht bedrohlich. Sie kreisten vor allem um das Mädchen, und Kristina hielt sich bereit, sie zu trösten, falls sie Angst bekommen sollte.

Aber das Mädchen zeigte keinerlei Anzeichen von Angst. Im Gegenteil, es schien ihr zu gefallen. Ganz nackt stand sie zwischen den wirbelnden Vögeln. Ihre dunkle Haut und die weißen Federn glitzerten in der Sonne um die Wette. Sie streckte die Hände nach den Flügeln aus und lachte, wenn sie ihre Finger berührten. Dann lief sie über die runden Steine, und die Vögel folgten ihr, sie lief im Kreis, im Zickzack, schneller, langsamer, sie gluckste vor Vergnügen, und die ganze Zeit folgten ihr die Vögel. Sie schienen ein Spiel zu spielen, die Vögel und sie.

Als sie ihren aufgeweichten Proviant aßen, warf das Mädchen den Vögeln Brotkrumen zu, und sie fingen sie in der Luft auf. Sie legte ein Stück Brot auf ihren Kopf. Eine Seeschwalbe ließ sich dort nieder, aß vom Brot und blieb dann sitzen, die roten Füße im schwarzen Haar. Sie blinzelte mit ihren Glasperlenaugen, und statt eines Schreis gab sie ein sanftes Gurren von sich. Das Mädchen saß still, mit geschlossenen Augen und einem nach innen gerichteten Lächeln.

Kristina hatte noch nie gesehen, daß Vögel sich so verhalten. Sie konnte kaum glauben, was sie sah.

Zunächst hatte sie sich nicht klargemacht, warum das Mädchen ihr Geheimnis bleiben mußte. Es war ein intuitives Gefühl gewesen, von Anfang an, von dem Moment an, als die Kleine aus dem Zelt kroch und in den Sand pinkelte. Das Mädchen gehörte nicht zu den Menschen in den Zelten. Sie gehörte nicht zu den Leuten in den Sportbooten und nicht zu denen im Laden, den gaffenden, aufdringlichen Klatschmäulern. Kristina traf notgedrungen hin und wieder beim Einkaufen mit ihnen zusammen, aber sie verließ sie so schnell wie möglich wieder. Nein, die Kleine gehörte in die andere Welt. Zu den Rehen, den Vögeln, den Muscheln, den Knochenstücken. Dessen war sich Kristina vollkommen sicher, nachdem sie die Seeschwalbe in den Haaren des Mädchens gesehen hatte.
Ansonsten war ja ihre Stummheit das allerbeste Zeichen. Daß sie sich vom Gerede abgewandt hatte. Sich anders ausgerichtet hatte.
Kristina vermied es, das Mädchen mit Worten anzusprechen, was auch meist nicht nötig war. Sie tauschten Blicke, berührten Dinge und sich gegenseitig. Es war nicht schwer zu verstehen, was die andere wollte. Wenn sie einander riefen, verwendeten sie einen schnalzenden Laut. Das Mädchen hatte damit begonnen. Wenn sie etwas Schönes gefunden hatte, das sie Kristina zeigen wollte, machte sie einen leisen, knallenden Laut mit der Zunge, wie ein Eichhörnchen. Es klang eifrig, zufrieden und lockend zugleich. Kristina versuchte es nachzumachen. Es fiel ihr schwer, den Laut hervorzubringen, aber sie fand ihre eigene Variante, und das Mädchen hörte darauf.
Kristina wußte, daß die stumme und die gesprächige

Welt auseinandergehalten werden mußten. Deshalb zeigte sie nur selten jemandem ihre Sachen. Die stumme Welt zog sich rasch zurück, wenn die gesprächige sich näherte. Alles, was der stummen Welt angehörte, mußte geschützt werden.
Wenn sie zum Laden radelte oder paddelte, ließ sie das Mädchen zu Hause. Sie wußte, wie die Frauen an der Kasse zu Kindern sein konnten. Wie sie sich aufdrängten, ihre Haare anfaßten, ihnen Süßigkeiten in den Mund steckten. Ihr dunkles kleines Mädchen würde das nicht ausstehen können. Es würden vielleicht Fragen gestellt werden. Möglicherweise müßte sie jemandem an einem Schreibtisch gegenübersitzen. Die Sozialarbeiterin würde wieder vorbeikommen, sie würde wieder beobachtet werden. Nein, sie wollte das Mädchen für sich behalten.
Bevor sie zum Laden fuhr, zeigte sie auf der Wanduhr, wann sie wieder zurück sein würde, aber das Mädchen war natürlich noch zu klein, um das zu verstehen. Kristina beeilte sich, so gut es ging, und war immer besorgt, daß der Kleinen etwas passieren konnte, während sie weg war. Sie hatte einen großen Stein auf den Brunnendeckel gerollt und dort Messer, Werkzeug und Streichhölzer versteckt. Aber es passierte nie etwas, außer, daß das Mädchen einschlief. Wenn Kristina mit ihrem vollbepackten Rucksack nach Hause kam, fand sie die Kleine oft friedlich schlummernd auf den Decken, mit einem Fund aus den Schachteln neben sich.
Eines Tages hatte sie einen Stift gefunden. Als Kristina vom Einkaufen zurückkam, saß sie auf den Decken und kritzelte an die Wand: jede Menge winzigkleiner

Vögel. Als sie merkte, daß Kristina nicht böse wurde, arbeitete sie weiter an ihrem Werk. Ab und zu, wenn Kristina an ihren Sachen arbeitete oder etwas zu erledigen hatte, nahm das Mädchen den Stift und zeichnete Vögel an die Wände.

Das Mädchen hatte ein spezielles Verhältnis zu Vögeln. Und genau wie Kristina konnte sie in der Dunkelheit Kontakt zu den Rehen finden, sich den Hasen nähern, ohne sie zu verscheuchen, und sie brachte den sonst so scheuen Fuchs dazu, sich zu zeigen. Die Vögel aber schienen ihr am nächsten zu sein. Wenn sie zu den äußersten Inseln kamen, scharten sich alle um sie, und in ihren Schreien war ein Ton von Jubel und Freude, wie ihn Kristina nie gehört hatte, wenn sie allein dort war.

Die Vögel saßen auf den ausgestreckten Armen und Händen der Kleinen. Sie konnte sie ganz nah an ihr Gesicht halten, und dabei entströmten ihren Lippen Laute, die so merkwürdig waren, daß Kristina kaum glauben mochte, daß ein Mensch sie hervorbrachte, Laute, die nicht im Mund geformt zu werden schienen, sondern weiter unten, in der Brust, irgendwo tief im Innern, und die dann wie ein Wind herausströmten. Und der Vogel hörte ihr zu, saß ganz ruhig da, mit schräggelegtem Kopf und Augen wie schwarzen Tropfen.

Kristina wusch den braunen Overall des Mädchens zusammen mit ihren Sachen in der großen Wanne und hängte ihn auf die Wäscheleine zwischen dem Apfelbaum und der Eberesche. Das warme, sonnige Wetter hielt an, und die Kleider waren immer trocken, wenn

es Zeit für eine Paddeltour oder einen Spaziergang in der Dämmerung wurde.
Manchmal badete sie auch das Mädchen in der Wanne. Besonders die Füße waren sehr schmutzig.
Das Mädchen hatte keine Schuhe angehabt. Sie war barfuß gewesen, als sie aus dem Zelt kroch. Kristina hatte überlegt, ob sie ein Paar Kinderschuhe kaufen sollte, hatte aber keine Ahnung, welche Größe sie hätte nehmen müssen. Aber das Mädchen kam offenbar gut ohne Schuhe zurecht, und so verschob sie das Problem auf den Herbst.
Kristina fand, daß sie sich in einer aufsteigenden Glücksspirale befand, die sie fast beängstigte. Wo würde das enden? Alles hatte begonnen, als sie die Hütte hier draußen bekam. Und als sie dann die Stimmen in den Dingen entdeckte und mit der Arbeit an ihren Objekte anfing, war es noch ein Stück weitergegangen. Dann kam das Kajak wie ein weißer Pfeil und schleuderte sie noch höher. Und jetzt das Mädchen! Sie stieg immer höher in einem Turm aus Glas und Licht.

Dann, eines Morgens, geschah etwas. Ein Hauch von Kälte. Ein Schatten. Er war noch weit von Kristina entfernt, aber er näherte sich. Es war ein unangenehmes, aber wohlbekanntes Gefühl. In der ersten Zeit in der Hütte hatten die Schatten sie oft gejagt. Sie hatte immer noch ihre Tabletten und wußte, daß sie halfen. Sie bewirkten, daß die Schatten sich zurückzogen. Und doch verabscheute sie die Pillen und vermied sie so lange wie möglich. Sie beeinträchtigten ihre Sinne, zerstörten ihre Instinkte. Sie schützten sie vor den Schatten, aber sie trennten sie auch von der Natur, von

ihren nächtlichen Träumen, von den flüsternden Stimmen in Muscheln und Federn.
Schließlich nahm sie sie doch. Sie wollte nicht das Risiko eingehen, wieder ein Schattenwesen zu werden, eine, die sich einschloß und das Gesicht hinter Masken verbarg. Das Mädchen sollte sie so nicht sehen.

Sie paddelten in der Morgendämmerung in den Fjord hinein und eine leichte Brise malte matte Muster aufs Wasser. Es war nur eine Brise, kein richtiger Wind, aber sie reichte, daß man sich nicht im Kajak ins offene Wasser begab.
Sie folgten der Küste. Entlang der kargen Heidelandschaft mit Felsen und Erika, hin und wieder durchbrochen von Schluchten, in denen sich die ganze Fruchtbarkeit zu konzentrieren schien. Ein dschungelähnliches Grün erfüllte sie, und die Kronen der Bäume quollen über die grauen Felsen, als ob der Druck von unten zu groß geworden und die Vegetation übergekocht wäre.
Die Küste wurde steiler, und die Felsen bekamen eine dunklere Farbe. Hohe, senkrechte Felswände erhoben sich aus dem grauen Fjord wie die Mauern der uneinnehmbaren Burg eines Zauberers. Das Mädchen legte den Kopf in den Nacken und sah hinauf. Sie hing an Kristinas Oberarm und hinderte sie am Paddeln. Kristina ließ das Paddel ruhen und sah auch hinauf. Der Fels war schwarz und weiß, hier und da wellig geädert. Auf einem Absatz hoch oben saßen ein paar Seeschwalben. Eine Holzkeule ragte aus der Wand.
Kristina setzte das Mädchen wieder richtig hin und

paddelte weiter. Ein großer, fast quadratischer Felsblock vor der Wand zwang sie zu einer Kursänderung. Hinter dem Felsblock wurde ein kleiner Strand sichtbar. Hier gingen sie an Land und zogen das Kajak hoch, aus dem Kristina jetzt zwei Körbe holte. Das Mädchen hatte nun einen eigenen. Mit den Körben am Arm machten sie sich auf die Suche.

Kristina konnte sich nicht erinnern, hier je an Land gegangen zu sein. Es war ein Ort, den sie im Gedächtnis behalten hätte. Die senkrechte, schwarze Wand und daneben die geometrischen Blöcke mit scharfen Kanten. Sie lagen neben der Wand, kreuz und quer, manche hochkant, als wären sie mitten in ihrer rollenden Bewegung aufgehalten worden. Sie schienen aus einer anderen Steinart als die schwarze Wand zu bestehen. Eine große braune Bruchstelle hoch oben zeigte, wo die Quader gesessen hatten, bevor sie abgestürzt waren. Eine noch nicht verheilte Wunde.

Kristina suchte mit ihren Augen den Boden ab. Ausläufer von Fingerkraut krochen über den Sand, und der Strandkohl breitete seine gummiartigen, von Tau überzogenen Blätter aus. Berge von Muschelschalen bedeckten den Strand.

Das Mädchen drängte sich durch die dicke Wand aus Pflanzen, die den Eingang zu einer Felsspalte verschloß, und verschwand zwischen zwei Wacholderbüschen. Der Korb blieb stecken, er ragte heraus, was merkwürdig aussah, das Mädchen zerrte und zog und bekam ihn schließlich hinein. Kristina spazierte über den Strand. Die Fliegen surrten im schwarzen, von der Sonne getrockneten Tang.

Das Mädchen kam mit ihrem Korb zurück. Kristina

warf einen Blick hinein, er war noch leer. Das Mädchen hob Muscheln und Steine auf, schaute sie an, hielt sie in der Hand, lauschte, wartete, wie sie es Kristina hatte machen sehen. Aber nichts, nein, heute morgen schien nichts zu sprechen. Sie gab auf, ließ den Korb fallen und kletterte gewandt auf einen der Steinblöcke hinauf. Dann auf der anderen Seite wieder herunter und verschwand in einem Felsspalt.

Kristina folgte ihr, um zu sehen, wo sie abgeblieben war. Sie hörte das gedämpfte Lachen des Mädchens wie Vogelgezwitscher unter den Steinen und dann ein schmatzendes Geräusch, laut und eifrig.

Als sie nach Hause paddelten, waren die Körbe noch immer leer, aber Kristina wußte, daß sie den schönsten Schatz des Sommers gefunden hatten. Jetzt hatten sie eine Freistatt, einen kühlen Unterschlupf, wo sie vor der Sonne und den Menschen geschützt waren. Und wenn sie nun draußen bei den Schären waren, paddelten sie hierher, oder sie kamen über Land, indem sie über die Berge wanderten.

Sie krochen durch den natürlich geschaffenen Gang, unter den Steinblöcken entlang, den Fels hinauf bis zu einer Stelle, wo der Untergrund flach wurde und der Gang endete. Diesen Platz polsterten sie mit Farnen und Daunen aus und bauten sich so ein Nest.

In ihm war es wie in einer eigenen Welt, der Fels war warm, braunrot, wie altes Gold. Die Sonne drang durch die Ritzen zwischen den Steinen.

Der Aufstieg war steil, und an einer Stelle mußte Kristina durch einen engen Spalt robben. Sie hatte, wenn sie die Tabletten nahm, nicht ihre normale Gewandtheit und Kraft. Wenn sie neben dem Mädchen auf das

Daunenbett sank, war sie erschöpft, Hände und Knie waren aufgekratzt.
Sie lagen da und scherzten und spielten, ohne Worte zu machen, schnappten sich leicht, kitzelten sich, bliesen einander auf die Haut. Durch eine Öffnung zwischen zwei Steinblöcken konnten sie sehen, wie die schwarze Felswand ins Meer stürzte. Manchmal lagen sie lange still nebeneinander und sahen zu, wie sich die Seeschwalben auf den schmalen Felsabsätzen niederließen.
Allmählich wurden sie müde. Kristina legte den Arm um das Mädchen, und zum Plätschern der Wellen und dem Schreien der Seeschwalben glitten sie in einen gemeinsamen Mittagsschlaf. Sie schliefen ein paar Stunden, eng aneinandergeschmiegt, und wenn die Sonne unterzugehen begann, machten sie sich auf den Heimweg.

Ulrika

Ich träumte, ich stand bei Gattmanns auf der Veranda und schaute durchs Fenster. Draußen war es dunkel und kühl. Drinnen brannte die Jugendstillampe über dem Eßtisch, und in deren warmem Lichtkreis sah ich Anders und Åse zusammen mit Jonatan, Max und der kleinen Hedda zu Abend essen. Hedda saß in einem hohen Kinderstuhl, und Åse fütterte sie mit Stückchen einer dicken Scheibe Brot. Anders saß auf der anderen Seite von ihr, die Jungen mit dem Rücken zu mir. Es roch bis hinaus auf die Veranda nach frisch gebackenem Brot.

Ich klopfte an die Scheibe, aber sie schienen nichts zu merken. Da spürte ich, wie der Boden von schweren Schritten, die näher kamen, vibrierte, und klopfte fester ans Fenster.

Anders stand auf, beugte sich über den Tisch und schaute mich erstaunt an. Åse legte ihre Hand auf seinen Unterarm und hielt ihn fest. Die andere Hand hielt sie über Heddas Augen, wie um sie vor einem schrecklichen Anblick zu schützen. Die schweren Schritte waren dicht hinter mir auf dem Holzboden der Veranda zu hören. Die Jungen drehten sich zu mir um. Sie sahen zuerst mich an, dann etwas hinter mir, erstaunt und erschrocken. Ich schloß die Augen und hielt mich mit aller Kraft am Fensterblech fest.

Als ich aufwachte, dauerte es eine Weile, bis ich wußte, wo ich war. Mir kam es vor, als wachte ich aus einem Traum auf, und mußte feststellen, in einem anderen Traum zu sein.

Es war dunkel. Das Fenster im Zimmer befand sich an der falschen Stelle. Ich sah das andere Bett an der gegenüberliegenden Wand und wußte nun wieder, daß ich in Gattmanns Haus war. Ich war gegen fünf in Anne-Maries altes Bett gekrochen, und nun mußte es Abend sein. Ich war unglaublich verwirrt.
Ich konnte jetzt nicht nach Hause fahren. Was für eine wahnsinnige Idee, hier einzudringen! Überhaupt hierher zu fahren. Am besten wäre es, wieder einzuschlafen und dann nach Hause zu fahren, wenn es wieder hell geworden war.
Aber ich konnte nicht wieder einschlafen. Es war kalt im Zimmer. Ich stand auf und fror schrecklich, als ich die Decke zurückschlug. Plötzlich wußte ich, was mich so verwirrt hatte, als ich aufwachte. Der Duft nach frischgebackenem Brot aus dem Traum war noch immer da!
Ich zog Schuhe und Jacke an, ging aus dem Zimmer und die steile Treppe hinunter.
Im oberen Flur, in Sigrids und Tors Stockwerk, blieb ich stehen. Ja, es roch wirklich nach frisch gebackenem Brot. Und ich hörte ein Geräusch, das schwach und schwer zu identifizieren war. Wie die Tropfen eines schwachen Regens. Oder das trippelnde, raschelnde Geräusch von Mäusefüßen.
Stufe für Stufe ging ich die Treppe hinunter. Manchmal verstummte das Geräusch, und wenn ich selbst einen Moment stehenblieb – wartend, lauschend –, dann fing es wieder an. Schnell. Langsam. Schnell. Mir war klar, daß dieses Geräusch weder vom Regen noch von Mäusen stammte. Die Geräusche der Natur klingen nicht so. Die Natur ist zielgerichteter, zögert nicht. Dieses

Davonlaufen und Innehalten, Vortasten und wieder Weiterlaufen konnte nur von einem Menschen stammen. Ich ging durch den unteren Flur. In der Küche und im Wohnzimmer war es vollkommen dunkel. Das Geräusch kam aus dem Zimmer von Karin und Åke. Ich näherte mich ihm und blieb in der Türöffnung stehen. Ich betrachtete den Ursprung dieses merkwürdigen Geräuschs. Ich erstaunte, daß ich es nicht schon früher erkannt hatte, es war nämlich ein Geräusch, das ich selbst oft hervorbringe.
Das diskrete, unregelmäßige Prasseln kam von der Tastatur eines tragbaren Computers.
Bis auf das mondscheinartige Licht vom Bildschirm war das Zimmer dunkel, und der Mann, der schrieb, saß mit dem Rücken zu mir. Er machte wieder eine Pause, drehte sich um und sah mich.
Ich verstehe seine Reaktion voll und ganz. Er zuckte zusammen, heftig und krampfartig, als hätte er eine ganze Reihe von Stromschlägen bekommen, und so sagte ich ganz schnell:
»Ich bin es nur.«
Ich suchte nach dem Lichtschalter und fand ihn.
»Was zum Teufel«, sagte der Mann, als die Lampe ihr Licht auf uns warf.
Da erkannte ich ihn. Er trug eine Brille mit schmalem, ovalem Gestell, und seine Haare waren grau – lustig grau. Als ob eine Schicht matten, feinen Staubs sich auf den blonden Kopf gelegt hätte. Ich hatte das Gefühl, als könnte ich mich vorbeugen und den Staub wegpusten. Ansonsten sah er aus wie früher. Dunkle Augenbrauen, eine frische, bräunliche Gesichtsfarbe. Etwas schwerere, markantere Gesichtszüge.

»Jens«, sagte ich. »Ich weiß nicht, was ich sagen soll. Ich bitte vielmals um Verzeihung.«
Er zuckte zusammen, als ich seinen Namen sagte. Er hatte mich noch nicht erkannt. Und wie auch? Als wir uns das letzte Mal sahen, war ich fünfzehn. Jetzt war ich neununddreißig. Für mich war es leicht zu erraten, daß der Mann, der sich in diesem Haus befand, Jens sein konnte, schließlich hatte er einmal hier gewohnt. Für ihn war es ungleich schwieriger, herauszufinden, daß eine Fremde, die plötzlich die Treppe herunterkam, das Nachbarsmädchen sein konnte, das vor fünfundzwanzig Jahren hier zu Gast war.
Ich ließ ihm ein wenig Zeit. Aber er erkannte mich noch immer nicht. Das verletzte mich, ich weiß eigentlich nicht, warum. Weil ich älter geworden war? Daß ich ihm so wenig bedeutet hatte? Nein, ich weiß nicht, warum es mich verletzte. Es war doch völlig natürlich, daß er mich nicht erkannte.
Also mußte ich ihm erzählen, wer ich war. Und es reichte nicht der Name – mein Vor-und Nachname –, ich mußte ihn auch an das Sommerhaus erinnern, in dem meine Familie gewohnt hatte, daß ich Anne-Maries Sommerfreundin war, daß ich im Sommer 1972 bei ihnen gewohnt hatte. Den Schlafsack auf Kannholmen erwähnte ich nicht, ein wenig durfte er noch selbst nachdenken.
Er nickte langsam. Jetzt wußte er, wer ich war. Aber er hatte immer noch Angst vor mir und beobachtete mich die ganze Zeit aufmerksam. Als ob ich eine Wahnsinnige wäre, die etwas Gefährliches machen konnte, kaum daß man ihr den Rücken zuwandte.
»Es tut mir leid, daß ich dich erschreckt habe. Ich weiß

nicht, warum ich mich so schlecht benommen habe. Es war eine Art Eingebung, hierherzufahren. Ich habe den Reserveschlüssel aus der Muschel unter der Veranda genommen. Hier drinnen habe ich nichts angefaßt. Ich wollte mich nur umsehen, und dann wurde ich so wahnsinnig müde. Ich war gestern abend sehr lange auf. Ich habe mich in Anne-Maries altes Bett gelegt und bin eingeschlafen.«

Jetzt entspannte er sich ein wenig.

»Du hast dich in Anne-Maries altes Bett gelegt?«

Er schaute zu Boden, kratzte sich am Kinn, und als er wieder hochsah, waren seine Gesichtszüge etwas weicher. So etwas wie ein Lächeln lag in seinen Mundwinkeln.

»Hast du erst noch andere Betten ausprobiert? Wie Schneewittchen? Wir haben darüber einmal einen Werbefilm gemacht.«

»War das der Film für das Bett? Erst ein hartes Holzbett, dann ein weiches, in dem man fast verschwindet, und dann endlich ein richtiges?«

»Hast du ihn gesehen?«

»Ja. War ziemlich lustig.«

»Meine Idee.«

»Du arbeitest also in der Werbung?«

»Ja. Möchtest du Tee? Ich habe Brot gebacken. Ich glaube, es ist jetzt nicht mehr heiß.«

Jens machte Tee, und ich saß am Küchentisch und schaute ihm zu. Er trug Jeans und einen marineblauen Strickpullover mit Kragen – er sah aus wie ein Second-Hand-Fund aus den vierziger Jahren, war jedoch wohl etwas viel Exklusiveres. Die ovale Brille mit dem roten

Gestell hatte er gegen eine mit kreisrundem, orangefarbenem Gestell getauscht. Er redete entspannt und unterhaltsam, während er mit Wasserkessel und Teetassen hantierte. Ab und zu warf er mir einen raschen Blick über die Schulter zu. Er besaß eine Art professionelle Freundlichkeit, sanft, aber kühl und unverbindlich. Ich beneide Leute, die so nett sein können! Ich selbst bin wie eine Muschel – hart und verschlossen, bis jemand mich aufbricht und der ganze Schleim herauskommt. Klatsch! Das ist nun wirklich nicht nett.
Auf dem Tisch standen zwei Kerzen in Zinnleuchtern. Jens zündete sie an, löschte die Deckenlampe, setzte sich an den Tisch und schenkte uns Tee ein. Ich strich Butter auf eine Brotscheibe und zögerte einen Moment, bevor ich sie in den Mund steckte – das mache ich oft, wenn ich bei fremden Leuten esse. Als Kind wollte ich nie etwas essen, wenn wir eingeladen waren. Weder Kuchen, Eis noch Torte. Ich galt als verwöhnt, und meine Mutter schämte sich für mich. Jetzt weiß ich, daß meine Reaktion natürlich ist. Das Essen fremder Menschen zu sich zu nehmen ist eine ernste Angelegenheit. Wenn deren Essen in meinen Magen gelangt, haben sie Macht über mich. Essen heißt: sich ausliefern. Deshalb haben sich Bergverschleppte auch oft geweigert, das Essen der Trolle zu essen, ganz egal wie hungrig sie waren.
»Das Haus gehört euch also noch?« sagte ich.
Das Brot war noch warm, ein bißchen teigig in der Mitte und sehr gut.
»Es gehört meiner Mutter. Aber sie ist nie hier. Sie wohnt auf Gotland. Sie ist in ein Kloster gegangen,

könnte man sagen. Aber heute nennt man das offenbar nicht mehr so. Sie spricht von Kommunität oder so. Sie wohnt mit sieben anderen katholischen Frauen auf einem Hof, wo sie Schafe züchten und Gemüse anbauen. Ich habe sie seit einigen Jahren nicht mehr gesehen. Sie will nicht, daß man sie besucht. Aber wir telefonieren ab und zu. Ich glaube, es geht ihr ganz gut. Sie klingt fröhlich, wie schon seit Jahren nicht mehr.«

»Und Åke? Wo wohnt er?«

»Åke ist tot.«

»Ich habe gelesen, daß er einen Herzanfall hatte«, sagte ich.

Ich erinnerte mich an eine Schlagzeile und an ein Foto von einem mageren Åke und einer Frau mit einer blondierten, etwas billigen Frisur.

»Den hat er überlebt. Es ist ein Jammer, daß er damals nicht gestorben ist. Ja, wirklich. Da hat man ihn noch respektiert. Er hätte schöne Nachrufe bekommen, und die Kulturpromis wären gefragt worden: Was fällt euch zu Åke Gattmann ein? Und es wären ihnen nur freundliche Sachen eingefallen. Niemand hätte gesagt, daß es schon Jahre her war, seit er etwas veröffentlicht hatte. Er war ja so unglaublich produktiv gewesen, und man hätte wohl geschrieben, daß er mitten in einer kreativen Pause gestorben wäre.

Aber er wurde gerettet. Mona, mit der er zusammen wohnte, fand ihn auf der Toilette und brachte ihn ins Krankenhaus, wo sie ihn wieder auf die Beine bekommen haben. In den Zeitungen behauptete er, er sei schon auf der anderen Seite gewesen und wiedererweckt worden. Ich glaube, da hat er dramatisiert. Aber ich habe oft darüber nachgedacht, ob Mona es nicht bereut hat, daß sie ihn wieder reanimiert haben. Er hat sich zu Tode gesoffen, und als sie schließlich nicht mehr konnte, gab es keinen Boden mehr für ihn. Keine trockenen Perioden mehr. Immer nur abwärts. Eine winzige Sozialwohnung. Und dann das auch nicht mehr. Die Straße. Er ist 1989 erfroren. Kannst du dir das vorstellen? Mein Vater war Penner geworden. Das erfuhren wir allerdings erst durch den Totenschein. Wir hatten in den letzten Jahren keinerlei Kontakt mit ihm, weder ich, meine Mutter noch meine Geschwister.«

Ich versuchte, mir Åke Gattmann als Penner vorzustellen. Zu meiner Überraschung war das nicht allzu schwer. Ich stellte mir das rosige Gesicht noch rosiger vor, rotgeschwollen und unrasiert, und die blonden, zerzausten Haare noch zerzauster, grau und verfilzt. Dieses etwas angeberische Gehabe, das er an sich hatte, diese Großspurigkeit, die ich für Selbstvertrauen gehalten habe – das habe ich oft bei Alkoholikern erlebt. »Ich bin wer, ich bin nicht so beschissen, wie ich aussehe.« Die reine Selbstbehauptung. Und plötzlich kam mir der Gedanke, daß ich ihn sehr wohl gesehen haben konnte. Auf einer Bank im Brunnspark oder so. Ein ungepflegtes, stinkendes Etwas, an dem ich mit raschen Schritten vorübergeeilt war. Åke Gattmann. Guter Gott.

»Und wer kümmert sich jetzt um das Haus?« fragte ich. »Es ist ja sehr gut gepflegt.«

»Eva und ihr Mann. Sie arbeiten beide in einer Volkshochschule in Småland, aber sie sind jeden Sommer ein paar Wochen hier und machen und tun. Und Lis und Stefan kommen hin und wieder auch übers Wochen-

ende, sie haben ja ein eigenes Sommerhaus in Koster. Und eine große Familie mit vier Kindern. Sie haben so viel Zeit nicht. Soll ich noch Brot aufschneiden?«
»Ja, gern. Es schmeckt wunderbar.«
Er nahm eine Kerze mit zur Spüle, um etwas zu sehen. Sein riesiger Schatten bewegte sich über die blauen Schranktüren.
»Ich mußte backen. Ohne Auto komme ich nicht bis zum Laden.«
»Und Anne-Marie?«
»Anne-Marie lebt in den USA. Sie ist zehn, zwölf Jahre nicht in Schweden gewesen. Es gefällt ihr hier nicht mehr. Nein, das Haus steht meistens leer.«
»Merkwürdig, daß es so gut erhalten ist. Der Stoff auf dem Sofa ist wohl noch der gleiche wie damals? Er ist fast nicht zerschlissen. Es muß beste Qualität gewesen sein.«
»Wohl eher, weil nie jemand darauf sitzt.«
Er stellte die Kerze und den Korb mit dem aufgeschnittenen Brot auf den Tisch. Dann holte er eine Flasche und zwei Weingläser aus einem Schrank im Dunkeln. Er schlitzte die Metallhülse auf und drehte den Korkenzieher rasch hinein. »Irgendwie ein bißchen schade«, sagte er mit aufeinandergepreßten Zähnen und zog den Korken heraus.
»Ihr habt nie darüber nachgedacht, es zu verkaufen? Oder es zu vermieten?«
Er schüttelte den Kopf und lächelte vor sich hin. Ohne zu fragen, schenkte er zwei Gläser ein.
»Nein. Mutter hat nie ein Wort darüber verloren. Manchmal frage ich mich, ob sie überhaupt noch weiß, daß sie ein Haus in Tångevik hat. Sie ist bestimmt seit

zwanzig Jahren nicht hier gewesen. Der Sommer 1972, als du hier gewohnt hast – das war der letzte Sommer, in dem wir alle hier waren.«

Ich nippte am Wein.

»Ich habe mich so oft gefragt: Was ist aus Maja geworden? Hat sie je sprechen gelernt?«

Jens schüttelte den Kopf,

»Nein. Nie. Meine Eltern ließen sich scheiden, wie du weißt. Vater wohnte in Göteborg. Er zog mit Mona zusammen, zog wieder aus und wieder ein, viele Umzüge und viele Frauen, aber zu Mona kehrte er immer wieder zurück. Bis auch das zu Ende ging und nur noch der Alkohol zählte. Mutter hatte das Sorgerecht für Maja, und plötzlich war Maja ihr einziges Kind. Anne-Marie verschwand in die USA und blieb dort, Eva und Lis begannen schon ihr Erwachsenenleben zu leben. Ich blieb noch ein Jahr, bis ich mit dem Gymnasium fertig war, einen Studienkredit aufnehmen und auf eigenen Beinen stehen konnte. Nachdem ich ausgezogen war, wurde das Haus in Bromma viel zu groß für Mutter und Maja. Sie verkaufte es, zog in eine Wohnung auf Kungsholmen, kündigte bei Dagens Nyheter und ließ sich einen Vertrag als Freie geben. Am Anfang war das kein großer Unterschied, sie hatte immer viel zu Hause gearbeitet. Aber sie widmete Maja deutlich mehr Zeit als früher. Sie fuhr zu allen möglichen Ärzten mit ihr und bekam schließlich die Diagnose: Autismus. Ich weiß nicht, ob die wirklich richtig war, aber Maja war zweifellos nicht normal, und irgendwie mußte man die Sache schließlich benennen.

Maja beanspruchte immer mehr von Mutters Zeit. Sie bekam einen Zuschuß von der Krankenkasse, weil sie

Maja versorgte und deshalb weniger schreiben konnte. DN interessierte sie auch nicht mehr besonders. Sie schrieb immer mehr über Religion, und solange es um Buddhismus und primitive Religionen ging, war das okay, aber als sie sich aufs Christentum spezialisierte, bekamen sie genug. Ihr Vertrag mit DN lief aus, und so suchte sie Kontakt zu christlichen Zeitschriften. Die waren weniger großzügig, und ihr Lebensstandard verschlechterte sich. Aber das war ihr, glaube ich, ziemlich egal. Sie widmete sich nur Maja und ihren religiösen Grübeleien. Einmal hat sie sich von mir Geld für eine Reise geliehen. Sie und Maja reisten viel in Südeuropa und besuchten Klöster und heilige Orte. Sie waren auf die billigste Art unterwegs, trampten und fuhren mit dem Zug. Beantragten Stipendien. Wohnten in Klöstern und machten Hausarbeit gegen Bezahlung.

Mutter suchte immer noch neue Methoden, mit denen man Maja hätte helfen können. Einmal hoffte sie sehr auf einen Hypnotiseur, der versuchte, Maja in ihre Säuglingszeit im Kinderheim in Bangalore zurückzuführen. Es gelang nicht. Dann versuchte er, sie den Sommer, in dem sie verschwunden war, noch einmal erleben zu lassen. Auch das gelang nicht. Er war noch nie einem Menschen begegnet, der so unempfänglich für Hypnose war.

Als Maja zwölf war, zog Mutter mit ihr nach Varberg. Sie hatte nämlich Kontakt zu einem Arzt gefunden, der sich auf Autismus spezialisiert hatte und in Zusammenarbeit mit dem Krankenhaus in Varberg ein Forschungsprojekt leitete. Mutter glaubte sehr an ihn und kannte ihn gut. Vielleicht hatten sie sogar eine Art Ver-

hältnis miteinander. Er war jedenfalls der Grund dafür, daß sie nach Varberg zog und sich in einer kleinen Zweizimmerwohnung in der Nähe des Krankenhauses niederließ. Doch auch ihm gelang es nicht, irgendwelche sichtbaren Ergebnisse mit Maja zu erreichen, obwohl er daüber in seinen Berichten schrieb. Nach einem Jahr wurde sein Autismusprojekt gestrichen, und er zog in die USA. Er war so ein Karrieretyp, glaube ich. Aber Mutter und Maja blieben noch ein paar Jahre in Varberg. Sie führten wohl ein sehr isoliertes Leben, was aber für beide nicht gut war.
Ein paar Jahre später geriet Mutter in eine Art Krise und landete in der Psychiatrie. Depression mit neurosenähnlichen Symptomen, sagte der Arzt, mit dem ich damals sprach. Währenddessen wohnte Maja in einem Pflegeheim, das über einige Jahre als Entlastung für Mutter fungierte.«
»Wo ist Maja jetzt?« fragte ich.
»Als sie dreiundzwanzig war, kam sie in eine therapeutische Wohngemeinschaft. Da wohnt sie noch. Es geht ihr recht gut, glaube ich. Aber was ist mit dir, Ulrika, wie geht es dir? Was tust du?«
»Ich bin Ethnologin. Befasse mich mit Bergverschleppungsmythen. Geschieden. Zwei Söhne, sechs und neun Jahre. Und du?«
Er lachte.
»Sind wir schon fertig mit dir?«
»Wir können darauf zurückkommen«, sagte ich und trank etwas Wein. »Soweit ich mich erinnere, bist du auf dem naturwissenschaftlichen Zweig gewesen. War das eine gute Voraussetzung für die Werbebranche?«
»Oh ja, weiß Gott. Die Fachkenntnisse habe ich oft

brauchen können. Aber ich dachte damals noch nicht an Werbung, und auch nicht an eine naturwissenschaftliche Karriere. Ich habe das wohl hauptsächlich gemacht, weil es am schwierigsten war. Ich wollte wissen, ob ich es schaffe. Dann habe ich ein Semester Philosophie studiert und bin danach auf die Journalistenschule gegangen. Während dieser Zeit habe ich einen Gedichtband publiziert. Und dank dieses Gedichtbandes wurde ich in einem merkwürdigen Zeitungsartikel erwähnt.«

»Ach ja? Ich wußte nicht, daß du Gedichte geschrieben hast«, sagte ich. Ich staunte, daß mir das entgangen war. Ich machte nämlich immer einen Satz, wenn ich den Namen Gattmann in der Zeitung las. Aber das war vermutlich zu einer Zeit geschehen, wo ich zu sehr mit mir beschäftigt war.

»Das war aber sicher nicht nur wegen des Gedichtbandes, bestimmt eher wegen meines Namens. Jens Gattmann. Der Sohn von Åke Gattmann. Dieser Zeitungsartikel hat mein Schicksal besiegelt, vermute ich.«

»Wieso das?«

»Jemand bei der Zeitung hatte die glänzende Idee, die Elite von morgen zu versammeln. Wem werden wir in Zukunft glauben, wurde gefragt, und dann ging man los und stellte eine Gruppe junger Leute zusammen, die sich auf verschiedensten Gebieten ausgezeichnet hatten. Wir wurden alle in die Redaktion eingeladen, sie organisierten Fahrt und Hotel. Dann steckte man uns zusammen, machte ein Gruppenbild, und sie interviewten uns. Mein Gott, was für eine Truppe!«

Er lachte.

»Es gab da ein blasses dreizehnjähriges Mädchen, das

Symphonien komponierte, aber fast kein Wort herausbrachte. Dann erinnere ich mich an einen aus Dalarna, einen untersetzten kleinen Kerl von neunzehn Jahren, der unser neuer Jussi Björling werden sollte. Er verschränkte dauernd seine Hände auf dem Rücken und klang wie ein Brummbär.

Und dann war da ein unwahrscheinlich selbstsicheres Mädchen, das dem Jugendverband der Liberalen angehörte und überzeugt davon war, die erste weibliche Finanzministerin Schwedens zu werden. Nicht Staatsministerin, Finanzministerin wollte sie werden. Sie hatte nämlich die perfekte Lösung für die ökonomischen Probleme des Landes. Auch für alles andere hatte sie eine perfekte Lösung, und sie parierte alle Einwände schnell und wohlformuliert und mit eiskaltem Lächeln. Man bekam Gänsehaut, wenn man sie hörte.

Und dann – mein Gott, das war wirklich eine unglaubliche Versammlung – war da der neue Stenmark aus Växjö. Er war zehn und fuhr jedes Wochenende in die italienischen Alpen. Er hatte schon mit zwei Jahren auf Skiern gestanden.

Und dann gab es da ein widerliches Mädchen, das ständig die Haare schüttelte, ihre Brust herausdrückte und ganz hinterhältig aussah. Sie hatte in der Schülerorganisation Karriere gemacht und nannte sich eine Feministin. Ich erinnere mich nicht mehr, auf welchem Gebiet sie ganz nach oben wollte.

Ja, und schließlich war natürlich auch so ein kleiner, glatter Verkäufertyp dabei, der seinen Kameraden das Taschengeld abluchste und beim Nachbarn Äpfel klaute und sie einem anderen Nachbarn verkaufte und

der vier Jahre in Folge den ersten Preis beim Verkauf der Weihnachtszeitung gewonnen hatte.
An alle erinnere ich mich nicht. Wir waren fünfzehn. Und ich war also der zukünftige Schriftsteller. Es war alles völlig absurd. Erst das Fotografieren. Wir wurden weit weg zu einer Straßenbaustelle gefahren. Dort mußten wir uns auf eine frisch asphaltierte Straße stellen, die irgendwo zwischen den Feldern verschwand und noch nicht für den Verkehr freigegeben war, und siegessicher in die Kamera schauen. The dream team. Dann wieder zurück in die Redaktion zu Einzelinterviews. Wir mußten in einem Wartezimmer sitzen und glotzten uns gegenseitig an, und dann ging es einzeln zu einem Journalisten. Und dann wurde die Gruppendiskussion aufgezeichnet. Wir sollten miteinander über die Zukunft sprechen, alle fünfzehn. Daraus wurden mehrere verständige und kluge Monologe, denn keiner diskutierte mit jemandem. Abgesehen von dem Feministenmädchen, das sich irgendwie mit dem neuen Jussi Björling stritt und sich beinahe auf ihn gestürzt hätte. Ich verstand gar nicht, warum. Er hatte kaum etwas gesagt und schien so gutmütig. Aber sie fühlte sich von ihm unglaublich provoziert. Er hat wohl eine Art Vaterkomplex in ihr ausgelöst.
Am Abend gab es ein großes Essen in einem gemieteten Festsaal. Da saßen all die kleinen Genies, Klein-Stenmark und Klein-Jussi und die ganze Bande. Wir sollten zwar unter uns sein und uns entspannen, aber die Journalisten konnten sich nicht beherrschen. Sie schauten zur Tür herein und winkten und lachten. Sie wollten wohl etwas von der funkelnden, begabten Tischkonversation aufschnappen, die jetzt ausbrechen

würde. Doch niemand sagte ein Wort. Es war die absolut schweigsamste Mahlzeit, die ich je erlebt habe. Das Liberalenmädchen linste ab und zu hinüber zu den Journalisten, aber als sie merkte, daß niemand ihre weisen Worte dokumentieren würde, fand sie es nicht mehr lohnenswert, den Mund zu öffnen. Das Feministenmädchen schien ihr Pulver verschossen zu haben und sah nur noch müde aus. Wir aßen und kauten, und das Besteck klirrte auf den Tellern. Es gab Truthahn, glaube ich.«

»Jetzt mußt du erzählen, wer das alles war.«

»Wie sie hießen, meinst du? Mein Gott, das weiß ich nicht mehr.«

»Aber war denn niemand dabei, der später berühmt wurde?«

»Niemand. Nicht aus einem dieser fünfzehn wurde später etwas. Auf jeden Fall wurde keiner so berühmt, daß man es erfahren hätte. Ich habe keinen je in den Medien gesehen. Aber wie auch. Zur Elite von morgen ernannt zu werden! Das reicht wohl aus, um einen total runterzuziehen. Mir wurde richtig schlecht, als ich die ganze Gruppe in der Mitte der Zeitung sah und weiter hinten mein eigenes Bild – ernsthafter junger Poet mit schwermütigem Blick unter einem wilden blonden Schopf. Und dann die Präsentation, bei der die Namen meiner Eltern genannt wurden. Und der meines Großvaters auch.«

Er füllte beim Reden unsere Gläser. Die roten Schatten des Weins schaukelten über den Tisch. Vor den Fenstern und der Verandatür war ein kompaktes Dunkel, ohne den geringsten Lichtwechsel.

»Mir wurde von dem Artikel richtig übel«, fuhr Jens

fort. »Ich war im zweiten Semester auf der Journalistenschule und feilte damals an meinem zweiten Gedichtband, aber ich entschied: nein, nie wieder. Nie. Ich verließ die Journalistenschule mitten im Semester, arbeitete bei der Post, und kaum hatte ich ein bißchen was verdient, ging ich ein paar Jahre auf Reisen. Marokko, Indien, Australien, was man so macht.

Einmal blieb ich auf dem Heimweg einen ganzen Tag in Singapur hängen, bis ich einen Platz in einem Flugzeug nach Hause bekam. Weiter schlimm war das nicht, der Flugplatz ist wie eine ganze Stadt, man könnte da sein ganzes Leben verbringen. Ich trieb mich in den verschiedenen Stockwerken herum. Sie machten gerade für irgendein japanisches Auto Reklame. Man sah die Plakate überall, und ich lebte diesen ganzen Tag mit diesen Plakaten. Und ich dachte an all die Menschen, die diese Plakate sahen, die Hunderttausende von Menschen, die hier vorbeiströmten und diesen japanischen Markennamen sahen. Ich lag mit dem Kopf auf meinem Rucksack auf einer Bank und sah die Menschenmenge und die Plakate, und ich dachte darüber nach, wie es wäre, Hunderttausende von Menschen zu beeinflussen, Millionen Menschen. Anstelle der zweihundert, die vielleicht meine Gedichte lasen. Was für eine Macht! Ich beschloß, in der Werbung zu arbeiten, wenn ich wieder zu Hause war. Und das habe ich gemacht. Zwölf Jahre in einem Werbebüro – und seither selbständig.«

»War es so wunderbar, wie du gedacht hast?«

Er beugte sich vor. Die Augen glänzten hinter der runden Brille.

»Besser! Weißt du, Werbung, das war ... verbotene

Frucht! Richtig dirty. Kommerziell. Und das mit dem Beeinflussen, ohne selbst gesehen zu werden, das paßte mir perfekt. Meine Eltern waren prominent gewesen, was mich überhaupt nicht lockte. Ich mag es, anonym durch die Stadt zu gehen und große Plakate mit meiner Idee zu sehen und zu merken, daß alle hinschauen, aber daß niemand mich anschaut.«
»Seither habe ich auch anderes gemacht«, fuhr er fort. »Fürs Fernsehen geschrieben. Comedysketche, Seifenopern. Unternehmensprofile. Alles mögliche. Sogar einen Liedtext für das Schlagerfestival habe ich geschrieben.
Heutzutage ist es ja völlig okay, solche Sachen zu machen. Man ist kein böser Bube mehr. Und irgendwie macht es so weniger Spaß. Ich wurde neulich von einer Studentin interviewt, die eine Arbeit über Geschlechterrollen in Seifenopern schreiben wollte. Ich dachte, sie würde so von oben herab daherkommen, aber so war es nicht. Sie fragte mich nach meinen Arbeitsmethoden, wie ich recherchiere, wie ich Charaktere forme. Und sie hörte genau und ernsthaft zu. Sie behandelte mich respektvoll, fast mit Ehrfurcht. Wie einen alten Meister in einer exklusiven Handwerkerzunft. Und irgendwie hatte sie ja völlig recht. Dennoch irritierte mich das Ganze spürbar. In letzter Zeit habe ich mich danach gesehnt, etwas ganz anderes zu schreiben. Also habe ich mein Notebook genommen und bin hierhergefahren. Mein Frau hat mich abgesetzt, mit einem Vorrat an Lebensmitteln und dem Versprechen, mich am nächsten Montag wieder abzuholen. Sie macht einen Kurs in Kopenhagen.«
»Deshalb habe ich dein Auto nicht gesehen.«

»Ja. Ich bin hier total isoliert«, sagte er mit einem Lachen. »Oder *war* es«, fügte er hinzu.
»Ich störe dich.«
»Nein.«
Er streckte schnell die Hand über den Tisch und ließ sie einen Moment auf meinem Unterarm ruhen.
»Es ist schön, jemanden zum Reden zu haben. Ich fing schon an, verrückt zu werden. Ja, ich dachte schon, ich werde verrückt, als ich nach dem Spaziergang nach Hause kam und merkte, daß die Tür offen war. Und als die Treppe knarrte und du in der Dunkelheit standest, bin ich vor Angst fast gestorben.«
»Das verstehe ich sehr gut«, sagte ich. »Ich schäme mich auch schrecklich. Ich weiß wirklich nicht, warum ich hierhergefahren und dann eingedrungen bin. Ich war vor einer Weile mit meinen beiden Söhnen hier. Ich wollte ihnen die Gegend zeigen. Das Sommerhaus, in dem ich als Kind gewohnt habe, den Strand, an dem ich gebadet habe. Das Haus, in dem meine Freundin gewohnt hat. Du weißt schon. Die beiden Jungen hat das nicht sehr interessiert. Wie die meisten Kinder können sie sich nicht vorstellen, daß ihre Eltern auch einmal Kinder waren. Sie wissen es natürlich, aber sie können es sich nicht vorstellen.«
»Ja, ich weiß«, sagte Jens. »Meine Mutter hat oft davon erzählt, wie sie Kind war. Wenn ich mir sie als Kind vorstellen sollte, sah ich den Kopf meiner erwachsenen Mutter auf dem Körper eines kleinen Mädchens. Das mit dem kleineren Körper konnte ich verstehen, aber ich konnte mir nicht vorstellen, daß sie ein anderes *Gesicht* hatte.«
»Man muß selbst älter werden«, sagte ich. »Die großen

Veränderungen miterleben, die mit dem eigenen Körper und der eigenen Persönlichkeit geschehen, bevor man ernsthaft verstehen kann, daß auch andere sich verändern. Das, was ich meinen Söhnen erzählte, war total abstrakt. »Zum Beispiel hier am Strand habe ich im Sand gebuddelt. Der schwarze Stein war eine Burg, und ich habe einen Wallgraben darum gebaut – und so weiter. Für sie war es bestimmt genauso lustig wie Wikingergräber und Runensteine anzuschauen, könnte ich mir denken. Die Zeit, als man selbst noch nicht geboren war, ich weiß noch genau, wie uninteressant die war. So unwirklich. Eigentlich wußte ich ja, daß sie so reagieren würden. Ich hatte eigentlich einen Angelausflug geplant. Wir hatten Jonatans Angel dabei. Als ich unser Sommerhaus sah, verspürte ich nichts. Es war so verändert. Total umgebaut. Das Grundstück aufgeteilt. Drum herum lagen mehrere Häuschen. Aber als ich hierher zu eurem Haus kam, kamen doch starke Gefühle in mir hoch. Es war, als ob das hier mein wirkliches Zuhause gewesen wäre. Weißt du, daß ich mir immer gewünscht habe, zu eurer Familie zu gehören?«
Seine dunklen Augenbrauen hoben sich erstaunt.
»Warum denn?«
»Ich weiß nicht. Nicht weil ihr berühmt wart oder so. Weil ihr diese Geschichte hattet. Ein Erbe.«
»Das hattet ihr doch auch. Das haben doch alle Familien. Auch wenn das Erbe unterschiedlich aussieht.«
»Aber ich konnte mich nie mit dem Erbe meiner Eltern identifizieren. Ich erkenne nichts wieder. Wenn ich aber zu euch kam, fühlte ich mich sofort wie zu Hause. Eine Zeitlang hatte ich einen Tagtraum, in dem

ich Papiere fand, die bewiesen, daß ich Anne-Maries Zwillingsschwester war. Und daß Karin und Åke mich nach der Geburt zur Adoption gegeben hatten.«
»Wie bist du denn auf die Idee gekommen?«
Er stellte sein Glas hin und betrachtete mich forschend.
»Solche Phantasien haben doch die meisten Kinder. Das ist ganz normal. Daß man daran zweifelt, daß man das richtige Kind seiner Eltern ist? Das ist eine Art Befreiungsprozeß. Dieser Tagtraum war angenehm, aber er enthielt auch etwas Unangenehmes. Denn wenn sie mich zur Adoption gegeben haben – warum? Und warum haben sie Anne-Marie behalten und nicht mich? Die Antwort war natürlich, daß ich nicht gut genug war. Sie hatten Anne-Marie behalten, weil sie hübscher, netter, besser war.«
»Woher in aller Welt hast du das gehabt, Ulrika?«
»Woher hat man so etwas. Aus seinem Inneren natürlich. Ein Gefühl. Ich spürte eine so starke Verwandtschaft mit euch allen. Euer Interesse für Kultur und gesellschaftliches Leben. Eure Art, zu diskutieren und miteinander zu sprechen. Großes und Kleines zu verbinden, ein Muster im Dasein zu sehen. Das gab es zu Hause bei mir überhaupt nicht. So sprachen wir nie miteinander. Bei euch fand ich etwas sehr Wichtiges. Und dann war es plötzlich weg. Ihr wart einfach verschwunden. Zwei Ansichtskarten von Anne-Marie. Und dann das totale Schweigen.«
Ich sprach schnell, eifrig, stolperte über die Worte.
»Ich glaube, seitdem habe ich immer nach euch gesucht, auch wenn mir das nicht richtig bewußt war. Weißt du, daß ich mein Wohnzimmer fast genau wie

dieses Zimmer hier nebenan eingerichtet habe? Ich hatte überhaupt nicht darüber nachgedacht, bis ich neulich, als ich mit den Jungen hier war, durchs Fenster geschaut habe.«

»Es wird dich vielleicht amüsieren«, sagte er und verteilte den letzten Schluck Wein auf unsere beiden Gläser, »daß ich manchmal gerne mit dir getauscht hätte. Wenn ich deinen Vater sah, dachte ich, das ist so ein ganz normaler Vater, den man zum Elternabend schicken kann, ohne sich schämen zu müssen. In unserer Familie war vieles toll, da hast du schon recht, und ich bin dankbar für meine Erziehung. Aber für meine Kinder habe ich mir geschworen, nie prominent zu werden. Es war ekelhaft, prominente Eltern zu haben. Es war, als wüßten andere immer mehr über einen als man selbst.

In der Oberstufe hatte ich einen Geschichtslehrer, der offenbar alles über meine Eltern wußte. Er hatte jedes Buch gelesen, jeden Zeitungsartikel, jede Diskussion im Fernsehen verfolgt, an der sie teilgenommen hatten. Er wußte natürlich, daß sie mit der Linken sympathisierten, und ich bin mir nicht sicher, ob es deshalb war oder einen anderen Grund hatte, aber er haßte sie offensichtlich. Als wir die russische Geschichte durchnahmen, erzählte er, daß Millionen Menschen Opfer von Stalins Terror geworden waren, und sagte dann mit einem Seitenblick auf mich: »Hat dein Vater dir das auch erzählt, Jens?« Er deutete eine öffentliche Diskussion an, in die mein Vater sich eingemischt hatte, und redete mit mir, als würde ich mich auskennen, was ich natürlich nicht tat. Meine Eltern redeten nie über Politik mit uns. Ich schämte mich. Ich schämte mich, weil ich nicht wußte, was meine Eltern machten, schämte mich, weil es offensichtlich etwas Empörendes war, schämte mich, daß ich sie nicht verteidigen konnte.

Als ich in der Mittelstufe war, gab es in der Presse eine Diskussion über einen Film mit Sexszenen, in die mein Vater sich natürlich einmischen mußte. In einem Artikel schrieb er einen provozierenden Satz, der ein ganz bestimmtes Wort enthielt, und sicher war er sich des Effektes bewußt. Er reizte jede Menge anderer Meinungsmacher, die Diskussion nahm immer heftigere Formen an, und der Satz mit dem bestimmten Wort wurde überall zitiert. Jedes Kind auf dem Schulhof kannte ihn, aber die Mädchen sagten, mein Vater sei eklig. Ich wünschte mir so sehr, einen normalen Vater mit einer normalen Arbeit zu haben, so daß ich anderen hätte erzählen können, was mein Vater arbeitete – und nicht sie es mir. Verstehst du?«

»Ja«, sagte ich. »Das verstehe ich.«

»Was hast du dann gemacht? Nach diesem letzten Sommer?« fragte er.

»Ich ging aufs Gymnasium. Es war vielleicht ganz gut für mich, daß Anne-Marie weg war. Bis dahin hatte ich die Schule nur ausgehalten, weil ich mich nach ihr sehnen konnte. Jetzt mußte ich mir eigene Freunde in der Klasse suchen. Dann habe ich alles mögliche an der Uni studiert. Schließlich fand ich, was ich machen wollte. Ich schrieb eine ethnologische Doktorarbeit über Bergentrückungsmythen. Und seither forsche ich darüber. Ich habe alles etwas ausgeweitet und vergleiche die Mythen mit modernen Erzählungen von Leuten, die von Raumschiffen entführt wurden. Am liebsten würde ich einmal in die USA reisen, dort gibt es ja viele solcher Erzählungen. Aber damit muß ich warten, bis die Jungen größer sind.«

»Ich glaube, ich weiß gar nicht so recht, was Bergentrückung ist«, sagte Jens.

Ich erklärte es ihm. Da es ihn offenbar interessierte, erzählte ich ihm auch ein paar Bergverschleppungsgeschichten. Die Kratzspuren auf der Fensterbank, der verzauberte Grubenarbeiter und viele andere. Wenn man mich nicht bremst, mache ich immer weiter. Und Jens bremste mich nicht. Er saß im Schein der Kerze mir gegenüber und hörte zu. Nachdem die letzte Kerze heruntergebrannt und sein Gesicht im Dunkeln verschwunden war, schwieg ich. Es war mitten in der Nacht.

Wir sagten uns gute Nacht, Jens zog sich in das Zimmer von Åke und Karin zurück, wo er sich eingerichtet hatte, und ich ging die knarrenden Treppen zum Dachboden hinauf und legte mich in der kühlen Dachkammer wieder in Anne-Maries Bett. Jens hatte mir einen elektrischen Heizlüfter mitgegeben. Ich lag noch lange wach und lauschte auf das brausende Geräusch, dann schlief ich ein.

Es gibt eine Bergverschleppungsgeschichte, die ich Jens nicht erzählt habe. Eine Geschichte, die er selbst kennt. Und ich bin sicher, daß er die ganze Zeit an diese Geschichte gedacht hat.

Ich erwachte in einer Welt aus Sonne und Stille. Die Perlmuttflächen der Muscheln des Mobiles glitzerten leicht am Fenster. Ich hatte lange geschlafen.

Ich zog mich an und ging hinunter. Das unregelmäßige

Geräusch war auch heute zu hören, und auch dieses Mal mußte ich lächeln. Ich hätte den Rhythmus sofort erkennen müssen. In diesem Haus hatte ich ihn zum ersten Mal gehört. Karins Schreibmaschinengeklapper von der Veranda. Schnell und langsam, sicher und zögerlich. Der Rhythmus eines suchenden, reflektierenden Menschen. Ein Rhythmus, den ich mir zu eigen gemacht habe.

»Nimm dir in der Küche, was du möchtest. Ich habe schon gefrühstückt«, rief Jens.

In der Küche sah man keine Spur davon. Keinen Krümel, keinen Teelöffel. Das Abtropfgestell war leer, die Spüle trocken und glänzend. Kein Wunder, daß ich das Haus für unbewohnt hielt, als ich mich gestern hier herumtrieb.

Ich schnitt mir eine Scheibe von Jens' Brot und kochte Kaffee.

Auf dem Fensterbrett lag ein zusammengefaltetes Papier. Ich faltete es auf. Ein Zeitungsausschnitt. Er trug die Überschrift: »Tote Frau nach vierundzwanzig Jahren gefunden«, daneben war ein Bild der Felsblöcke am Muschelstrand, vom Meer aus gesehen. Ich las den Artikel, während das Kaffeewasser heiß wurde. Da stand, daß Kinder »beim Spielen den makabren Fund gemacht hatten«. Der Ausschnitt mußte aus dem Bohusläningen, der Lokalzeitung, sein. In der Göteborgs-Posten hatte ich nichts über den Fall gelesen. Max und Jonatan würden sich freuen, wenn ich ihnen den Artikel zeigte. Sie waren schwer enttäuscht gewesen, als sie in der Schule von ihrer Entdeckung erzählten und niemand ihnen glaubt hatte, weder Lehrer noch Klassenkameraden.

Gestern abend hätte ich Jens fast von dieser Geschichte erzählt, hatte aber in letzter Sekunde davon abgesehen. Die Frau, um die es ging, war im gleichen Jahr wie Maja verschwunden. Ich wußte nicht, ob Jens sich an Majas Verschwinden erinnerte. An die heißen Höllenwochen. An das Gefühl des Fremdseins, als sie wiederkam. Ein Skelett an dem Ort, wo sie gefunden wurde, nein, das mußte ich nicht erzählen. Aber er hatte darüber gelesen und sich vielleicht die gleichen Gedanken gemacht wie ich, da er den Artikel aufgehoben hatte. Ich faltete ihn zusammen und legte ihn wieder ans Fenster.
Nachdem ich gefrühstückt hatte, schenkte ich mir Kaffee nach und ging mit der Tasse ins Wohnzimmer. Die Morgensonne fiel in Vierecken aus gelbem Licht über die Bodendielen. Ich blickte über den Fjord. Draußen war es immer noch schön. Ich ging ins Schlafzimmer, wo Jens saß. An den Türrahmen gelehnt, trank ich meinen Kaffee und betrachtete seinen Rükken, während er schrieb. Er trug jetzt ein kariertes Hemd. Er hatte das Rollo heruntergezogen, damit das Sonnenlicht ihn nicht blendete. Das durchleuchtete Gewebe mit der gelblich gewachsten Oberfläche erinnerte mich an die sorgenschweren Wochen, als Maja verschwunden war. Ich sah auf den Bildschirm, aber von da, wo ich stand, konnte ich nichts lesen.
»Du bist fleißig«, sagte ich.
»Ja, aber jetzt mache ich eine Pause.«
Er schaltete den Computer aus und drehte sich zu mir um. Er nahm die Brille ab, rieb sich die Augen und setzte sie wieder auf.
»Ich muß mich ein bißchen bewegen. Sollen wir einen Spaziergang machen?«

»Ich glaube, ich sollte jetzt nach Hause fahren«, sagte ich.
»Hat das nicht noch ein bißchen Zeit? Es ist so schön draußen. Wir könnten einen wunderbaren, langen Herbstspaziergang machen.«
Ich zögerte und sah ihn über den Rand der Tasse an. Wieder hatte ich Lust, zu ihm zu gehen und den matten Staub von seinen Haaren zu blasen.
»Ich würde dir gerne etwas erzählen«, fügte er hinzu.
»Okay.«

Draußen war es mild, fast warm. Wir hatten Wollpullover an, aber keine Jacken. Wir gingen ein Stück die große Straße entlang und bogen dann auf einen kleinen Weg. Zwischen den verwelkten, braunrosafarbenen Erikabüscheln hatten Spinnen Tausende von Netzen so dicht gewebt, daß es aussah, als hätte sich während der Nacht ein riesiges Netz vom Himmel heruntergesenkt und die ganze Gegend eingesponnen. Überall vibrierten die taubenetzten Fäden im leichten Wind.
»Ich habe über deinen Wunschtraum nachgedacht«, sagte Jens. »Daß du Karins und Åkes weggegebenes Kind wärst. Hast du etwa jemanden darüber reden hören?«
»Nein«, antwortete ich lächelnd. »Ich verstehe nicht, warum du daran so festhältst. Es ist eine ganz normale Phantasie bei Jugendlichen, die zur Entwicklung gehört. Weißt du das nicht?«
»Ich will dir erzählen, warum ich frage. Etwa ein Jahr nach Vaters Tod rief Mona mich an, die Frau, mit der er zusammengelebt hat. Sie sagte, sie hätte bei sich zu Hause noch Papiere von Åke. Sie wußte nicht, was sie

damit machen sollte, und fragte, ob ich sie haben wollte. Ich bat sie, mir alles zu schicken, und mußte ein großes Paket bei der Post abholen. Åke hatte ganz offenbar Ambitionen gehabt, ein Comeback als Schriftsteller zu versuchen. Ich fand Entwürfe und Notizen, aber nichts Fertiges. Es war auch ganz anders als alles, was er früher gemacht hatte. Persönlicher, mehr nach innen gewandt. Der Stil war anders. Tastend und demütig. Ich möchte wirklich wissen, was daraus geworden wäre – er hat eben nur soviel getrunken.«
»Schrieb er an einem Roman?«
»Schwer zu sagen. Es war sehr unstrukturiert. Nur kurze Texte auf einzelnen Zetteln. Kryptische Formulierungen. Einiges glich eher Gedichten. Anderes war mehr Prosa. Aber alles kreiste um ein und dasselbe Thema. Ein weggegebenes Kind.«
»Was für ein Kind denn?«
»Das habe ich mich auch gefragt. Ob er wohl an Maja gedacht hat? Mutter hatte ja das Sorgerecht für sie bekommen, und sie verwendete all ihre Zeit und Energie darauf, ihr ein gutes Leben zu ermöglichen, während Vater den Kontakt zu ihr verloren hatte. Ich legte jedenfalls alle Zettel auf dem Boden aus, als ob ich sie wie ein Puzzle zusammenfügen könnte. Und mir wurde klar, daß es sich um ein Kind mit weißer Haut handelte. Überhaupt war viel von Weiß die Rede. Weiße Haut, weiße Kittel, weiße Wände, weißer Schnee, weiße Daunen.
Aus den Texten sprach eine große Trauer. Ich spürte, daß Vater über etwas schrieb, worüber er noch nie erzählt hatte. Etwas, worüber in seiner normalen Sprache nicht gesprochen werden konnte. Die vielen Zet-

tel, die halben Sätze, das Durchstreichen war eine Suche nach einer neuen Ausdrucksweise.
Ich rief Mona an, aber sie wußte überhaupt nicht, worum es ging. Vater hatte ihr nie etwas gezeigt, und sie hatte sich auch nicht sehr dafür interessiert. Und er hatte mit ihr nie über ein Kind gesprochen.
Dann fuhr ich zu Mutter. Sie war nach Stockholm zurückgezogen, und zwar nach der Zeit in Varberg, aber vor Gotland. Wir sahen uns selten. Sie traf sich nur mit den Freunden aus der katholischen Gemeinde. Sie wohnte mit ein paar wenigen Möbeln in einer Einzimmerwohnung und hatte nur ein Kruzifix an der Wand. Wir saßen in ihrer winzigen Küche und tranken Hagebuttentee. Ich erzählte ihr von Vaters Zetteln und fragte sie, ob sie etwas über ein weggegebenes Kind wußte. Und sie sagte: »Ja sicher. Er meint Lena.« Ich fragte sie, wer Lena war, und sie antwortete, als ob es völlig selbstverständlich wäre: »Deine Schwester.«
»Deine Schwester?« wiederholte ich.
»Das sagte sie. Ich wußte ja, daß sie ein bißchen merkwürdig war, zurückgezogen und religiös und so, aber jetzt hatte ich das Gefühl, daß es ernst war. Ich fürchtete, sie sei verrückt geworden. Aber dann hat sie mir alles erzählt. Ruhig und distanziert, als spräche sie über jemand anderen, nicht über sich.«
Jens machte eine Pause und blieb stehen, um den Pullover auszuziehen. Es war warm in der Sonne. Er hängte den Pullover über die Schultern und verknotete die Ärmel auf der Brust. Ich wartete ungeduldig auf die Fortsetzung.
»Ich wußte, daß sie und Vater sich früh kennengelernt und auch sehr jung geheiratet hatten. Mutter war erst

siebzehn, und sie brauchten eine Sondergenehmigung.«
»Weil sie schwanger war?« fragte ich.
»Der Gedanke lag nahe. Aber Eva kam erst viele Jahre später zur Welt. Ich dachte also immer, daß diese erste Schwangerschaft mit einer Fehlgeburt geendet hatte oder alles ganz einfach falscher Alarm gewesen war. Aber es war keine Fehlgeburt. Das Kind wurde geboren. Ein Mädchen. Sie hatte einen schweren Geburtsfehler. Mutter wußte nicht genau, was es war. Aber nach Aussage der Ärzte würde sie nie ein normales Leben führen können. Mutter durfte sie nicht sehen. Ich fragte sie, warum. Und sie antwortete: »Entweder weil sie aussah wie ein Monster und man mir den Schock ersparen wollte. Oder weil sie so süß war, daß ich sie nicht hergegeben hätte.«
Aber sie mußte sie hergeben, das hatte der Arzt entschieden. Mutter weigerte sich. Der Arzt sprach lange mit ihr. Dann sprach er mit Vater und konnte ihn überreden. Sprach mit Vaters Eltern und mit Mutters Eltern. Und alle versuchten der Reihe nach, Mutter zu überreden. Sie war jung, fast selbst noch ein Kind. Ihr ganzes Leben würde zerstört. Wo sie doch so viele Talente hatte. Sie würde dem Kind nicht die Fürsorge geben können, die es brauchte. Es gab Institutionen, die darauf spezialisiert waren, sich um solche Kinder zu kümmern. Die Argumente hagelten nur so auf Mutter herab, die in einem Einzelzimmer im Krankenhaus lag. Alle vier Stunden wurden ihre Brüste mit einer Abpumpmaschine gemolken. Mehrmals am Tag kam jemand, ein Verwandter, ein Arzt, ein Experte, zu ihr, und alle erklärten, was das beste für sie, das Kind und

für den Vater sei. Sie sagte immer nein. Schließlich konnte Vater sie überreden. Er hatte ein Papier dabei, und sie unterschrieb. Er hätte sie sonst verlassen. Er sagte das nicht, aber sie sah es ihm an. Sie waren frisch verheiratet, aber er wäre nicht bei ihr geblieben, wenn sie das Kind behalten hätte. Davon war sie überzeugt.
Als sie unterschrieben hatte, küßte er sie und rannte fast aus dem Zimmer, mit dem Papier in der Hand. Da bekam sie eine Art Nervenzusammenbruch. Sie schrie und weinte und riß die Laken und Kopfkissenbezüge in Fetzen. Dann riß sie die Kissen auf und schüttelte sie, daß alle Daunen herausflogen. Als Vater zusammen mit einer Schwester wiederkam, stand sie im Bett und schüttelte die Kissen. Das ganze Zimmer war voller Daunen, als würde es schneien. Diese Szene muß es gewesen sein, die immer wieder in Vaters Gedichten auftauchte.«
»Und das Mädchen wurde also weggegeben?« fragte ich.
»Ja, sie kam in ein Pflegeheim. Meine Eltern haben sie nie besucht. Auch auf Anraten der Ärzte: sie nicht mit Besuchen zu ›verwirren‹. Das Mädchen wurde vom Personal Lena genannt, und durch eine weitere Unterschrift bestätigten meine Eltern diesen Namen. Als Lena fünf war, starb sie an einer Grippe. Ihr Immunsystem war sehr schwach. Da war Mutter schon mit Eva schwanger.
Als Mutter mir das alles erzählte, hatte ich das Gefühl, daß sie damit fertig war. Und ich verstand, daß sie all die Jahre damit zu tun gehabt hatte. Ihr Grübeln, ihre Pilgerfahrten, ihre Klosteraufenthalte – das war die Buße für die Unterschrift. Und nun hatte sie offenbar Vergebung erfahren. Oder sah es anders. Als sie mir

erzählte, wie Vater damals mit dem vermaledeiten Papier in der Hand vor ihr gestanden hatte, lachte sie sogar ein wenig. Sie sprach beinahe zärtlich von der Schwäche und der Angst, die sie in seinem Gesicht gesehen hatte, und mir war, als sei sie am Ende eines sehr langen Wegs angekommen. Es war der gleiche Weg, den Vater begonnen hatte, als er vorsichtig seine Zettel beschrieb. Aber er kam nie weiter.«

»Und wann fing Karin an, diesen Weg zu gehen?« fragte ich. »Als sie Maja adoptierten?«

»Ich weiß nicht, wie bewußt das damals war.«

Ich sah das Zeitungsbild vor mir: Maja mit der festgebundenen Flasche, das Gitterbett, die Fliegen.

»Aber«, sagte ich, »als sie in diesem Kinderheim in Bangalore standen und das kleine Mädchen im Gitterbett sahen, da müssen sie doch an das andere Kind in dem anderen Heim gedacht haben. Oder nicht?«

»Vielleicht. Obwohl ich glaube, daß sie dort auch an vieles andere gedacht haben. Sie waren Journalisten. Sie wollten Material sammeln, berichten. Ich glaube, sie sahen ihr eigenes Leben in diesem Zusammenhang als völlig nebensächlich an. Lenas Geburt lag sehr lange zurück. Sie hatten seither vier Kinder bekommen, sich zu fähigen, geachteten Journalisten entwickelt. Nein, ich glaube nicht, daß sie da an Lena dachten. Sie hatten eine größere Perspektive. Sie sahen mit scharfem und kritischem Blick auf die Welt und die Menschen, nicht in sich hinein.«

Wir gingen einen kleinen Weg entlang, der früher einmal eine Straße gewesen war. Früher fuhr man hier mit Autos, Traktoren und Heuwagen. Jetzt gab es in der Nähe eine neue und bessere Straße, und die alte Straße

war zu einem Fußweg zugewachsen. Wir konnten bald nicht mehr nebeneinander gehen. Ich ging voraus, Jens folgte mir. Ich sah zu Boden und sah die ganze Zeit die alte Straße, die es nicht mehr gab: die grauweißen, ausgefahrenen Radspuren aus gepreßtem Muschelsand und in der Mitte den Grasstreifen mit Breitwegerich.
»Ich muß die ganze Zeit an die Wechselbalggeschichten denken«, sagte ich. »Du weißt schon, die Trolle nehmen der Mutter das Kind weg und legen ihr eigenes Trolljunges in die Wiege. In den meisten Geschichten macht die Mutter etwas Böses mit diesem Trollkind – verbrennt es mit der Feuerzange oder so –, und dann kommt die Trollmutter, um ihr Kind zu schützen, und gibt ihr das eigene Kind zurück. Man kann die Tragödien nur ahnen, die in Wirklichkeit hinter solchen Geschichten steckten. Kinder, die bei der Geburt normal schienen und bei denen man dann eine Behinderung bemerkt hat. Selma Lagerlöf hat eine mehr christlich humanistische Variante dieser Geschichte geschrieben, von der Mutter, die versucht, lieb zu dem bösen Wechselbalg zu sein, und als sie schließlich belohnt wird und ihr eigenes Kind zurückbekommt, stellt sich heraus, daß ihr Kind in einer Parallelwelt gelebt hat, die von ihren Taten gesteuert wurde. Wenn sie es nicht mehr aushielt und das Trolljunge schlug, dann schlug die Trollmutter im Berg ihr Menschenkind, und wenn sie das Trollkind gut behandelte, dann behandelte auch die Trollmutter ihr Kind gut.«
»Ja, die Geschichte habe ich vor langer Zeit einmal gelesen«, sagte Jens. »Eine starke Geschichte.«
»Ich finde, man kann die Adoption von Maja als so eine Wechselbalggeschichte sehen.«

»Du meinst, Mutter hat versucht, Lena im Pflegeheim nachträglich ein liebevolles Dasein zu geben, indem sie sich um Maja gekümmert hat? Daß sie versucht hat, die Vergangenheit rückwirkend zu beeinflussen?«

»Ja. Das geht natürlich nicht, und dennoch tun wir das ständig. Ist nicht das ganze Erwachsenenleben ein einziger Versuch, die Geschehnisse der Kindheit und Jugend umzugestalten? Sie zu wiederholen, zu verbessern, sie zu schmirgeln und zu feilen, bis sie mit der Vorstellung, die wir von Moral, Glück und Ästhetik haben, übereinstimmen? Natürlich macht man das nicht bewußt. Mir war zum Beispiel nicht bewußt, daß ich mein Wohnzimmer nach dem Zimmer in eurem Sommerhaus eingerichtet habe.«

»Aber«, sagte Jens, »wenn es so war, wenn Mutter Lenas Leben umgestalten wollte, indem sie einem anderen verlassenen Kind ihre Liebe gab, muß es doch schrecklich für sie gewesen sein, daß Maja diese Liebe nicht annahm. Maja hat sie von sich gestoßen. Sie wollte nicht geküßt und gestreichelt werden. Mutter muß das wie eine Strafe empfunden haben.«

»Und das Entsetzliche ist ja, daß auch dieses Kind verschwand«, fügte ich hinzu.

Er schwieg eine Weile. Ich hörte nur seine Schritte hinter mir auf dem Weg. Dann sagte er:

»Ich habe damals mit Mutter darüber gesprochen, als wir in ihrer kleinen Küche Hagebuttentee tranken. Wir sprachen das erste Mal über Majas Verschwinden, das wir bislang nie mit einem Wort erwähnt hatten. Es schien so sinnlos. Alles war so unerklärlich. Nur Fragen, keine Antworten. Aber nun brachte sie selbst die Rede darauf. Sie sagte, sie wisse nun, wo Maja in diesen

Wochen war. Ich war natürlich sehr überrascht und fragte: Wo denn? Sie hatte die ganze Zeit so klar und vernünftig gesprochen, ich war nicht auf ihre Antwort vorbereitet. Sie lächelte mich still an und sagte: Verstehst du es denn nicht? Bei Lena natürlich.
Mir wurde ganz kalt, denn ich wußte auf einmal, daß sie verrückt war. Ich nahm mich zusammen und sagte so ruhig wie möglich: Wieso meinst du das? Und sie antwortete: Die Daune in ihrem Zöpfchen. Die kleine weiße Daune. Das war ein Gruß von Lena. Sie sah dabei so friedlich und glücklich aus, ich wollte ihr nicht widersprechen.«
»Sie muß die Daunen aus den aufgeschlitzten Kissen als das einzig Positive in dem ganzen Geschehen betrachtet haben«, bemerkte ich. »Dieser wilde aufrührerische Schneefall war ihr verzweifelter Protest, das Nein, das sie in sich bewahrt hatte.«
Wir gingen auf dem Pfad und ich sah die beiden Wege, den vorhandenen und den nicht mehr vorhandenen wie auf einem doppelt belichtetem Foto. Manchmal gingen sie auseinander. Der neue kleine Pfad machte Abkürzungen, die der alte nicht hatte machen können, oder er mußte Umwege machen und Büschen ausweichen, die früher noch nicht hier gestanden hatten.
Ich bemerkte, daß wir die ganze Zeit von den Büschen nach links gedrückt wurden. Es gab so etwas wie einen Druck aus dem Wald, dem der Pfad nicht standhalten konnte. Nach einer Weile war er ganz getrennt von der Streckenführung der alten Straße, verdrängt von der Vegetation. Mir wurde klar, wie das vor sich ging: Blieb ich an einer Brombeerranke hängen, machte ich einen Schritt nach links. Wenn ich das nächste Mal

Brombeerranken sah, wich ich rechtzeitig nach links aus. Und schließlich ging ich ganz links vom Weg im Gras weiter.

»Da oben ist der Tümpel, in dem wir kleine Frösche gefangen haben. Erinnerst du dich?« fragte Jens.

Wir öffneten ein Gatter und kamen auf das Weideland. Es war also noch nicht alles zugewachsen. Hier grasten offensichtlich Pferde, denn ab und zu sah man Pferdeäpfel. Die herbstlich offene Landschaft mit dem gelben Gras, den langen Steinmauern und den brennenden Hagebuttensträuchern erinnerte mich an England. Wären da nicht die umliegenden grauen Berge, es könnte jeden Moment eine Jagdgesellschaft zu Pferde herbeisprengen.

»Es gibt noch etwas, an das ich viel gedacht habe«, fuhr Jens fort. Er ging jetzt neben mir, und ich konnte ihn sehen, während er sprach. »Dies war im Frühjahr 1973, also im Jahr nach Majas Verschwinden. Vater hatte schon den ganzen Winter über in Göteborg gewohnt. Er und Mutter waren noch nicht geschieden. Wir wußten noch nicht genau, wie es weitergehen würde. Ob er zu Mutter, Maja und mir zurückkommen würde oder ob er da bliebe, wo er war. Wir sollten auf jeden Fall zu ihm fahren und ihn besuchen, was seine Idee gewesen war. Er wollte uns nicht zu Hause treffen – wir wußten gar nicht, wo er wohnte, und er sagte es uns auch nicht –, sondern in einem Restaurant. Er wollte uns in einem Chinarestaurant zum Essen einladen. Wir hatten ihn nicht gesehen, seit er im Jahr zuvor ausgezogen war, nur mit ihm telefoniert.

Das Unternehmen mißlang von Anfang an. Wir fanden das Chinarestaurant nicht, Vater hatte uns nur eine un-

genaue Wegbeschreibung gegeben, aber gesagt, es sei leicht, in der Nähe der Hauptstraße, jeder wisse, wo das Restaurant Ming sei. Die Leute, die wir fragten, wußten es nicht, und als wir es endlich fanden, hatte Vater schon eine dreiviertel Stunde gewartet und eine Menge Sake getrunken. Dann stritten er und Mutter sich während des ganzen Essens. Vater war betrunken und laut, und Mutter weinte. Ich ging mit Maja zum Aquarium und fütterte die Goldfische mit Reiskörnern und Pekingente. Die Chinesen taten, als merkten sie nichts, schlichen aber um uns herum, hoben die Scherben von einem Glas auf, das Vater umgeworfen hatte, lächelten und verbeugten sich. Wir waren die einzigen Gäste. Als Vater bezahlen wollte, hatte er nicht genug Geld, und Mutter mußte etwas dazulegen.
Als wir uns von Vater verabschiedet hatten und zurück zum Bahnhof gingen, Mutter, Maja und ich, kamen wir an einer kleinen Galerie vorbei. Sie lag im Kellergeschoß, und wir hätten sie überhaupt nicht gesehen, wäre nicht Maja wie angewurzelt vor dem Fenster stehengeblieben. Sie weigerte sich weiterzugehen. Sie hatte da drinnen etwas gesehen, was sie interessierte. Wir hatten noch viel Zeit, bis unser Zug fuhr – wir hatten nicht damit gerechnet, daß unser Treffen mit Vater ein so abruptes Ende fände –, und Mutter schlug vor, hineinzugehen.
Es war eine merkwürdige Ausstellung: lauter Objekte, die hauptsächlich aus Naturmaterialien bestanden. Ich erinnere mich an einen Rehschädel mit einer Haube aus glänzender Alufolie, die Hörner waren mit Daunen umwickelt. Vogelnester, die mit Distelkugeln und Wespennestern gefüllt waren. Ein Käfig aus Zweigen,

der einen abgerissenen Vogelflügel enthielt, und einen anderen Käfig mit einem vergoldeten Ei. Ein großes Fischskelett, daß in einen Mantel aus geflochtenem Gras und Silberfäden gehüllt war.
Die Objekte hätten primitive Stammeskunst sein können, wären da nicht Gold- und Silberfäden und Alufolie mit verarbeitet gewesen, was mich an das Weltraumzeitalter denken ließ.
Meine Mutter war hingerissen und wollte wissen, wer die Sachen gemacht hatte. Die Galeristin nannte den Namen der Künstlerin: Kristina Lindäng. Mutter fragte, ob es ein Informationsblatt gäbe. Die Frau zeigte auf einen Tisch im hintersten Raum.
Auf dem Tisch stand ein Porträtfoto in einem Rahmen. Es zeigte ein junges Mädchen mit langem, mittelgescheiteltem Haar und großen, ernsten Augen. Neben dem Foto brannte eine Kerze. Das ganze sah irgendwie wie ein Altar aus. Auf dem Tisch lag ein Stapel mit Informationsblättern, doch nicht mit der üblichen Auflistung von Kunstschulen, Stipendien und Ausstellungen, es waren nur ein paar Zeilen, Namen, Geburtsdatum und Wohnort verzeichnet. Und die höchst erstaunliche Information, daß die Künstlerin seit November 1972 verschwunden und vermutlich tot sei.
Meine Mutter fragte die Galeristin, wie sie an die Kunstwerke gekommen sei. Die Frau erzählte, eine Sozialarbeiterin im Krankenhaus von Lillhagen habe sie überredet, diese Ausstellung zu zeigen. Eine ehemalige Patientin von ihr habe die Objekte gemacht.
Das Allermerkwürdigste aber war Majas Reaktion. Karin hatte sie oft in Museen, ins Kindertheater, in alles mögliche geschleppt. Maja hatte sich nie für etwas

interessiert. Dieses Mal war es anders. Sie schien von diesen Kunstwerken völlig verhext zu sein. Erst ging sie langsam von einem Objekt zum nächsten, betrachtete sie lange mit großen Augen und streckte vorsichtig die Hand aus und berührte sie.
Dann schien sie etwas zu suchen. Sie lief immer wieder durch die Ausstellungsräume und sah sich überall um, und als sie nicht fand, was sie suchte, wollte sie ins Büro der Galeristin. Wir konnten sie davon nicht abhalten, sie wollte da hinein. Und als sie es geschafft hatte, suchte sie unter dem Schreibtisch und in den Schränken, in einer Besenkammer und auf der Toilette. Dabei schnalzte sie die ganze Zeit mit der Zunge wie ein Eichhörnchen. Diesen Laut hatten wir noch nie von ihr gehört. Sie benahm sich wirklich sehr merkwürdig. Als wir gehen wollten, weigerte sie sich, mitzukommen. Wir mußten sie zum Zug tragen, und sie biß und trat uns.«
Wir waren an den Wiesen vorbei und draußen in den Felsen, jetzt wieder auf dem Weg nach Norden. Die warmen Düfte von trockenem Gras und vermodernden Pflanzen folgten uns noch eine Weile und gingen dann über in den kalten Geruch des Meeres.
Ich war ein bißchen verärgert darüber, daß Jens damals in Göteborg war, ohne sich bei mir gemeldet zu haben. Wie glücklich wäre ich gewesen, wenn er mich angerufen und ein kurzes Treffen vorgeschlagen hätte. Ich wäre überallhin gekommen und hätte alle anderen Pläne aufgegeben. Ein Treffen mit Jens wäre ähnlich wunderbar gewesen wie ein Treffen mit Anne-Marie.
Unsere Wanderung wurde allmählich anstrengend, und unser Gespräch war versiegt. Wir gingen wieder

jeder für sich, Jens voraus. Ich bemerkte, daß er sich recht ungelenk bewegte und sogar ein bißchen außer Atem kam. Als sich bei einer Bewegung sein Hemd einen Spalt öffnete, sah ich, daß er die Andeutung eines Bauches hatte, was mich erstaunte. Er war mir bisher unverschämt gut erhalten und durchtrainiert vorgekommen. Ich ging an ihm vorbei und merkte, daß er Mühe hatte, mit mir mitzuhalten, was mich, ich muß es bekennen, ein wenig freute.

Auf einem hohen Felshügel blieb ich stehen, wartete auf ihn und tat taktvoll so, als bewunderte ich die Aussicht. Ich mußte übrigens gar nicht so tun, es war wirklich ein phantastischer Anblick: Der Fjord öffnete sich zur gewaltigen Weite des offenen Meers, Inseln mit einzelnen Häusern glänzten in der Sonne, weiß wie Zuckerstücke. Als ich da stand, tauchte der Name Kristina Lindäng in meinem Kopf auf. Ich wußte, daß ich ihn schon einmal gehört hatte, wußte aber nicht mehr, wo.

Wir gingen weiter, und als wir einen steilen Abhang hinunterkamen, erkannte ich die Schlucht unter uns. Es war die Schlucht, die zum Muschelstrand führte. Wir waren einen großen Umweg gegangen, aber waren doch hier gelandet.

Wir bahnten uns einen Weg durch kleine Eichen, Wacholder und Geißblattranken. Wieder hatte ich dieses merkwürdige Gefühl, meilenweit von einem Urwald umgeben zu sein und gleichzeitig diesen starken Geruch von Salzwasser, Tang und Muscheln wahrzunehmen.

Wir drängten uns durch die Wacholderwand, an der einzigen Stelle, wo es möglich war, direkt am Felsen.

Auch Jens wußte das noch, er ging direkt zur richtigen Stelle.
Geblendet vom hellen Licht, standen wir am Strand. Es war Ebbe, und man sah die Muschelbänke draußen in der Bucht. Kissen von schmutzigem Meeresschaum zitterten am Ufer. Ich betrachtete die großen Steinblöcke entlang der felsigen Wand. Die Bruchflächen über ihnen, die Stelle, wo sie einmal angewachsen waren, leuchteten in einer rotbraunen, fleischigen Farbe, die sich von der übrigen Oberfläche der Klippen unterschied. Und da kam mir plötzlich, wo ich den Namen Kristina Lindäng schon einmal gehört hatte. So hieß sie, die Frau, die Max unter den Felsblöcken gefunden hatte. Das Skelett.
Ich erzählte Jens von unserer Entdeckung.
»Du hast sie also gefunden?« sagte er erstaunt.
»Max. Mein Sohn«, berichtigte ich.
»Ich habe im Bohusläningen darüber gelesen. Ich habe die Zeitung an einer Tankstelle auf dem Weg hierher gekauft. Ich las ihren Namen, und da fiel mir diese Ausstellung wieder ein. Ich war nicht sicher, nicht ganz sicher, aber ich glaube, das Mädchen, das diese merkwürdigen Gegenstände gemacht hatte, hieß so. Kristina Lindäng. Ist es wirklich wahr, daß du sie gefunden hast, Ulrika?«
»Mein Sohn«, sagte ich noch einmal.
»Aber daß niemand sie bis dahin gefunden hat?« murmelte er.
»Außer dir und mir gibt es nicht viele, die den Landweg hierher kennen«, sagte ich. »Und mit einem Boot kommt man ja auch kaum herein. Man bleibt draußen und sammelt Muscheln, aber man geht nicht an Land,

es wird ja so flach. Und ein Badestrand ist es auch nicht. Hier ist wohl nur sehr selten jemand.«
Er setzte sich auf einen Stein direkt neben einen dieser Riesentöpfe aus der Eiszeit. Sie waren voller Wasser. Seegras wuchs in ihnen. An deren Wasseroberfläche hatte sich Salz in glänzenden Ringen abgelagert.
Ich blickte ihn an und fragte mich, ob Anne-Marie wohl auch schon grauhaarig war. Ich konnte es mir nicht vorstellen.
»Warst du selbst auch drin?« fragte er.
Ich schüttelte den Kopf und verzog das Gesicht.
»Nein, nein, nie im Leben. Nur die Jungen waren dort.«
»Ich bin hineingekrochen«, sagte er.
Ich starrte ihn an.
»Du? Wann denn?«
»Neulich. Ja, ich konnte es nicht lassen, nachdem ich das in der Zeitung gelesen hatte. Daß es wirklich einen Gang gab, konnte ich einfach nicht glauben. Daß wir den nie gefunden haben. Ich bin bis ganz hinauf gekrochen. Überall sind Öffnungen und Ritzen, es ist nicht besonders dunkel. Allerdings ziemlich eng für einen Erwachsenen. Wenn man ganz oben ist, gibt es einen ziemlich großen ebenen Raum. Offenbar ist dein Sohn dort auf den Fund gestoßen. Es gibt hier eine Öffnung zum Fels hin, auf der gleichen Höhe wie der Felsvorsprung, auf dem Maja stand.«
Er ging ein paar Schritte, damit wir die Felswand sehen konnten, die jenseits der Felsblöcke ins Meer fiel. So wie das Licht gerade fiel, konnte man den Vorsprung kaum sehen. Aber ein paar zusammengekauerte Seeschwalben, die dort saßen, zeigten an, wo er war.

Kristina

Es waren die Tabletten. Sie hätte sie nicht nehmen sollen.
Sie waren wie immer zusammen eingeschlafen, dicht aneinandergeschmiegt in der Höhle mit den aprikosenfarbenen Wänden.
Sie waren auf dem Landweg gegangen, die Wanderung über die Berge war heiß und ermüdend gewesen. Einmal sahen sie zwei Männer, die unterwegs waren zu einem Segelboot, das unten in einer Bucht vertäut lag. Schnell hatte das Mädchen sich hinter einen großen Stein geduckt, wo sie still wie ein Hasenjunges lag, bis die Männer vorbei waren. Kristina hatte nie zu ihr gesagt, daß sie sich vor Menschen verstecken sollte. Sie hatte es von allein gemacht.
In der Höhle hatte das Mädchen sie lange wach gehalten, sie mit Daunen gekitzelt und gelacht. Aber dann war sie schließlich zur Ruhe gekommen, und Kristina hatte ihre regelmäßigen Atemzüge gehört.
Als sie aufwachte, war die ganze Welt verändert. Keine Sonnenstrahlen drangen mehr durch die Ritzen der Felsblöcke und entlockten den Wänden ein Glitzern. Von draußen kam nur gelbgraues Dämmerungslicht, das den Großteil der Höhle im Dunkeln ließ.
Der Platz neben ihr war leer. Es war das erste Mal seit sechs Wochen, daß sie ohne den kleinen warmen Körper neben sich aufwachte.
Kristina tastete im Dunkeln von einer Wand zu anderen und fühlte das Lager aus Daunen und Farnen ab. Das Mädchen war nicht da.

Die Geräusche draußen. Rufe. Ein Bootsmotor. Wie hatte sie bei diesem Lärm nur schlafen können? Sie wachte doch sonst beim leisesten Knacken auf? Die Tabletten!
Sie kroch zur Öffnung, die zur steilen Felswand hin lag, wo immer die Seeschwalben saßen, und schaute hinaus.
Es waren keine Vögel da. Aber auf einem Felsvorsprung stand das Mädchen.
Sie stand unbeweglich, den Rücken an die Wand gepreßt, und starrte ins Wasser hinunter. Der Vorsprung war gerade so breit, daß ihre Füße Platz hatten.
Kristina schnalzte leise, so wie sie es machten, wenn sie einander riefen. Das Mädchen sah sie mit aufgerissenen, entsetzten Augen an, blieb jedoch stehen. Sie traute sich nicht, zurückzugehen. Konnte nicht. Sie hatte den Felsabsatz vermutlich erreicht, indem sie sich aus der Öffnung zwischen den Felsblöcken gezwängt hatte. Sie war irgendwo auf der Felswand gelandet und dann weitergeklettert, indem sie Füße und Hände auf Ausbuchtungen setzte, vorwärts, den Blick nach vorn gerichtet. Zurück würde sie dann mit den Füßen voran klettern müssen, ohne zu sehen, wohin sie sie setzte. Sie befand sich an einem Platz, an den man mit großem Glück gelangen konnte, aber nicht wieder weg.
Wie lange stand sie schon da? Gewiß war sie vor Kristina aufgewacht, hatte vermutlich versucht, sie zu wecken, was ihr jedoch nicht gelungen war. Durch die Öffnung hatte sie die Seeschwalben auf dem Felsabsatz gesehen und zu ihnen hinauf gelangen wollen.
Kristina dachte intensiv darüber nach, wie sie das Mädchen retten konnte. Wären sie allein gewesen, hät-

te sie das Mädchen gelockt zu springen. Es war hoch, aber das Wasser war so nah an der Felswand und tief genug, und das Mädchen konnte schwimmen wie ein Fisch. Kristina wäre hinausgeschwommen und hätte sie, im Wasser liegend, gelockt, wie eine Alkvogelmutter ihre Jungen lockt, den Sprung von der Klippe zu wagen. Und wenn sie dann gesprungen wäre, hätte Kristina neben ihr schwimmen können, ganz nah, um die großen Felsblöcke herum und ans Ufer. Das hätte sie gemacht, wenn sie allein gewesen wären. Es wäre gegangen. Die Kleine hätte sich getraut. Nicht gleich, aber am Ende doch. Ihr Vertrauen wäre groß genug gewesen.

Aber sie waren nicht allein. Von ihrem Platz unter dem Felsblock konnte sie nicht zum Meer sehen, nur den Felsen hinauf. Aber sie hörte die schrillen, aufgeregten Stimmen und den Motor eines Außenborders.

Bald hörte sie weitere Boote, weitere Stimmen. Oben auf dem Rand des Felsens tauchten jetzt Menschen auf. Es wurde dunkel, und die Klippen wurden von Taschenlampen und starken Scheinwerfern erleuchtet. Das Mädchen stand, an die Felswand gepreßt, und wurde von den Lichtkegeln durchbohrt wie ein aufgespießtes Insekt. Sie hatte Todesangst. Aber sie gab keinen Laut von sich.

Ein Mann mit einem Tau um den Bauch wurde zu dem Mädchen herabgelassen, packte sie in einem festen Griff und wurde wieder hochgezogen. Der Jubel der Menschen hallte über den Fjord.

Die Bootsmotoren jaulten auf, entfernten sich. Die Stimmen auf dem Felsen verschwanden. Alles wurde still. Sie war weg.

Sie lebte weiter wie bisher. Paddelte in den Fjord und zu den Schären hinaus, wenn das Wetter es zuließ. Wanderte über die Felsen und Wiesen. Sammelte Schätze in ihren Korb. Sie saß am Tisch und fügte die Hinterlassenschaften der Natur zusammen, erweckte Totes zum Leben. Sie radelte zum Laden, wusch ihre Kleider, backte Brot.

Aber sie befand sich nicht mehr in einem Turm aus Glas und Licht. Kristina spürte die Einsamkeit – und das war ein neues Gefühl für sie. Sie hatte immer gedacht, alles zu haben, was sie brauchte. Ihr Problem lag darin, das Unnötige abzuwehren, sich gegen das Schädliche zu schützen. Sie hatte sich oft von den Menschen weg gesehnt. Zum ersten Mal in ihrem Leben sehnte sie sich *nach* einem Menschen. Zum ersten Mal verspürte sie Verlust.

Über ihre Welt hatte sich eine Reifschicht von Trauer gelegt. Alle Orte, wo sie mit dem Mädchen gewesen war, Steine, auf denen die Kleine gesessen hatte, Berge, auf die sie geklettert war, Wiesen und Strände, über die sie gelaufen war, alles war mit diesem matten Reif überzogen.

Der Sommer ging zu Ende. Im Fjord wurde es still. Das Wasser wurde schwarz, und Regenschauer zogen über die Berge.

Jedes Mal wenn sie auf den Decken auf dem Boden aufwachte, wollte sie die Hand ausstrecken und nach dem Mädchen greifen. Der Reflex war noch da, obwohl sie alles wußte. Da, bevor sie richtig wach war, war ihre Erinnerung an das Mädchen so stark – an ihren Duft, ihre zarte Haut, den kitzelnden Hauch ihres Atems. Sie blieb lange mit geschlossenen Augen liegen, um das festzuhalten. Wenn sie die Augen aufschlug, sah sie nur einen leeren Fleck. Aber an den Wänden waren noch die vielen kleinen Vogelfiguren.

Langsam wurde es um sie herum dunkler und dunkler. Sie holte das Kajak an Land, wickelte es in seine Plane und verzurrte es an der Hauswand.
Das Dunkel drang in sie ein, grub sich in sie, höhlte sie aus, erfüllte ihre leere Brusthöhle.
Noch nie hatten die Dinge so wie jetzt zu ihr gesprochen. Sie konnte ihre Stimmen hören, kaum daß sie die Hütte betrat. Sie flüsterten und riefen aus ihren Schachteln.
Sie legte sie auf den Tisch – Krabbenschilde, Elsterfedern, Bäusche aus Hasenfell, das dünne Skelett eines Möwenkopfes. Sie sprachen zu ihr vom Verwelken, von Auflösung, Austrocknung, Verfall.
»Faß uns an«, baten sie. »Weck uns auf. Gib uns Leben.«
Und sie nahm sie auf, fügte sie mit Leim und Kupferdraht und Lederriemen zusammen, so daß ihre Stimmen sich einander näherten, ineinanderflossen, neue Stimmen wurden.
»Beschütze uns. Stärke uns«, flüsterten sie.
Und sie malte schützende Zeichen auf sie, flocht Käfige aus Zweigen, gab ihnen Helme aus Aluminium und Mäntel aus Gras und Silberfäden.
Sie arbeitete, bis sie nicht mehr konnte, und dann legte sie sich auf den Boden und schlief lange.

Eines Tages machte sie sich eine Thermosflasche mit Tee. Sie packte die Thermosflasche und die Tabletten-

schachtel in den Rucksack und wanderte über die regennassen Berge zum Strand mit der Felsengrotte.
Sie kroch den Gang zum Daunenlager hinauf. In der Öffnung zwischen den Steinen konnte sie eine große Seeschwalbe auf der Felswand sitzen sehen, die sich wegen des Regens aufplusterte.
Sie schenkte sich heißen Tee ein, nahm die Tabletten, eine nach der anderen, und schluckte sie mit dem Tee hinunter. Sie ließ sich Zeit. Sie hörte erst auf, als die Schachtel leer war. Dann legte sie sich hin. Sie fror nicht mehr.
Es wurde dunkler in der Grotte. Die Seeschwalbe hatte sich direkt vor die Öffnung gesetzt. Der Wind hob die Daunen in ihrem Federkleid und ließ sie zittern. Der Blick ihres Auges war aus gelbem, kaltem Glas.

Ulrika

Ich kann etwas zu essen machen«, sagte ich. »Wenn du noch schreiben willst.«

Jens stand vor dem Küchenschrank und betrachtete nachdenklich, was es noch gab. »Ausgezeichnet«, sagte er und drehte sich dankbar zu mir um. »Meine Frau kommt morgen und holt mich ab, und ich möchte bis dahin gerne fertig sein.«

Ich zog eine karierte Schürze an, die auf einem Haken an der Tür hing, verschaffte mir einen Überblick über den Inhalt des Vorrats- und des Kühlschranks, und dann verwendete ich meine ganze Phantasie darauf, aus Vorhandenem etwas Interessantes zu machen. Gewürze und orientalische Pasta gab es reichlich, und dazu ein wenig Wurzelgemüse. Ich machte einen Eintopf aus Blumenkohl, Kohlrüben, Möhren, Äpfeln und Dosentomaten und würzte mit Curry und Chili. Dazu machte ich Couscous. Ich suchte einen Untersetzer und stellte den Topf auf den Tisch, fand im Kühlschrank ein Bier und lockerte das Couscous mit etwas Frühstücksmargarine auf.

»Das Essen ist fertig«, rief ich dann.

»Mhm. Ich brauche noch einen winzigkleinen Moment«, antwortete er.

Es war wie in einer alten Ehe, und mir kam der Gedanke daran gar nicht abwegig vor. Wenn Maja in jenem Sommer nicht verschwunden wäre, wenn die Familie sich nicht so plötzlich aufgelöst hätte, wenn sie alle im folgenden Sommer wiedergekommen wären und mich eingeladen hätten und ich mit meinem neuen

Selbstvertrauen und dem spät erwachten Interesse an Jungen hingefahren wäre . . .
Nein, so wäre es nicht gewesen. Denn eine Jugendliebschaft hätte kaum zu einer Ehe geführt, und so eine Ehe hätte kaum so viele Jahre gehalten, ja wäre schon seit vielen Jahren zu Ende. »Jetzt solltest du kommen, sonst wird es kalt«, rief ich.
»Ich komme.«
Ich fing an zu essen. Das diskrete Trappeln in Jens' Büro war von einem anderen Geräusch abgelöst worden: dem monotonen Brummen des Druckers.
»Muß der an sein, während wir essen?« bemerkte ich, als er endlich auftauchte.
Er hatte wieder die Brille mit dem orangefarbenen Gestell auf. Er ging zurück und schloß die Tür zum Schlafzimmer.
»Gut so, ja?«
Während der Mahlzeit sprach er auf diese leichte, professionell-freundliche Art, begleitet vom gedämpften Lärm des Druckers. Als der plötzlich verstummte, machte er eine Pause und sprach dann weiter. Die Herbstsonne fiel auf das alte Holz der Tischplatte und verwandelte das Bier in den Gläsern in Gold.
Nach dem Essen ging er ins Schlafzimmer und kehrte mit einem Stapel Papier zurück.
»Hier hast du etwas zu lesen, während ich abwasche«, sagte er. »Ich glaube, es ist warm genug, daß du auf der Veranda sitzen kannst.«
Er holte einen Gartenstuhl aus einem Schrank in der Halle, trug ihn auf die Veranda und klappte ihn auf.
»So«, sagte er und drückte ihn ein wenig, um zu sehen, ob er stabil stand.

Ich hängte meine Jacke über die Schultern und setzte mich mit dem Papierstapel auf dem Schoß auf den Gartenstuhl. Das Wasser im Fjord war dunkelblau und wechselte die Farbe, als hätte jemand einen großen Ballen schwerer, altmodischer Seide zwischen den Felsen ausgelegt. Von der Küche hörte ich, daß Jens Wasser laufen ließ. Ansonsten war die Welt still.
Ich richtete den Blick auf das oberste Blatt. Da stand nur ein Wort: *Kristina*. Auf dem nächsten Blatt begann der Text: »*Sie bewegt sich in einer grauen Welt. Die Sonne ist noch nicht aufgegangen. Sie liebt diese Welt ohne Licht und Dunkel, eine Welt ohne Schatten, ohne Farben. Nichts ist wirklich sichtbar, und nichts ist wirklich verborgen, alles ist Ahnung, Verwechslung.*«
Ich las zerstreut und schaute ab und zu über den Fjord und die Felsen. Dann wurde ich immer tiefer in die Erzählung hineingezogen. Als ich zu Ende gelesen hatte, war die Sonne untergegangen, und die Veranda lag im Schatten. Es war kalt.
Ich klappte den Stuhl zusammen und nahm ihn mit hinein. Die Küche war leer. Der Tisch abgedeckt, das Geschirr abgetrocknet und weggeräumt. Nicht ein Wassertropfen auf der Spüle.
Ich ging weiter in die Halle und stellte den Gartenstuhl in den Schrank unter der Treppe. Als ich ihn hineinschob, merkte ich, daß er gegen etwas stieß und etwas umfiel. Ich konnte einen Stapel Comichefte ausmachen. Sie sollten sie nicht so schlampig aufbewahren, dachte ich. Manche sind inzwischen vielleicht wertvoll.
Jens saß im Wohnzimmer im Schaukelstuhl und schaute aus dem Fenster. Er lehnte den Kopf an das kleine

orientalische Kissen mit den Troddeln und schaukelte langsam vor und zurück. Sein Blick war weit weg auf der anderen Seite des Fjords, droben zwischen den Spitzen der Berge, wo die Sonne noch schien und neue Farbtöne aus den Klippen herausholte. Wenn er es denn sah. Er trug weder die rote noch die orangefarbene Brille. Auf dem Tisch standen eine Teekanne, zugedeckt mit der alten karierten, wattierten Teehaube, die die Familie früher benutzte, und zwei Keramikbecher.

»Meinst du, so war es?« fragte ich und hielt ihm den Stapel Papier vor die Nase. »Eine verrückte Kidnapperin in einem lautlosen Kajak?«

»Vielleicht.«

»Die Vermutung ist gut«, sagte ich und legte die Papiere auf den Tisch. »Es klingt wahrscheinlich.«

»Wahrscheinlicher als deine Bergverschleppungsgeschichten. Und es ist mehr als eine Vermutung. Ich habe ein bißchen recherchiert. Per Telefon.«

Er machte eine Geste in Richtung des Handys auf der Seemannskiste.

»Ich habe herausgefunden, wer die Besitzerin der Galerie war, die Kristina Lindängs Sachen ausgestellt hatte. Und durch sie bekam ich Kontakt zu der Sozialarbeiterin, Gudrun Samuelson, die die Ausstellung angeregt hatte. Die beiden waren befreundet, deshalb ließ die Galeristin sich überreden. Es war ja keine Ausstellung, bei der man etwas kaufen konnte. Ich hatte ein langes Gespräch mit Gudrun Samuelson. Sie ist jetzt pensioniert, erinnert sich jedoch noch sehr gut an Kristina.«

»Gründet sich deine Geschichte auf ihre Angaben?«

»Zum Teil. Möchtest du Tee?«

Ich nickte und setzte mich auf das blauweiß gestreifte Sofa. Er nahm die Haube ab und schenkte uns Tee ein. In den dunklen Keramikbechern konnte man nicht sehen, was für eine Farbe er hatte, aber vom Geschmack her war es grüner Tee.

»Sie hat mir eine ganze Reihe von Fakten über Kristinas biographischen Hintergrund geliefert. Sie erzählte, daß Kristina auf unserer Seite des Fjords wohnte, ganz draußen auf der Landzunge. Auf der Kalvön, wie die Insel heißt, obwohl es eigentlich keine Insel mehr ist. Es sind nur zwanzig Meter bis zum Land, und viele Jahre lang gab es eine feste Verbindung. Aber es war schon immer ein abgelegener Platz gewesen. Hauptsächlich Viehweiden.«

»Warst du dort?« fragte ich.

»Nein, aber Gudrun Samuelson war vor einigen Jahren draußen und sagte, es gäbe dort nichts zu sehen. Die Hütte sei schon seit langem abgerissen. Irgend jemand habe die ganze Insel gekauft, eine Luxusvilla hingestellt und die Verbindungsstraße für Unbefugte gesperrt.«

»Kannte sie Kristina gut?«

»Niemand hat Kristina gut gekannt. Aber sie wußte eine ganze Menge über ihren Hintergrund, und sie versuchte, mit ihr in Kontakt zu bleiben, nachdem sie dort hinaus gezogen war – was schwierig war, weil sie kein Telefon hatte.

Gudrun Samuelson erzählte, sie habe sich große Sorgen gemacht, als Kristina verschwunden war. Sie war bei ihrem letzten Besuch so deprimiert gewesen. Sie hatte auf einem Stapel Decken auf dem Boden gelegen

und an die Wand gestarrt. Vor die Fenster hatte sie Stoffe gehängt, so daß es fast dunkel in der Hütte war. Es war unaufgeräumt, und im Kühlschrank war kaum etwas zu essen, was Gudrun erstaunte. Kristina war sonst immer sehr ordentlich gewesen.
Aber all das merkte sie erst nach einer Weile. Das erste, was sie sah, als sie eintrat, waren die Objekte. Hunderte. Auf allen Flächen, wo man etwas hinstellen konnte, waren die merkwürdigen Gegenstände aus Federn, Knochen, Muscheln und Gras. Sie konnte sie nicht deutlich sehen, weil es so dunkel in der Hütte war, aber sie sah genug, um zu verstehen, daß dies keine harmlosen Therapiearbeiten mehr waren. Es war – um es mit ihren Worten zu sagen – ›erschütternde, tief bewegende Kunst‹.
Das Dunkel in der Hütte hatte außerdem eine merkwürdige Sinnestäuschung hervorgebracht. Es war ihr so vorgekommen, als ob die Sachen irgendwie vibrierten, nur ein ganz, ganz kleines bißchen. Als ob sie atmeten und zitterten. Als ob sie wirklich lebten. Und gleichzeitig hatte sie das genau entgegengesetzte Gefühl gehabt. Daß sie tot waren. Daß es die totesten Gegenstände waren, die sie je gesehen hatte. Sie waren – um noch einmal Gudrun Samuelson zu zitieren – ›wie der Tod selbst. Sie strahlten Tod aus. Sie atmeten Tod‹. Ich erinnere mich, daß ich die Objekte in der Galerie auch so empfunden habe. Genau so.
Erst hatte sie geglaubt, allein in der Hütte zu sein. Und als sie dann Kristina auf den Decken bemerkte, war ihr erster Gedanke gewesen, sie sei tot. Sie hatte sie angesprochen, ohne eine Antwort zu bekommen. Da hatte Gudrun sich über sie gebeugt und gesehen, daß sie

lebte. Sie hatte nur an die Wand gestarrt. Und Gudrun hatte gesehen, was sie anstarrte: kleine Vogelfiguren, mit einem Kugelschreiber an die Wand gekritzelt. Ich bat sie, die Vögel zu beschreiben, aber sie konnte sich nur schlecht erinnern. Sie waren sehr klein, ›knausrig‹ gezeichnet. Ich fragte sie, ob sie möglicherweise von jemand anders als Kristina stammen konnten. Vielleicht von einem Kind? Nach Gudrun Samuelsons Aussage war das wenig wahrscheinlich, weil Kristina nie Besuch in ihrer Hütte empfing. Ich fragte sie, ob das Gekritzel ihr kindlich vorgekommen sei, und damit war sie einverstanden, und sie sagte ›Kristina war in vieler Hinsicht wie ein Kind‹. Und ihr künstlerischer Ausdruck konnte sich rasch verändern. Wenn die Objekte, die Gudrun in der Hütte gesehen hatte, das Ergebnis einer explosiven künstlerischen Entwicklung waren, so war das primitive Gekritzel vielleicht ein ebenso plötzlicher Rückschritt. Ausdruck für das mentale Wellental, in dem sie sich offensichtlich befand.
»Hat sie Kristina nach dem Gekritzel gefragt?« wollte ich wissen.
»Es war nicht möglich, mit ihr in Kontakt zu kommen. Gudrun Samuelson hatte den Eindruck, daß Kristina ihr Medikament überdosiert hatte. Als sie nach Hause fuhr, hatte sie zwei Beschlüsse gefaßt: daß Kristina in Behandlung mußte. Und daß ihre Kunstgegenstände in einer Ausstellung einem Publikum zugänglich gemacht werden mußten.
Aber es kam zu keiner Behandlung mehr. Als Gudrun in Begleitung zweier Sanitäter wiederkam, war Kristina verschwunden. In der ganzen Hütte gab es keine Tablet-

tenschachtel mehr, obwohl sie nach Aussage ihres Arztes noch zwei Schachteln vom letzten Rezept haben mußte. Ihre Brieftasche und andere persönliche Sachen waren jedoch da. Alles deutete auf Selbstmord hin.
Daß der Körper nie gefunden wurde, war natürlich eine doppelte Tragödie für die Eltern. Gudrun hatte Kontakt mit ihnen gehabt, von dem Moment an, wo Kristina ins Krankenhaus gekommen war. Unter anderem ihretwegen war Gudrun so hartnäckig gewesen, ihren Traum von einer Kunstausstellung zu verwirklichen. Sie haben auch später sporadisch den Kontakt gehalten. Der Vater lebte nicht mehr, aber mit der Mutter hatte sie kurz vor meinem Anruf gesprochen. Sie war so froh, daß Kristina endlich gefunden worden war und sie ein richtiges Begräbnis bekam.«
»Aber ein Kind hatte sie nie bei Kristina gesehen?« fragte ich.
»Nein, aber sie war auch den ganzen Sommer nicht draußen gewesen. Sie fuhr nur ein, zwei Mal im Jahr hinaus.«
»Wann war sie das letzte Mal dort? Gab es in der Hütte nichts, was darauf hingedeutet hätte, daß dort ein Kind gelebt hatte?«
Er schüttelte den Kopf.
»Ich habe sie gefragt. Aber sie konnte sich an nichts Derartiges erinnern.«
»Hast du Maja mit dieser Geschichte konfrontiert?«
»Nein. Und ich glaube auch nicht, daß es Sinn hätte.«
»Wo lebt sie denn jetzt?«
»Ein wenig nördlich von Stenungssund. In einer therapeutischen Wohngemeinschaft für Erwachsene mit Verhaltensstörungen. Du hast doch dein Auto hier.

Wir könnten morgen hinfahren. Ja, das könnten wir machen. Dann könntest du sie sehen. Ich versuche, Susanne zu erreichen und sie zu bitten, mich irgendwo dort abzuholen. Und du kannst dann nach Göteborg zurückfahren.«

»Ich muß meine Söhne vor sechs abholen.«

»Kein Problem.«

Jens nahm das Handy und versuchte anzurufen, aber es gab keine Verbindung, er mußte es später noch einmal versuchen.

Er kramte ein altes Kartenspiel hervor, und dann spielten wir Kartenspiele, die wir beide vergessen zu haben glaubten, an die wir uns jedoch beim Spielen Stück für Stück erinnerten. Manchmal sagten wir: »Nein, so kann es nicht gehen. So kann ja keiner gewinnen.« Oder uns wurde plötzlich klar: »Was soll das denn?« Und dann fiel einem von uns ein, wie es war, und dem anderen fiel noch etwas ein, und dann klappte es. Merkwürdigerweise hatten wir großen Spaß.

Als es dunkel wurde, machten wir Kerzen an und öffneten eine Flasche Wein. Jens erreichte seine Frau, und sie verabredeten sich an der Shelltankstelle in Stenungssund um drei Uhr am nächsten Tag.

Mir fiel ein, daß ich die Jungen anrufen und ihnen gute Nacht sagen konnte – das hatte ich am Abend zuvor nicht gemacht. Es ging ihnen gut. Sie waren im Wasserpalast in Lerum gewesen, und am Abend hatten sie zwei Videos nacheinander gesehen, sie hatten gar nicht bemerkt, daß ich bisher nicht angerufen hatte. Jens hatte mir den Zeitungsausschnitt gegeben, und ich versprach ihnen, daß sie ihn bekämen. Anders kam an den Apparat.

»Und wo treibst du dich rum?« fragte er bitter.
»Ich besuche einen Jugendfreund in Tångevik«, sagte ich.
»Du hast gestern abend nicht angerufen.«
»Ich weiß, aber die Jungen sind nicht mehr so wild auf dieses Gute-Nacht-Sagen.«
»Jemand hat dich mit einem billigen Typen in Mickey's Inn gesehen. Nicht daß es mich etwas anginge, aber weißt du, was das für ein Ort ist? Weißt du, was für Typen da verkehren? Heimliche Alkoholiker und Leute, die einen schnellen Schuß suchen. Tragische Gestalten, die meisten.«
»Keine Ahnung. Ich bin da noch nie gewesen. Aber du kennst die Kneipe offenbar recht gut.«
»Es ist mir scheißegal, was du machst, Ulrika. Ich denke an die Jungen. Du weißt, daß Åse eine tolle Frau ist, und es geht ihnen hier gut. Das weißt du doch? Du mußt dir nie Sorgen machen. Aber ich weiß überhaupt nicht, was du so machst.«
»Oh doch, das weißt du. Ich forsche über Bergverschleppungen.«
Er schnaubte hörbar.
»Du holst sie morgen hoffentlich pünktlich ab.«
»Selbstverständlich.«
»Du klingst, als hättest du getrunken«, sagte er und legte auf.
Jens stand auf der Veranda, und ich ging hinaus zu ihm. Der Sternenhimmel war so überwältigend, wie er nur im Herbst auf dem Land sein kann. Man sah immer mehr Sterne, je länger man schaute. Das Meer war in der Dunkelheit nicht auszumachen, aber man spürte seine Nähe als salzigen Hauch im Gesicht.

»Weißt du noch, wie du mir die Sternbilder gezeigt hast?« fragte ich.

Das wußte er nicht mehr. Er wußte nicht einmal mehr, wie die Sternbilder hießen, und konnte mir außer dem großen Wagen keines mehr zeigen.

»Ich empfand es als so befreiend, daß das mit den Sternbildern eine Erfindung der Menschen war. Nur eine Interpretation. Ich habe mir dann meine eigenen Sternbilder gemacht. Das Pferd, zum Beispiel«, sagte ich.

Und ich zeigte es ihm. Er schaffte es nicht, ein Pferd zu sehen, so sehr ich es ihm auch erklärte.

»Was wirst du mit deinem Manuskript machen?« fragte ich.

»Ich weiß nicht. Ich lege es eine Weile beiseite. Hole es hervor und arbeite dann weiter daran. Vielleicht wird es ein Buch. Oder gar nichts.«

Ich schaute ihn an, wie er da stand im schwachen Licht des Mondes und der Sterne. Es war eigentlich gar kein Licht. Mehr wie die weißen Schatten auf einem Negativ. Er stand nach vorne gebeugt, die Unterarme auf das Verandageländer gestützt, das Weinglas in beiden Händen.

Er hatte mir viel erzählt. Und doch war er selbst merkwürdig unsichtbar geblieben. Über sein derzeitiges Leben hatte er nicht viel gesagt, nebenbei aber zwei halbwüchsige Töchter erwähnt. Eine Frau, die in Kopenhagen einen Kurs machte. Ich fragte mich, wer er eigentlich war. Gewandt, eloquent, angenehm im Umgang. Pedantisch – nicht ein Krümel in der Küche. Er hatte Phantasie – er hatte sich in die Welt einer kranken Frau hineinversetzt. Und keine Spuren von Klau-

strophobie – er war den ganzen Gang unter den Felsblöcken entlanggekrochen.
Er sprach auf zweierlei Weise. Die eine war wie eine Art Präsentation. Ich hatte dann das Gefühl, daß er das, was er sagte schon hundertmal allen möglichen Leuten erzählt hatte. Wie er von seiner Berufswahl sprach, von den Autoplakaten auf dem Flugplatz in Singapur, dem Zeitungsartikel über die Elite von morgen. Aber als er von Karins und Åkes weggegebenem Kind sprach, da klang er anders. Als spräche er die Worte zum ersten Mal aus. Als wäre ich ein Zuhörer und nicht Publikum.
Er drehte sich zu mir um und betrachtete mich forschend, vielleicht dachte er ähnlich über mich. Mir wurde klar, daß ich auch nicht viel über mich erzählt hatte. Ich hatte über meine Forschungen erzählt, aber nichts Persönliches. Und eigentlich spielte das auch keine Rolle. Unsere jetzigen Leben waren hier draußen unerheblich.
»Merkwürdig, daß wir beide hier sind«, sagte er. »Und daß so viele Jahre vergangen sind. Es kommt einem unwirklich vor.«
Dann tat ich, was ich schon lange wollte. Ich beugte mich vor und blies langsam über seine Haare.

Zum dritten Mal erwachte ich im Sommerhaus der Familie Gattmann. Ich hatte mich an Anne-Maries Bett und die Dachkammer gewöhnt und war deshalb in den ersten Sekunden des Aufwachens erstaunt, daß sowohl das Muschelschalenmobile als auch die feuchte Kälte fehlten. Dann sah ich das zusammen-

geklappte Notebook und den Drucker auf dem Tisch, und alles fiel mir wieder ein.
Jens war schon aufgestanden, aber das Doppelbett war auf seiner Seite noch immer angenehm warm. Ich rollte mich auf seinen Platz und legte das Gesicht auf das Kissen, wo sein Geruch noch zu spüren war. Er roch wirklich unglaublich gut. Mit seinen schicken Brillen, teuren Pullovern und seiner glänzenden Küche machte er nicht den Eindruck, als würde er überhaupt nach etwas riechen, aber das tat er. Ich hatte das nicht gedacht, bis ich mich am Abend vorgebeugt und über seine Haare gepustet hatte. Hatte er auch schon so gerochen, als er jung war? Ich erinnerte mich nicht mehr. Vielleicht war sein Geruch etwas, das im Lauf der Jahre entstanden war, wie die grauen Haare und seine Sehnsucht, etwas anderes als Werbetexte zu schreiben.
Ich bin überzeugt davon, daß wir von Gerüchen gesteuert werden. Wir finden immer jede Menge rationaler Gründe, warum wir Menschen mögen oder nicht mögen, aber sie stimmen alle nicht. Wir lassen uns vom Geruch leiten. Bevor ich Anders kennenlernte, war ich mit einem egoistischen, erzlangweiligen Doktoranden zusammen, der an einer Arbeit über die Lebensumstände von Einwandererkindern schrieb (und, soweit ich weiß, immer noch schreibt), und jedes Mal wenn ich Schluß machen wollte, fiel ich wieder auf ihn herein, weil der Kerl so sündhaft gut roch. Es war wie eine Droge. Eigentlich wäre das ja auch ein Thema für eine Doktorarbeit. »Die Bedeutung des Geruchs für menschliche Beziehungen«. Vermutlich ein völlig unerforschtes Gebiet.
Aber jetzt roch es nach Kaffee. Ich ging hinauf in Tors

und Sigrids Stockwerk und duschte und wusch mir die Haare. Ich trocknete mich mit Jens' feuchtem Badetuch ab, das über einem Stuhl in der Halle oben hing. Ich wußte nicht, wie seine Frau aussah, aber ich wäre jede Wette eingegangen, daß sie ziemlich mager war. Aus seiner Art, mich anzufassen, schloß ich, daß er nicht gerade verwöhnt war, was weibliche Rundungen betraf. Die meisten Männer lieben rundliche Frauen, wenn sie allein mit ihnen sind. Aber in der Öffentlichkeit wollen sie eine schlanke Dame an ihrer Seite haben. Schlanke Frauen verleihen einen besseren Status, und die Kleidung sieht an ihnen attraktiver aus.
Ich tuschte meine Wimpern vor dem Spiegel, vor dem Anne-Marie und ich einmal gestanden und uns geschminkt hatten. Gerne hätte ich etwas anderes zum Anziehen dabei gehabt, aber wie hätte ich ahnen können, daß ich drei Tage hierbliebe, wo ich nur durch Gattmanns Verandafenster schauen wollte?
Wir frühstückten und wuschen zusammen ab. Ab und zu berührten wir uns leicht, sahen uns an, sagten aber fast nichts. Wir hatten an den anderen Tagen so viel geredet, das Schweigen war eine Wohltat.
Dann bereiteten wir den Aufbruch vor. Jens faltete die Laken des Doppelbetts und packte sie in einen exklusiven Koffer aus geriffeltem Aluminium. Das Notebook legte er in seinen speziellen Koffer und den Drucker in einen anderen. Es dauerte zwei Minuten, und dann sah das Zimmer aus, als hätte er nie da gewohnt. In der Küche packte er ein paar Lebensmittel in eine Plastiktüte. Mein Gepäck bestand aus dem Zeitungsartikel und dem Manuskript, das ich von ihm bekommen hatte.

Wir verstauten die Sachen in meinem Auto. In letzter Sekunde spürte ich, daß ich den rostigen Reserveschlüssel noch in meiner Jackentasche hatte. Ich kroch unter die Veranda und legte ihn wieder in die Muschel, obwohl Jens es unnötig fand, ihn zurückzulegen; weder Lis noch Eva erinnerten sich an das Versteck in der Muschel, aber ich bestand darauf, daß er an seinen Platz zurückkam.
»Du brauchst keine Angst zu haben«, sagte ich, nachdem ich aus dem merkwürdigen Meeres- und Erdgeruch unter der Veranda herausgekrochen war und meine Knie und Arme abgebürstet hatte. »Ich werde diesen Schlüssel nicht mehr benutzen. Ich finde nur, man sollte die Dinge dorthin zurücklegen, wo man sie weggenommen hat.«
Er lächelte, sagte jedoch nichts und stieg in mein Auto ein.

Von weitem sah das Haus aus wie eine normales, unansehnliches einstöckiges Haus. Es lag wie hingeworfen in einer flachen Gegend mit gelb gewordenen Wiesen. Weiter hinter sah man eine längliche Bucht und Schwäne.
Wir gingen um das Haus herum und stellten fest, daß es größer war, als man dachte. Zwei gleichartige Gebäudekomplexe schoben sich wie Flügel aus dem ersten und umschlossen eine Terrasse aus grauem Holz, das von weitem wie Seide aussah, und auf der sich eine gemauerte Feuerstelle befand. Das Gebäude wirkte von dieser Seite sehr viel offener und einladender, es gab viele Fenster und Türen.
Jens ging über die Terrasse und klopfte leicht an eine der

Türen. Die Gardine vor dem Fenster wurde ein wenig beiseite gezogen. Halb verborgen hinter dem weißen Baumwollstoff sah ich sie. Vielleicht war es der Kontrast zwischen der weißen Gardine und dem Schwarz ihrer Haare und ihrer Haut oder vielleicht auch das Verschleierte: Das Gesicht hinter dem Fenster kam mir auf jeden Fall unglaublich exotisch und fremd vor. In meiner Erinnerung war sie so dunkel nicht gewesen.
Mit einem Auge beobachtete sie uns. Das andere verschwand im Schatten hinter der Gardine. Unwillkürlich dachte ich an die kaputte Spielzeugbrille, die sie trug, als ich sie zum letzten Mal gesehen hatte, mit der sie den gleichen einäugigen Blick gehabt hatte.
Dann fiel die Gardine wieder und verbarg sie ganz. Ich hörte, wie sich drinnen Schritte der Tür näherten. Eine unformulierte Frage, die ich auf dem Weg hierher vage in meinem Hinterkopf bewegt hatte, kam mir plötzlich deutlich zu Bewußtsein. Ob sie wohl gefährlich ist? Gewalttätig? Ich warf Jens rasch einen fragenden Blick zu. Er antwortete mit einem Blinzeln und einem Lächeln des Verstehens. Dann schaute er zur Öffnung und sagte:
»Hallo, Maja.«
Ich sah hin. Sie hatte die Tür so leise geöffnet, daß ich es nicht gehört hatte. Sie stand vor uns, sehr schmal und zart, dunkelhäutig wie eine Afrikanerin. Die dicken, leicht welligen Haare hatte sie zu einem Schwanz gebunden, der ihr bis zur Taille reichte. Sie trug Jeans und einen roten Collegepulli mit weißem Aufdruck. Der Pulli war billig und häßlich, vermutlich in irgendeinem Großmarkt gekauft, aber ihre dunkle Farbe ließ das Rot glühen und die dummen weißen Buchstaben wie

geheime Zeichen leuchten. An den Füßen trug sie Turnschuhe. Kaum zu glauben, daß sie achtundzwanzig war. Sie war zart wie eine Vierzehnjährige.
»Das ist Ulrika. Du erinnerst dich bestimmt an sie von Tångevik?« sagte Jens.
Unsicher streckte ich die Hand aus. Ich hielt sie ihr nur einen Augenblick hin, aber mir kam es wie eine Ewigkeit vor, bis sie langsam den Arm hob. Aus dem viel zu langen Pulli kam die schmalste Hand, die ich je gesehen hatte. Ich faßte sie leicht an, weil ich das Gefühl hatte, ich könnte ihr weh tun, wenn ich sie zu fest drückte. Ich mußte fast lachen, als ich an meine Angst vor ihrer eventuellen Gewalttätigkeit dachte.
Jens begrüßte sie, indem er ganz leicht seine Hand auf ihren Oberarm legte.
»Dürfen wir ein bißchen hereinkommen?« fragte er.
Nichts in ihrem Gesicht verriet Ablehnung oder Freude. Sie schien die Frage nicht gehört zu haben. Aber Jens wiederholte sie nicht, wartete nur geduldig. Dann öffnete Maja die Tür ganz und glitt weich zur Seite, damit wir vorbeikamen.
»Danke«, sagte Jens.
Ihr Zimmer war einfach und hübsch möbliert, helles Holz, Textilien in blaßrosa, sonnengelb und lindgrün. Es gab einen Vorraum und einen Waschraum mit Dusche und Toilette. Das Zimmer war groß. Ich hatte in ihm höchstens ein Bett und einen Schreibtisch erwartet, aber es war sogar Platz für einen Eßtisch, eine Sitzgruppe und – da stutzte ich – ein Bücherregal, das bis zur Decke reichte und so voller Bücher war, daß viele quer lagen, damit sie untergebracht werden konnten.

»Liest ...« Ich suchte nach dem richtigen Pronomen. Maja in der dritten Person anzusprechen war sicher unhöflich. Andererseits war wohl Jens derjenige, der antworten würde. Ich wandte mich dennoch an Maja: »Liest du?«

Maja stand vor mir, als hörte sie. Sie zog sich nicht zurück, aber ihr Gesicht blieb ausdruckslos.

»Sie verschlingt Bücher«, antwortete Jens.

Ich überflog die Titel im Regal. Viel Belletristik, bekannte Titel, die man oft sieht.

»Wie schön es bei dir ist«, sagte ich.

Ich meinte es ernst. Alles im Zimmer war geschmackvoll, harmonisch und gemütlich. Auf einer Kommode stand ein Zinnbecher mit getrocknetem Heidekraut. An den Wänden hingen ein paar Aquarelle mit Motiven aus Bohuslän. Das einzige, was anzeigte, daß es keine normale Wohnung war, war das Fehlen von Teppichen, wie mir nach einer Weile auffiel. Der Boden war mit einem Kunststoffbelag ausgelegt, der das Muster von cremeweißem Marmor hatte. Das gab dem Zimmer, im Kontrast zum skandinavischen Mobiliar, ein südländisches Flair.

»Wie geht es dir, Maja?« fragte Jens. »Gut?«

Die Frage fiel in sie hinein wie ein Stein in einen Brunnen.

»Maja«, sagte ich. »Bist du einmal bei einer Frau gewesen, die Kristina hieß? Die Sachen aus Muschelschalen, Knochen und Federn gemacht hat?«

Ein Kräuseln auf der Oberfläche?

»Eine Frau mit langen Haaren«, fuhr ich fort. »Hast du in ihrer Hütte gewohnt, als du klein warst? Hat sie dich in ihrem Kajak mitgenommen?«

Ein leises Geräusch war zu hören, als sie die Luft in einem langen Atem aus ihrer Nase preßte. Einen Moment lang hatte ich das Gefühl, als sei das die Einleitung zu einer Äußerung. Als sie wieder einatmete, beobachtete ich sie gespannt. Dann atmete sie erneut langsam durch die Nase aus. Ein Geräusch wie bei einem schlafenden Menschen. Tief und ruhig. Majas Augen aber waren offen, und sie wich meinem Blick nicht aus. Sie sah mich direkt an. Ihr Gesichtsausdruck war gespannt und abwartend, als hätte sie eine Frage gestellt, die ich beantworten müßte.
Die Sekunden vergingen, und das Schweigen wurde immer schwerer, schließlich fast unerträglich. Ich war dankbar, als Jens es brach.
»Ulrika ist noch nie hier gewesen. Sie möchte sich vielleicht umschauen. Ist es recht, wenn wir ein bißchen durchs Haus gehen?«
Er gab Maja drei Sekunden, um ihre Ablehnung zu zeigen oder uns am Gehen zu hindern. Dann nahm er ihr Schweigen für Zustimmung.
»Also machen wir das. Komm, Ulrika.«
Wir gingen durch eine andere Tür hinaus und kamen in einen Flur. Maja blieb in ihrem Zimmer.
»Wann hat sie lesen gelernt?« fragte ich.
»Sie war elf, zwölf oder so, glaube ich. Mutter hatte sie von der Sonderschule genommen, es hatte keinen Sinn. Sie unterrichtete sie selbst, probierte verschiedene Methoden zum Lesenlernen aus. Aber Maja war nicht interessiert. Wollte keine Buchstaben abschreiben. Sie blieb bei ihrer Zeichensprache.«
»Ja?«
»Und dann stellte Mutter fest, daß sie es konnte. Sie

hatte sich Bücher und Zeitungen besorgt. Erst glaubte Mutter, es sei Bluff. Sie testete sie, indem sie kleine Nachrichten schrieb und darum bat, bestimmte Sachen zu holen. Und Maja kam mit genau den richtigen Dingen zurück.«

»Schreibt sie auch?«

»Kein Wort. Es ist wie mit der Sprache. Nur input. Kein output.«

Er blieb vor einer offenen Tür stehen. In dem Raum saß ein junger Mann am Computer. Daneben war noch ein Computer, an dem niemand saß.

»Sie haben versucht, sie dazu zu bringen, die Computer zu benutzen«, sagte Jens. »Bei einem der Programme muß man eine bestimmte Eingabe machen, damit der Computer tut, was man will. Sie ist daran nicht besonders interessiert, aber sie kann schon mal hier sitzen, ein bißchen herumspielen und sehen, was auf dem Bildschirm passiert. Aber sobald sie etwas schreiben soll, hört sie auf. Nicht einmal mit dem Computer will sie reden.«

»Aber Jens, die ganzen Bücher, hat sie die wirklich gelesen?«

»Ja, die meisten.«

»Versteht sie denn, was sie liest?«

Er zuckte mit den Schultern.

»Irgend etwas muß sie davon haben. Doch, ich glaube, sie versteht sie. Ich glaube tatsächlich, daß sie ganz genau versteht, was sie liest, und auch, was sie hört. Es ist, als würde sie denken: Okay, ich kenne eure Welt und akzeptiere, daß ich in ihr leben muß. Aber verlangt nicht von mir, daß ich an dem Spektakel teilnehme.«

Wir gingen weiter in eine Küche, die geräumig und mit allen nur denkbaren Haushaltsmaschinen ausgerüstet war. An der Arbeitsplatte stand eine dicke mürrische Frau und bepinselte Rosinenbrötchen auf einem Backblech. Eine rothaarige Frau räumte die Spülmaschine aus. Jens grüßte mit einem Nicken. Die Rothaarige, die offenbar zum Personal gehörte, wechselte ein paar Worte mit Jens. Die Dicke guckte verdrießlich.
Wir setzten unsere Hausbegehung fort und gingen in die gekachelte Waschküche, wo eine große Waschmaschine lief. Etwas Rosafarbenes drehte sich hinter der runden Scheibe. Jens zog mich an sich, küßte mich leicht auf die Stirn, umarmte mich und blieb stehen, ganz still. Noch durch den parfümierten Geruch des Waschmittels nahm ich seinen Duft wahr.
»Was wohnen hier für Leute?« fragte ich in seinen Pullover hinein.
»Jüngere Leute – zwischen achtzehn und vierzig. Vier Männer und zwei Frauen. Es gibt einen Jungen, Andreas, er ist autistisch, hat aber in den letzten Jahren große Fortschritte gemacht. Als Kind war er völlig in sich gefangen. Er ist jetzt fast normal. Ein wunderbarer Künstler. Du wirst seine Sachen im Atelier sehen.« Er sprach in meine Haare und drehte uns beide von rechts nach links. Ich atmete ihn ein, sog ihn beherrscht und gierig zugleich ein wie ein Kokainsüchtiger seinen Stoff.
»Die anderen sind glaube ich, psychotisch. Aber alle sind ruhig und lieb. Das ist die Voraussetzung dafür, hier aufgenommen zu werden. Daß man nicht randaliert oder so. Aber ich nehme auch an, daß sie alle ziemlich mit Medikamenten gedopt sind.«

Wir kamen in ein großes Wohnzimmer mit Fenstern zur Terrasse, einem weißgekalkten offenen Kamin und Sofas mit Josef-Frank-Stoffen. Ich verstand gut, daß man hier keine Randalierer haben wollte.
Ich hatte geglaubt, Majas Zimmer sei von Karin oder möglicherweise ihr selbst eingerichtet worden. Aber jetzt sah ich, daß dieselbe Person dieses Wohnzimmer und vermutlich auch alle anderen Zimmer eingerichtet hatte. Die Wände schmückten alle ähnliche Aquarelle wie bei Maja. Ein Einrichtungsprofi – was mich ein wenig enttäuschte. Ich hatte gedacht, Majas Zimmer drückte etwas von ihr aus. Aber nicht einmal die Bilder an den Wänden hatte sie selbst ausgesucht. Und ihre Kleider – vermutlich war es einfach das erstbeste, was sie gesehen hatte, als sie in den Großmarkt kam. Sie hatte sich nicht einmal die Mühe gemacht, einen Pulli in der richtigen Größe zu suchen. Wenn nicht jemand anders die Kleider für sie gekauft hatte. Als ich darüber nachdachte, fiel mir auf, daß nichts in ihrem Zimmer persönlich war. Eigentlich auch nicht die Bücher. Internationale Bestseller, die ein Buchclub ausgesucht hatte.
Auf dem Sofa saß ein Junge mit glattrasiertem Schädel und einem Ring im Ohr und sah fern. Er wirkte ungeduldig und hatte die Fernbedienung auf den Apparat gerichtet, als wollte er jeden Moment den Kanal wechseln. Er war groß und muskulös, und ich fühlte mich in seiner Gegenwart etwas unbehaglich.
»Hallo, Andreas. Das ist Ulrika, eine alte Freundin von Maja und mir. Hast du Lust, uns das Atelier zu zeigen?« fragte Jens freundlich.
Andreas stand schnell auf und ging mit uns, ohne die Fernbedienung aus der Hand zu geben.

Das Atelier war ein großer heller Raum. Der hintere Teil war zum Musikhören, mit Kissen auf dem Boden und einer Stereoanlage. Der Rest des Raumes wurde von einem großen Tisch eingenommen, der offenbar Arbeitsplatz für verschiedene Aktivitäten war: Schreinern, Malen, Töpfern. Zwei Männer arbeiteten zusammen am Modell eines Segelschiffs.
»Hast du in letzter Zeit etwas Interessantes gemacht?« fragte Jens, und Andreas holte ein paar aufgespannte Leinwände hervor, die an der Wand standen.
Es waren surrealistische Motive, mit großem technischen Können ausgeführt: Menschen in Tunnels, auf Wendeltreppen und hohen Türmen. Wir gaben unserer Bewunderung Ausdruck.
»Hat Maja etwas gemacht?« fragte Jens.
Andreas lachte.
»Da drüben hat sie ein paar Sachen«, sagte er.
Er ging zu einem kleinen Regal unter einem Tisch und zog eine Menge Papiere heraus. Jens blätterte sie langsam durch und reichte sie mir, nachdem er sie angeschaut hatte. Es waren Vögel. Die gleichen Vögel, die sie als kleines Kind gezeichnet hatte. ›Knausrig‹, wie die Sozialarbeiterin es genannt hatte. Aber es waren eindeutig Vögel. Reihe für Reihe. Blatt für Blatt. Tausende von Vögeln.
»Aha«, sagte Jens. »Nicht gerade etwas Neues.«
Andreas lachte laut. Er hatte ein unangenehm polterndes Lachen.
»Sie macht dreißig solcher Blätter am Tag, wirklich.«
»Das macht sie, seit sie vier Jahre alt ist«, sagte Jens. »Wie viele Blätter es wohl werden? Ein ganzer Wald vermutlich.«

»Und nicht zwei Vögel sind gleich«, bemerkte Andreas.
Ich blätterte zurück und betrachtete die Vögel noch einmal. Beim ersten Hinsehen kamen sie einem unglaublich gleich vor, als wären sie gestempelt. Aber schaute man genau, dann sah man, daß immer ein Detail sie unterschied. Andreas hatte recht. Es gab keine zwei gleichen Vögel. Sie standen aufrecht, hockten in einer geduckten, brütenden Stellung, schwebten, flatterten. Hielten die Flügel verschieden, drehten den Kopf verschieden. Einige waren klein und niedlich, vielleicht Seeschwalben oder Lachmöwen, andere kräftiger, wie große Möwen oder vielleicht Eiderenten.
Ich reichte Jens den Papierstapel, und er steckte ihn wieder unter den Tisch. Die rothaarige Frau schaute herein und fragte, ob wir frische Rosinenbrötchen wollten.
In der Küche versammelten sich die Bewohner des Hauses um den großen Holztisch, Maja kam als letzte. Bevor sie sich setzte, ging sie zum Kühlschrank, holte einen Krug mit rotem Saft heraus und schenkte sich ein Glas ein. Sie trank offenbar keinen Kaffee wie die anderen.
Es war eine schweigsame Kaffeerunde, bis Andreas anfing, die dicke Frau zu ärgern, die ein Gesicht wie eine Gewitterwolke machte. Je wütender sie wurde, desto lustiger fand er es. Die anderen baten ihn aufzuhören. Schließlich stand die Frau auf, ließ eine verblüffend lange Kanonade mit Flüchen, schmutzigen Schimpfwörtern und Beleidigungen los und schlurfte dann in den Flur hinaus. Kurz darauf hörte man eine Tür knallen.

Andreas lag auf dem Tisch und erstickte fast vor lauter Rosinenbrötchen und Lachen. Aus den Kommentaren der anderen schloß ich, daß dies nicht zum ersten Mal passiert war. Die anderen versuchten die ganze Zeit, ihn vom Lachen abzubringen, aber Andreas hatte sich in einen pathologischen Lachanfall gesteigert, den er nicht abbrechen konnte.

»Er ist zehn Jahre zurück«, sagte einer der Männer erläuternd zu mir.

Er meinte wohl, dachte ich, daß Andreas mental zehn Jahre jünger wäre als sein Körper. Er war vielleicht zweiundzwanzig, also innerlich zwölf. Ein stichelnder kleiner Bruder. Ich fragte mich, wie alt Maja wohl mental war. Dachte sie wie eine Achtundzwanzigjährige?

Maja hob den Blick von ihrem Saftglas und schaute Andreas über den Tisch hinweg an. In ihren Augen war kein Vorwurf. Sie schaute ihn nur an, offen, ausdruckslos und intensiv. Und Andreas hörte auf zu lachen, als ob ihn jemand mit der Fernbedienung, die neben ihm auf dem Tisch lag, ausgeschaltet hätte. Er sah verwirrt und schlaftrunken drein. Er streckte sich, blinzelte eine Lachträne weg und wischte sich die Krümel vom Mund.

Die Stimmung entspannte sich wieder, und jemand fragte mich, was ich arbeitete. Das gab mir mal wieder die Gelegenheit, ein paar Bergverschleppungsgeschichten zu erzählen, und die rothaarige Frau kam mit eigenen Beiträgen, unter anderem einer Version der Kratzspuren-auf-dem-Fensterbrett-Geschichte aus der hiesigen Gegend.

Wir dankten für Kaffee und Kuchen, verabschiedeten uns von Maja und verließen die Wohnung.

Das Wetter hatte sich unterdessen verändert, war nicht mehr so warm und angenehm wie die Tage zuvor, wo man ohne Jacke draußen sein und in einem Sonnenstuhl auf der Veranda sitzen konnte. Die Sonne schien immer noch, aber sie war blasser, metallischer, und in der Luft war ein Stich von Winter. Es war angenehm, ins Auto zu kommen.

»So«, sagte Jens, als ich auf die Hauptstraße einbog. »Hast du Maja wiedererkannt?«

»Irgendwie ist sie ja noch die alte.«

»Es wird sich bei ihr nichts verbessern. Auf eine Entwicklung wie bei Andreas braucht man nicht mehr zu hoffen.«

»Manchmal ist Schweigen dem vorzuziehen«, sagte ich.

»Hast du gemerkt, wie schnell sie ihn still bekommen hat?«

»Ja. Nur ein Blick.«

»Ich habe darüber nachgedacht«, sagte Jens. »Sie selbst wird von niemandem beeinflußt. Aber sie hat eine merkwürdige Fähigkeit, andere zu beeinflussen. Obwohl sie nichts macht. Oder vielleicht deshalb. In der Provence habe ich einmal ein altes Nonnenkloster besucht, das nicht mehr bewohnt war. Man konnte es besichtigen und sehen, wie die Nonnen gelebt haben. In einer der Zellen war ein schwarzes Stück Stoff auf der Außenseite des Fensters aufgespannt. Der Führer erzählte, daß es den Nonnen verboten war, einen Spiegel zu besitzen, weil man glaubte, das würde die sündige Eitelkeit befördern. Eine der Nonnen kam auf die Idee mit dem Stoff hinter dem Glas. In der schwarzen, glatten Fläche konnte man sich sehen. Von diesem

Spiegelbild können sie freilich nicht sehr eitel geworden sein. Du weißt ja, wie man aussieht, wenn man sich in dunklen Fenstern anschaut: doppelt belichtet und merkwürdig.
Ich denke nur, daß Maja wie so ein schwarzer Spiegel ist. Ein anderer Mensch ist sonst immer ein Fenster, durch das man in eine andere Welt sieht. Aber Maja ist eine dunkle glatte Fläche, und alles, was man in ihr sieht, ist ein Bild von sich selbst. Fragt man sie etwas, bekommt man seine eigene Frage zurück. Du hast vorhin gemerkt, wie unangenehm das ist. Und wenn man sie umarmt, dann spürt man keine Zärtlichkeit und Gemeinsamkeit, sondern nur seine eigene Sehnsucht. Wird man wütend auf sie, begegnet man seiner eigenen Wut und Ohnmacht.
Wenn man Maja sieht, dann sieht man nur sein Spiegelbild, aber nicht klar wie in normalen Spiegeln, sondern dunkel, unscharf, ein Gespensterbild. Ein gruseliges Erlebnis ist das, es läßt niemanden unberührt.
Ich glaube, daß genau das in unserer Familie geschehen ist. Jeder hat sich selbst in dem schwarzen Spiegel gesehen. Und alle haben unterschiedlich darauf reagiert.«

Ich fuhr zur Shelltankstelle. Wir waren früh dran. Ich stieg aus, um zu tanken, Jens blieb im Auto. Eisige Winde zerrten an meinen Geldscheinen. Als ich versuchte, damit den Automaten zu füttern – er war wählerisch wie ein Kleinkind und spuckte sie immer wieder aus –, bremste auf der anderen Seite ein Auto, und ein Mann stieg aus. Fast gleichzeitig holten wir die

Zapfpistole aus unseren Tanksäulen. Er sah mich und grüßte fröhlich:
»Die Trolle haben dich noch nicht geholt, sehe ich.«
Es war Jan-Erik Liljegren, der Polizist, mit dem ich in Mickey's Inn war.
»Nein«, sagte ich. »Ich passe auf. Und wie geht es dir?«
»Phantastisch. Das Leben ist wunderbar. Es ist mir noch nie so gut gegangen«, brüllte er und tankte sein Auto voll.
Auf dem Beifahrersitz saß eine Frau. Ich überlegte, ob es wohl die Ehefrau war, die ihn zurückgenommen hatte, oder eine neue Frau. Eine der tragischen Figuren aus Mickey's Inn.
»Freut mich zu hören.« Ich mußte schreien, um das Brummen der Pumpen zu übertönen. »Du siehst richtig munter aus. Ist etwas passiert?«
»Jaaa ... Oder nein. Eigentlich nicht.« Seine Antwort schien ihn selbst zu überraschen. »Es ist nicht direkt etwas Neues. Eher ...« Er zuckte mit den Schultern und hängte die Zapfpistole zurück.
»Man muß nur ein bißchen Staub vom Alten wegblasen«, sagte ich.
Er nickte zustimmend und eifrig und schraubte den Tankdeckel zu.
»Du hast recht. Das Wichtigste ist schon passiert, man muß nur den Staub vom Alten wegblasen. So ist es.« Lachend und winkend stieg er ins Auto, startete und fuhr weiter durch sein wunderbares Leben.
Es war immer noch reichlich Zeit, bis Jens von seiner Frau abgeholt werden würde, und so fuhr ich ein Stück vor und stellte mich etwas abseits. Ich machte den Mo-

tor aus. Wir blickten auf unsere Armbanduhren und dann einander an.
»Was geschieht jetzt?« fragte er.
»Wir sitzen in einem Auto an der Shelltankstelle in Stenungssund. Wie ich sehen kann, ist das alles, was im Moment geschieht.«
»Und dann?«
»Dann kommt deine Frau und fährt dich nach Stockholm. Und ich fahre nach Göteborg und hole meine Söhne aus dem Hort ab.«
»Und dann?«
»Ich weiß nicht. Was möchtest du denn, daß geschieht.«
Er seufzte und schaute zum Autodach hoch.
»Ich bin nicht nur zum Schreiben nach Tångevik gefahren. Ich bin zum Nachdenken hingefahren. Ich muß über vieles in meinem Leben nachdenken. Ich stehe an einer Art Kreuzweg.«
Er seufzte wieder und sah betrübt aus. Ich versuchte ihn ein wenig aufzumuntern:
»Da steht man immer, finde ich. Ich hab schon immer am Kreuzweg gewohnt.« – ich summte die Melodie des Liedes von Edvard Persson, und er lachte schief.
»Ich bin froh, daß ich hingefahren bin«, fuhr ich fort. »Ich bin dankbar, daß ich deine Erzählung über Kristina lesen durfte. Diese Wochen, als Maja verschwunden war, waren wie ein Loch in meinem Leben. Deine Erzählung hat es aufgefüllt.«
»Das war auch meine Absicht. Ich weiß nicht, ob es mir gelungen ist.«
Ich beugte mich zu ihm und roch ein wenig an seinem Hals.

»Du riechst göttlich. Aber das weißt du natürlich«, sagte ich.
»Nein«, sagte er lachend. »Wonach rieche ich?«
»Nach dir.«
Er strich mir über die Wange.
»Hat dir das noch niemand gesagt?« fragte ich. »Daß du so gut riechst.«
»Nein. Nicht direkt.«
Konnte das wahr sein? Vielleicht konnte nur ich diesen Geruch wahrnehmen.
Er sah wieder auf die Uhr. Dann holte er seine Brieftasche heraus und entnahm ihr eine Visitenkarte mit Adresse und Telefonnummer. Aus meiner Handtasche kramte ich eine Visitenkarte von mir hervor. Wir schauten uns und unsere Karten an. Etwas zögernd übergaben wir sie, wie zwei Kinder, die ihre liebsten Buchzeichen tauschen. Als er meine Karte in seine Brieftasche steckte, sah er etwas anderes, und sein Gesicht hellte sich auf.
»Oh, das muß ich dir noch zeigen.«
Er gab mir ein Amateurfoto. Es zeigte eine unglaublich dicke blonde Frau, die neben einem Gartengrill stand. Sie trug Shorts und ein T-Shirt, das Fett quoll nach allen Seiten. Der Körper war dem Grill zugewandt, aber sie hatte den Kopf gedreht und schaute direkt in die Kamera.
»Weißt du, wer das ist?« fragte Jens.
»Keine Ahnung.«
»Das ist Anne-Marie.«
»Was?«
Er lachte über mein Erstaunen.
»Das ist nicht wahr.«
»Doch. Erkennst du sie nicht wieder?«

Ich beugte mich vor und hielt das Foto näher an die Windschutzscheibe. Ich betrachtete das Gesicht. Der schön abfallende Amorbogen. Ja, es war Anne-Maries Mund. Ein bißchen verzogen, als hätte sie drei Kirschen im Mund und würde jeden Moment die Steine ausspucken. Um die Augen hatte sie einen listigen Ausdruck. Ich hatte das Gefühl, als würde sie Verstekken spielen und den Betrachter necken. Aus dem Innern dieser Riesenfrau sah Anne-Marie mich an. Meine goldene Anne-Marie. Die Honig-Anne-Marie. Bergentrückt in ihrem Fett.

»Guter Gott, das ist sie«, sagte ich.

»Du sprachst davon, in die USA zu reisen und Leute zu interviewen, die von Ufos gekidnappt wurden. Wenn du nach New Mexico kommst, kannst du sie besuchen. Sie würde sich wahnsinnig freuen, da bin ich sicher. Ruf sie an, wenn du hinfährst, ich kann dir die Nummer geben. Zu schreiben hat keinen Sinn, man bekommt nie eine Antwort. Aber ruf an. Oder fahr einfach vorbei, das ist das beste. Garantiert kannst du bei ihr wohnen. Sie hat genug Platz.«

»Hat sie eine Familie?«

»Sie hat drei Kinder. Ob einen Mann, weiß ich nicht. Sie war so oft verheiratet und geschieden und hat mit verschiedenen Männern zusammengelebt, daß ich den Überblick verloren habe. Aber es sind immer Männer mit viel Geld. Großen Häusern und vielen Autos.«

»Und viel Essen«, sagte ich.

»Falschem Essen vor allem, glaube ich. Sie ist fast nicht wiederzuerkennen, nicht wahr?«

»Aber man sieht, daß sie es ist. Sie hat so ein Strahlen«, sagte ich.

Das sah ich jetzt. Sogar auf diesem schlechten Foto, sogar in diesem fetten Körper hatte sie eine Art Strahlglanz, einen Blick in den Augen, einen Zug um den Mund, etwas Freches und Lockendes und Unerreichbares. Oder bildete ich mir das nur ein? War es nur, weil Jens gesagt hatte, es sei Anne-Marie? Bevor er es mir gesagt hatte, hatte ich doch nur eine übergewichtige Frau mittleren Alters ohne jede Ausstrahlung gesehen. War es vielleicht nur Anne-Maries Name, die Erinnerung, die er weckte, was da so strahlte?

»Anne-Marie strahlt, und ich rieche göttlich«, brummte Jens und steckte das Foto wieder ein.

»So ist es«, sagte ich. »Ihr gehört zur duftenden, strahlenden Familie. Der Familie mit dem Honig- und Apfelmostglanz.«

Ich küßte ihn, und im gleichen Moment hielt ein kleines japanisches Auto neben uns.

»Das ist Susanne. Nein, bleib sitzen, ich kann meine Sachen selbst rausholen.«

Jens stieg gleichzeitig mit der Frau im Auto nebenan aus. Sie öffnete die Heckklappe und half ihm, sein Gepäck von meinem Auto hinüberzutragen. Sie trug ein rostrotes Wolljackett und hatte kurze, schwarzgefärbte Haare, die um die Stirn und an den Schläfen in ausgefranste Zipfel geschnitten waren. Ihre Bewegungen waren flink und ökonomisch. Rasch packte sie ihr eigenes Gepäck um und verstaute die Sachen von Jens so, daß alles in dem winzigen Kofferraum unterkam. Sie war mager wie eine Bergziege.

Jens machte mir ein Zeichen, das Fenster herunterzukurbeln. Ich tat es, er beugte sich herunter und fuhr leicht mit dem Rücken des Zeigefingers über meine

Wange und meinen Mund. Wir sahen uns an, aber keiner sagte etwas.
Dann drehte er sich um und ging zu Susannes Auto. Sie war schon auf der Beifahrerseite eingestiegen, und Jens setzte sich ans Steuer und rückte den Sitz in die richtige Position. Dieser Fahrerwechsel schien für beide selbstverständlich zu sein. Aber es war auch nichts Merkwürdiges, sie war ja schon von Kopenhagen hergefahren, und sie hatten noch den ganzen Weg bis Stockholm vor sich.
Jens startete und fuhr aus der Tankstelle hinaus, ich hinterher.
Die ganze Strecke bis nach Göteborg blieben wir auf der Autobahn beieinander. Manchmal überholte ich Jens, manchmal er mich. Am Anfang geschah es zufällig, dann wurde daraus ein Spiel. Wir fuhren nicht schnell, es war kein Wettrennen. Wir fuhren nur ab und zu aneinander vorbei und erhaschten einen sekundenschnellen Blick durch das Autofenster.
Bei der Einfahrt nach Göteborg glitt Jens' Auto auf eine andere Spur und flocht sich in den dicken Strom von Autos ein, die in einer Kurve auf die E20 nach Stockholm geleitet wurden.
Eine leichte Wolkendecke ruhte über der Stadt, aber über der Glasglocke schimmerte der weiße Himmel wie das Innere einer Muschelschale. Es war zwanzig vor vier. Ich konnte Max und Jonatan früh abholen. Ich sehnte mich nach ihnen.